Esclaves heureux

DU MÊME AUTEUR

AUX ÉDITIONS DE LA DIFFÉRENCE

La Langue de ma mère, trad. par Alain van Crugten, 2011 ; coll. « Minos », 2015.

Forteresse Europe, trad. par Alain van Crugten, 2012.

Les Boîtes en carton, trad. par Alain van Crugten, 2013.

Tombé du ciel, trad. par Alain van Crugten, 2013.

Troisièmes noces, trad. par Alain van Crugten, 2014.

CHEZ D'AUTRES ÉDITEURS

Célibat, trad. par Danielle Losman, Carnières (Belgique), Éd. Lansman, 1996.

Méphisto for ever, trad. et adapt. par Alain van Crugten, Anvers, éd. SA Lanoye-Toneelhuis, 2007.

Atropa – La vengeance de la paix, trad. et adapt. par Alain van Crugten, Anvers, éd. SA Lanoye-Toneelhuis, 2008.

Sang et Roses – Le Chant de Jeanne et Gilles, suivi de *Mamma Medea*, trad. par Alain Van Crugten, Arles, Actes Sud, 2011.

Couverture : Jean Mineraud.

Titre original : *Gelukkige slaven*.

Tom Lanoye

Esclaves heureux

roman
traduit du néerlandais (Belgique)
par Alain van Crugten

Éditions de la Différence

Pour R. – ma lumière, ma vie – qui m'a tiré de la glaise et m'a appris à voyager

Il aimait ses tourments comme des ennemis fidèles.

Joseph Roth, *La Rébellion*

Quand je l'ai vu pour la première fois, j'ai pensé :
J'aurais dû être comme est cet homme.

Willem Frederik Hermans,
La Chambre noire de Damoclès

Prologue

Première partie
LA CHUTE

Deuxième partie
LA RÉUNION

Troisième partie
L'ESPOIR

Prologue

NOUS RETROUVONS TONY HANSSEN dans la touffeur caniculaire d'un été aux effluves malsains. Pas sur le continent en déclin où il a vu le jour, plus de quarante ans auparavant. C'est l'hiver là-bas, à présent, la neige mouillée et sale tombe dans les rues et des avis de désastre pleuvent sur tous les parlements et toutes les bourses. C'est à onze mille kilomètres de là que nous le rencontrons, dans la fente vulvaire qui se trouve sous le ventre tropical gonflé du Brésil, la plaie béante nommée Rio de la Plata, la Rivière d'Argent. Elle est vaste comme une mer, elle sent le pétrole et les tripes et elle est l'antichambre de l'océan Atlantique, un univers bleu roi qui ondule, plein de poches de gaz cachées, d'épaves de navires et de cadavres de baleines.

Sur chacune des rives du Rio de la Plata s'étend une capitale. Au nord Montevideo. Au sud Buenos Aires, une ville aussi grande qu'un État. C'est là, à San Telmo, l'un des plus vieux quartiers, fondé jadis par des réfugiés italiens et des esclaves noirs en fuite, qui devint ensuite le berceau du tango, du trafic d'armes et de la folie footballistique, que nous découvrons Tony Hanssen. Suant et ahanant au second étage d'une maison de maître rénovée à la manière kitsch, une *casa de turistas*, il est en train de satisfaire les sens d'une matrone chinoise, sur la demande insistante de celle-ci, mais à contrecœur. Au-dessus de leur tête, un ventilateur déglingué bat de l'aile, climatiseur antique et charmant qui grince et gémit plus fort que le lit.

Malgré cela, Tony sue comme un bœuf. Et il n'est pas le seul, à en juger par le contact de la peau contre laquelle il cogne. Il éprouve du dégoût pour lui-même et de la pitié pour Mme Bo Xiang. Cependant il n'arrête pas de la besogner. Elle pourrait prendre cela pour une rebuffade. Méfiez-vous de la vengeance d'une femme mûre blessée. Tony doit une fortune à son mari. Il continue donc à coups de boutoir.

Il n'est pas encore deux heures de l'après-midi. À l'extérieur, les réverbères jettent à peine une ombre minuscule.

À HUIT MILLE KILOMÈTRES DE LÀ, un parfait homonyme de Tony Hanssen est lui aussi en train de suer, mais sans remuer. Il est tout seul au sommet d'une colline, dans un coin perdu du parc animalier privé où il a pénétré dans une voiture munie de fausses plaques d'immatriculation. Le parc s'appelle Krokodilspruit et il se targue depuis de longues années d'être la perle de Mpumalanga, une province orientale d'Afrique du Sud. Ici le soir s'annonce déjà. La chaleur diminue un peu, la verdure perd son éclat luisant, des hirondelles criardes apparaissent. Bientôt l'obscurité va tomber, totale et inéluctable comme la machette dans la nuque d'un springbok.

Tony Hanssen n'a pas choisi ce parc pour son appellation pittoresque, Krokodilspruit, le Bébé Crocodile, mais pour sa situation et l'abondance de sa faune. Le modeste aérodrome de Phalaborwa et la frontière du Mozambique sont tout proches, l'aéroport de Polokwane, plus important, n'est qu'à deux cents kilomètres et les autres moyens de fuite ne manquent pas. Il a dégotté le pick-up le plus rapide qu'il était possible de payer cash au marché noir de Johannesburg. Il n'y avait pas un choix extraordinaire. L'assortiment de BMW volées était bien plus grand. Outre qu'elles possédaient des sièges en cuir chics et engageants ainsi que des vitres teintées, la plupart d'entre elles étaient décapotables. Doublement périlleux. À Johannesburg il y a des carjackers et dans ce parc des lions malappris. Les carjackers vous explosent la cervelle sans autre forme de procès, les lions, eux, viennent d'abord faire un petit somme sur votre capote, puis ils l'éventrent à coups de griffes. Avant d'avoir le temps de dire ouf, vous êtes leur plat du jour. Il ne faut même pas être névrosé pour imaginer le scénario du pire, se disait Tony quotidiennement. De nos jours, paranoïa est un autre mot pour lucidité.

Au cours de son séjour précédent, à peine deux ans plus tôt – il était encore en compagnie de sa famille – sa femme et lui avaient lu dans un journal une horrible histoire d'éléphant mâle solitaire dans le Parc Kruger, tout près de là. Barrissant et agitant furieusement les oreilles, l'animal, en un simulacre d'attaque, avait foncé droit sur une voiture de sport. Le conducteur, pris de panique, s'était trompé de vitesse, marche avant au lieu de marche arrière. L'éléphant avait interprété cela comme une contre-attaque. Avec sa trompe, il avait arraché d'un coup la capote, puis il avait basculé le reste du véhicule avec ses défenses et l'avait écrabouillé comme une boîte de biscuits jusqu'à extinction complète des hurlements sous ses pattes. Dans un encadré, le journaliste énumérait d'autres attaques mortelles récentes. La plus grande tueuse en série est la mère hippopotame, avertissait-il. Il vaut mieux ne pas aller se fourrer entre elle et son petit. Elle vous attaque à trente à l'heure, aussi agile qu'une jument malgré ses deux tonnes et demie. Elle vous piétine, vous réduit en bouillie, la tête d'abord, et puis s'en va tranquillement, de son pas chaloupé, retrouver sa progéniture.

Il y a déjà une heure que Tony se trouve là. La vue l'impressionne toujours autant. Une boule rouge orangé de proportions gigantesques, qui semble suspendue bas dans le ciel, fait vibrer de chaleur le paysage, comme dans une image de la Bible. Devant lui s'ouvre un portail d'entrée vers Nulle Part, entre deux parois rocheuses qui montent à des centaines de mètres et s'étirent sur des kilomètres. Une cicatrice majestueuse, un canyon qui n'a pas volé son nom : God's Own Window. La Véranda du Tout-Puissant.

Plus près, au pied de sa colline d'observation, une mare attire l'œil, un abreuvoir entouré de quelques roseaux et de maigres bosquets empoussiérés. Au bord de l'eau, des échassiers picorent de la vermine. La petite brise du soir fait frissonner la surface. Ou alors c'est l'effet des gueules dentées invisibles qui rôdent juste sous l'eau. Dans ce pays on n'est jamais sûr de rien, l'Afrique reste l'Afrique, surtout pour un Européen. Tony jette encore un coup d'œil circulaire et saisit le fusil qu'il n'a jamais encore utilisé. Son 4x4 est derrière lui, tel un véhicule blindé.

C'est la première fois qu'il va tirer depuis son service militaire. Il craint la détonation juste à côté de son oreille, mais il appréhende encore plus l'écho. Combien de minutes lui restera-t-il quand la dernière résonance s'éteindra dans la Véranda de Dieu ? À quelle vitesse atteindra-t-il l'ouverture qu'il a faite ce matin en cisaillant la clôture et qu'il a camouflée provisoirement ? Il se trouve loin de tous les itinéraires fréquentés par les touristes chasseurs d'images. Son iPhone doit lui servir de boussole.

Il essuie les lentilles de sa lunette avec un coin de mouchoir humide. Les moustiques zonzonnent autour de ses tempes. Le ciel se colore de rouge de plus en plus profond, comme si quelqu'un s'était ouvert les veines du poignet dans un baquet d'eau chaude.

LE TONY DU KROKODILSPRUIT est un peu plus jeune que le Tony de San Telmo. Moins large d'épaules et aussi plus étroit de hanches. Ses cheveux sont plus clairs et ont tendance à onduler, ses lèvres sont un peu plus pleines et son visage a en permanence une expression dépitée, quasiment douloureuse. Mais ils sont de taille comparable et leurs yeux sont du même brun indistinct. Il existe des frères qui se ressemblent moins qu'eux.

Peut-être même qu'on pourrait trouver quelque part un troisième et un quatrième homonyme du même âge environ. Hanssen est un patronyme courant dans leur pays d'origine et pas mal d'hommes de leur génération se nomment Tony. Peut-être que ce troisième et ce quatrième présentent également une certaine ressemblance physique. Mais il n'existera jamais entre eux un lien comme entre ces deux-là. Le premier se désespère, le second vise en grinçant des dents, et aucun des deux ne sait que l'autre existe. Ils soupçonnent encore moins que dans quelques jours à peine les chemins de leurs vies vont se croiser, sur un troisième continent. Le berceau de l'avenir.

Mais nous n'en sommes pas encore là. Pour le moment, les fourmis africaines tracent encore leur chemin sur les chaussures de safari poussiéreuses de Tony. Et pour le moment, en Amérique du Sud, les ressorts du matelas de Tony grincent encore doucement en cadence comme des rats torturés.

Première partie

LA CHUTE

1 .... *Buenos Aires*

QUE PENSERAIT M. BO XIANG DE CECI ? se demande Tony Hanssen avec angoisse, tandis que, à San Telmo, il pousse vigoureusement des pieds contre le bord du lit pour donner à sa besogne d'amour davantage de pression et de pénétration. L'effet s'en fait sentir. Le halètement convenable et retenu de la matrone sous lui se transforme en gémissement. Quelque chose de bas et d'animal. Et sans réserve.

Dans la vie quotidienne, l'attitude de Mme Bo Xiang est toute de réserve. Elle affiche l'éternel sourire qu'on attribue aux Orientaux. La couche granuleuse de fond de teint pâle qu'elle applique chaque matin sur son visage, y compris sur ses sourcils épilés, présente dans le cours de la journée de plus en plus de petites fissures, fines comme les nerfs d'un antique carreau vernissé. Elles se présentent en un double réseau. Celui des rides de vieillesse et celui des craquelures du rire. Une double carte géographique, palimpseste d'une vie agitée.

Mon Dieu, tout ce que cette pauvre femme a dû vivre dans son pays démesuré, avait déjà pensé Tony une petite semaine auparavant en regardant sa bienfaitrice de près dans l'avion qui les amenait là. Elle était étendue à côté de lui sur son siège au dossier abaissé, suspendue de travers dans sa ceinture de sécurité, une proie dans une toile d'araignée, les yeux fermés, la bouche étroite obscènement ouverte. De temps à autre elle émettait un petit ronflement ou un clappement. Le Boeing fonçait posément, presque noblement, dans l'air glacé pauvre en oxygène.

C'était la première fois que Tony pouvait inspecter d'aussi près Mme Bo Xiang. Ses lobes d'oreilles présentaient plusieurs petits trous. Avant de s'endormir, elle avait ôté sa dernière acquisition, des boucles d'argent en forme de papillons avec un diamant sur chaque aile, et elle les avait rangées dans son sac Louis Vuitton. Avec ses bagues, ses bracelets et sa montre Breitling. Que craignait-elle ? Les pickpockets ? En première classe ? Son haleine sentait la menthe et ses dents ressemblaient à des osselets d'ivoire entamés par un usage trop fréquent. Tony avait dû résister à l'envie de mettre la main sur cette bouche impudique et ridée, jusqu'à ce que la respiration cesse.

Vraiment pas de chance, pensait-il en même temps avec une certaine compassion. Naître juste après la guerre en Chine, et naître femme par-dessus le marché. Il respirait par la bouche pour échapper à l'odeur de menthol. La famine, les flots de réfugiés, la propagande. Faire à longueur de journée du vacarme avec des casseroles et des poêlons jusqu'à ce que les oiseaux en tombent du ciel d'épuisement. De temps en temps une épuration, ou une petite semaine d'euphorie. Combien de cadavres criblés de balles a-t-elle vus, combien de procès truqués et de viols ? Et malgré cela, cette femme continue à sourire du matin au soir. Peut-être commence-t-elle une démence sénile. Et c'est ça qui me commande, qui décide de mon sort ! La main lui démangea de nouveau.

En plein jour et vu de loin, le visage de Mme Bo Xiang ressemble à celui d'une poupée de porcelaine intacte, il est blanc comme un cartilage. Elle dessine exagérément ses sourcils, noirs comme de l'huile de machine. Elle se met un rouge à lèvres qui brille comme la peinture neuve d'une voiture italienne. Elle possède tout ce que son cœur désire. Elle achète ses vêtements à Paris, ses chaussures et ses sacs à Singapour, ses smartphones et ses appareils photo au Japon. Une chose qu'elle ne pratique pas, c'est la chirurgie esthétique. La seule fois où son sourire s'était figé, c'était lorsque Tony avait tenté de s'informer discrètement sur le sujet.

Quatre jours auparavant, alors qu'elle déambulait sur le plus large boulevard du monde, l'Avenida 9 de Julio, son visage avait commencé à se craqueler dès le matin. Elle était partie d'un énorme éclat de rire. Comme ça. Tony avait appris que tous les Chinois souffraient de cela, surtout les femmes. Un rire haut perché, un hoquet gigantesque et tonitruant. Il se demandait souvent s'il y avait un motif quelconque. La plupart du temps il n'y en avait pas.

Ce matin-là, dès leur premier petit déjeuner sur le sol argentin, Mme Bo Xiang lui avait fait part de ses projets. Elle l'avait averti : ce court séjour ne serait pas une villégiature à la plage. La paresse est l'apanage des jeunes. Elle n'avait pas de temps à perdre. Elle voulait visiter le plus de curiosités locales possibles, avec Tony comme guide. Il avait carte blanche. Où il irait, elle le suivrait. Tout lui était égal, tout. Elle lui avait toutefois passé une brochure dans laquelle les attractions principales avaient été entourées d'un cercle rouge. Et puis, *dear Tony…* ! Elle avait posé sa courte main baguée sur la sienne. La petite griffe pesait plus lourd qu'on n'aurait pu le penser et le toucher en était froid et moite. Une petite botte d'asperges fanées sortant du frigo, dont la blancheur se détachait crûment sur la nappe bleue du petit déjeuner, à côté d'un petit vase avec une rose et d'un ravier de fraises fraîches. À ce moment-là, ils logeaient encore au Hilton de Puerto Madeiro, le quartier portuaire spectaculairement rénové. *Don't worry, dear Tony !* La petite griffe avait tapoté sa main à plusieurs reprises, comme pour le rassurer, puis elle s'était à nouveau posée sur cette main. Tous les frais étaient pour elle ! Comme si elle ne payait pas toujours toutes les notes et factures. Il y avait dans son portefeuille plus de cartes de crédit que de billets de banque. Il y avait pourtant beaucoup de billets. Un éventail de devises. Elle en était fière comme un gamin qui se vante de ses vignettes de foot Panini. Sa collection complète – à la maison, à Guangzhou – comprenait la plus grosse coupure de chacun des pays dans lesquels elle avait fait du shopping.

Ils n'ont pas les mêmes fiertés que nous, avait pensé Tony, tandis qu'il opinait aimablement du chef tout en retirant précautionneusement sa main de dessous la petite serre. Ils nous imitent. Ils imitent tout. Ils renient avec plaisir ce qu'ils sont et ne s'en sentent pas pour autant menacés un seul instant, car ils sont sûrs de vaincre à long terme. Nous pensons en siècles et eux en millénaires. Nous ne jurons que par l'individu, mais ils croient aux hordes. Aux milliards. Personne n'est plus proche des cafards. Il avait été surpris lui-même de son sarcasme, mais il n'avait pas corrigé son idée. Il avait rapidement pris deux fraises dans la bouche et s'était levé, reculant sa chaise avec l'arrière des genoux.

Lorsqu'elle avait soudain éclaté de rire sur l'Avenida 9 de Julio, Mme Bo Xiang était pendue à son bras et elle poussait son flanc douillet contre celui de Tony. En gloussant comme une ado attardée, elle montrait l'Obelisco. Une haute et lourde aiguille monumentale qui se dressait majestueusement au milieu du boulevard, aussi déplacé qu'un gode-ceinture au bas du ventre d'une enfant. Le pied de l'obélisque était entouré de petites pelouses et plates-bandes patriotiques, pleines de fleurs et de crottes de chien. C'était donc ça, la fameuse Plaza de la República. L'aiguille n'était pas arrondie au sommet, mais elle était surmontée d'une pyramide comique de dimensions modestes. Si vous voulez absolument vénérer une bite comme totem de votre patrie, gémit Tony, pâlot et de mauvaise humeur à cause du *jetlag*, faites-le au moins convenablement. Sciez cette pyramide et mettez là-dessus un véritable gland. Il s'était levé avec un mal de tête et une nausée, qui n'avaient pas disparu après le café beaucoup trop sucré du petit déjeuner, les fraises et les croissants tout aussi sucrailleux.

Des centaines de voitures passaient des deux côtés de l'Obelisco sur une vingtaine de bandes au moins, la plupart d'entre elles klaxonnaient frénétiquement. À tout moment son mal de tête pouvait se transformer en migraine. Durant ses errances, il avait habité un ou deux ans à Djakarta, au Caire, à Bangkok, il s'était habitué à la circulation automobile infernale, mais ceci était encore autre chose. Une menace en émanait. Il le savait et cette ville le savait. Elle était déjà sur le point de se retourner contre lui.

Parmi les centaines de passants, aucun ne jugea digne d'un regard le couple inhabituel. Des businessmen, de jeunes mères, des mendiants vétérans de la guerre des Malouines, des skateboardeurs, des policiers en manches de chemise avec des cercles de sueur sous les aisselles et une matraque à la ceinture... Personne ici ne regarde bizarrement personne, ricana Tony dans sa barbe. L'indifférence pressée est la règle. Ou plutôt non : ceci est le fameux *cool* argentin. L'impassibilité du gaucho, ce cowboy crachant sa chique de tabac qui s'imagine être le descendant des conquistadors. L'éradiqueur d'Indiens avec ses jambes en cerceau et son menton pas rasé, son chapeau de cuir, sa petite gourde en fer pleine de maté et son espagnol petit-nègre. Peut-être est-ce de leur bétail qu'ils ont appris à tout regarder d'un air aussi inintéressé. Accorder de l'intérêt et flirter, c'est pour plus tard, après le boulot et après la chaleur, dans une autre chaleur, celle du feu de bois dans leur *grill-room* où ils dévorent un demi-taureau comme hors-d'œuvre.

Ensuite, complètement bourrés, ils s'en vont dans leurs milongas obscures, avec leurs vins bon marché, leur musique suante de piano à bretelles et leurs pas de danse spasmodiques, jusqu'au petit matin. Ridicule. Que sont des danseurs de tango sinon deux flamants roses entremêlés dans une crise d'épilepsie ? Tony sentait monter une profonde répugnance, qui confinait au dégoût. Il l'avait déjà senti enfler en lui la semaine précédente quand il avait ouvert le premier guide de voyage. « La ville du ris de veau grillé et du malbec ! » « Mysticisme et romantisme éternisés dans une musique intemporelle ! » Chaque article disait à peu près la même chose. La danse populaire idéalisée et le barbecue sublimé. À propos des dictateurs et de leurs coups d'État, motus. On s'extasiait d'autant plus sur leurs épouses.

Le seul être sur l'Avenida qui semblait être dérangé par ce couple bizarre, un jeune gringo en jeans design avec une naine chinoise constellée de bijoux et riant comme une folle, était un caniche qui aboyait. À coup sûr un animal de race. Et ça aussi, gémit Tony. C'est vraiment comme on nous l'avait promis : l'Europe au carré. Même un chien sert à affirmer votre statut social. Chez les musulmans et les Asiatiques, pas question de s'afficher avec ces animaux chichiteux. Chez les noirs encore moins. Eux au moins ils savent à quoi sert vraiment un chien. À l'ignorer ou à lui foutre un coup de pied. Le début de toute civilisation.

Aboyant avec hargne, le chien tirait sur sa laisse longue d'un décamètre, qui venait tout le temps s'entortiller autour de son collier et autour de la taille de son accompagnatrice. Une jeune fille d'à peine vingt ans, lunettes et air aigre, portant un petit top jaune citron, un minishort citron vert et des baskets sales. Une princesse de la moyenne bourgeoisie, pensa Tony. Aujourd'hui étudiante bêcheuse, demain épouse lunatique d'un baron du pétrole ou d'un oligarque de la viande. Elle portait des oreillettes voyantes, les bijoux de la jeune d'aujourd'hui, et sa poitrine oscillait librement et effrontément dans tous les sens. À sa ceinture étaient attachées les laisses de cinq autres chiens de luxe, le plus grand était un berger allemand de race, le plus petit une sorte de chihuahua. Ce pouvait aussi être un rat. C'était la troisième promeneuse de chiens de cette sorte qu'ils croisaient. Les autres se promenaient, la fille aux lunettes joggait, cernée par sa meute comme une planète entourée de ses satellites en folie. Seul le caniche restait en arrière, arc-bouté au bout de sa laisse et aboyant furieusement à l'adresse de Tony. Un petit révolté, un rebelle argentin, un gaucho à quatre pattes.

Il fut impitoyablement tiré en arrière par à-coups furibonds, une fois il manqua même de vomir, à la grande joie de Mme Bo Xiang, qui, après l'Obelisco, montrait maintenant du doigt la bestiole en se marrant. Les Chinois montrent tout et n'importe quoi, soupira Tony. Mais ils ne montrent pas les autres Chinois.

La jeune fille aux chiens disparut en tournoyant dans la foule. Mme Bo Xiang secoua sa tête de poupée de porcelaine et marmonna quelque chose en chinois. Tony opina, sans demander ce qu'elle voulait dire. Il était trop heureux qu'elle soit encore satisfaite. La première attraction qu'il avait voulu lui offrir, une visite du Teatro Colón, l'un des plus grands opéras du monde, avait été un échec : le bâtiment était fermé en raison d'une action syndicale. Devant l'entrée, une délégation de camarades en colère faisait un raffut du tonnerre avec des cloches de vaches, des flûtes de Pan, des tambours incas et des pétards. Mais qu'est-ce que c'est que cette ville, avec tout son boucan ? Il avait présenté ses excuses à Mme Bo Xiang, mais elle semblait trouver ce tapage tout à fait normal et même amusant, comme si Tony avait planifié tout ça pour elle. Elle rayonnait de joie de vivre. Peut-être y voit-elle un hommage à son origine communiste, frémit Tony. Il l'avait entraînée rapidement, avant qu'elle se mette dans la tête d'aller serrer la pince à tout le piquet de grève ou à leur distribuer de l'argent. Cette femme était capable de tout.

Elle s'était laissé emmener docilement, accrochée à son bras, avec un sourire reconnaissant. Il s'imagina entendre craqueler sa couche de fond de teint.

Même au cimetière, quelques heures plus tard, la bonne humeur de Mme Bo Xiang ne sombra pas lorsqu'il apparut que Tony s'était trompé. Evita Perón était ailleurs.

Il aurait dû le savoir. Ils avaient mis une demi-heure pour arriver là. Les taxis sont tellement bon marché et tellement nombreux ici que les chauffeurs vous comprennent volontiers de travers pour faire quelques kilomètres supplémentaires. Oui, bon, comprendre de travers ? Tony avait demandé « le cimetière des morts illustres » parce qu'il avait oublié le nom du quartier. Peut-être que le chauffeur aimait davantage la musique que la politique en ce qui concernait les héros trépassés.

Ça ne manquait pas de héros dans ce vaste champ d'ossements. Un véritable parc avec de larges avenues de pavés ronds, bordées de sépultures qui ressemblaient à de petites maisons, avec fenêtres et portes ornementées. Des mausolées à la mesure d'une bourgeoisie disparue. Tous construits avec les matériaux les plus chics et chers, du marbre au granit, et couronnés d'une frise avec des armées d'anges ou d'un buste du défunt. Les plus riches s'étaient fait faire une statue en pied ancrée dans le monde qu'ils avaient dû quitter. Fossiles de vanité et de gloire envolée. Il y avait des militaires, saluant pour l'éternité en uniforme de gala fait de bronze de canons, il y avait des musiciens, assis sur une chaise, le bandonéon sur les genoux, figés dans une perpétuelle ambiance musicale. La nostalgie sur un socle.

Le clou incontestable était la tombe de Carlos Gardel. Roi du tango, chanteur-parolier de *Mi Noche Triste* et de *Volver*, également coureur de jupons, fumeur à la chaîne et habitué du Café Tortoni. Il s'est tué dans un accident d'avion à l'âge de quarante-cinq ans. Ses funérailles furent suivies par une foule telle que la circulation en fut déréglée pendant toute une journée. En 1935, déjà. Tony se souvenait d'avoir lu tout cela dans le Guide Michelin. Crénom ! il avait néanmoins tiré le gros lot touristique !

Mme Bo Xiang contemplait en effet la statue d'un œil ravi. Voilà donc l'immortelle jeunesse, le dandy chantant pour l'éternité, avec son nœud papillon et son sourire de séducteur latin. Il regardait d'un air hautain par-dessus leurs têtes les tombes qui se trouvaient de l'autre côté de l'allée, il brillait comme s'il venait d'être épousseté. À ses pieds gisaient des bouquets frais, le mur derrière lui était couvert de plaquettes de cuivre et de carreaux émaillés pleins de sentences, de remerciements et de poèmes amoureux d'adorateurs qui, pour la plupart, étaient nés longtemps après la mort accidentelle de leur idole. Quelqu'un avait fourré un œillet blanc dans sa boutonnière de bronze. Entre les doigts brun-vert de sa main droite achevait de s'éteindre un vrai mégot de cigarette.

Mme Bo Xiang tira de son Louis Vuitton son petit appareil compact, un Sigma de couleur rouge titane. En regardant dans le viseur, elle fit signe à Tony avec de grands gestes de sa main libre de s'approcher de plus en plus de la statue. Elle ne se calma que lorsqu'il eut escaladé le haut socle pour poser à côté de Gardel, en miroir, y compris la cigarette dans la main gauche. Elle avait déjà pris des photos de Tony devant la grille de la casa Rosada et devant les petites maisons multicolores du Caminito dans le quartier de La Boca. *You look exactly like him*, piailla-t-elle.

Sans changer de position, Tony lui cria en retour que tous les Occidentaux se ressemblaient comme deux gouttes d'eau. À sa grande irritation, Mme Bo Xiang ne le contredit pas. En revanche, elle se mit péniblement à genoux pour faire en contre-plongée une autre photo de lui et de son sosie.

Tony contemplait le parc à macchabées comme un champ de bataille. Son mal de tête semblait enfin disparaître progressivement. Il aimait ce calme. Il lui donnait l'envie de revoir la mer avec son horizon illimité. Trois cent soixante degrés de néant, aussi loin que portait la vue. Cela lui manquait, la tranquillité des longs voyages sur les bateaux marchands et les navires de croisière, où il avait pu passer plus de vingt ans de vie cachée, parfois au prix de travaux lourds, parfois aussi en échange de flatteries bien payées, mais toujours dans une indépendance totale et une insignifiance consolatrice. Il avait appris à vivre en nomade, en migrateur obligatoire, en réfugié sans but, et ce destin lui avait pleinement convenu.

Il avait laissé derrière lui avec plaisir son pays de naissance. Il y allait encore sporadiquement, pour maintenir l'ordre dans la paperasserie. Pourquoi a-t-on besoin d'une origine, sinon pour se procurer un passeport ? Il avait brûlé tous les autres ponts derrière lui. Et même, pour commencer, les échelles de corde effilochées qui auraient pu le ramener vers sa jeunesse prometteuse. Il n'avait plus rien à faire de la racaille du trou de province qui l'avait évacué comme un crachat. On se crachait dessus des deux côtés, d'ailleurs. Plus personne ne demandait de ses nouvelles, plus personne ne voulait entendre parler de lui. Il considérait cela comme une légitimation de son attitude. Tony avait été élevé pour connaître le succès, être aimé et être exemplaire. Il n'avait réalisé aucun des trois et il en était fier comme un pêcheur qui se vante de sa prise.

Le cabinet d'avocat de son père avait été vendu à quelqu'un de totalement étranger ? Bon débarras. Son héritage allait lui passer sous le nez ? Un souci de moins. Seul lui était resté l'adage qu'il avait haï dans ses jeunes années parce que sa famille l'avait pratiqué avec tant d'hypocrisie. Mais sur sa bannière, au lieu d'inscrire « Pour vivre heureux, vivons caché », il l'avait transformé en « Pour avoir le moins possible de coups de pied au cul, vivons caché ». Il n'avait pas besoin d'autres bannières ni adages. Il avait appris à aimer le vide. Le monde écrasant et inépuisable qui s'étendait tout autour de sa terre natale comme un désert autour d'une plaque d'égout.

L'homme a besoin d'avoir un chez soi, fût-ce dans le vide.

« *Please concentrate !* » cria Mme Bo Xiang en fermant son œil libre. « *And look at me !* » Elle s'agenouilla sur les pavés dans une attitude d'adoration, et ce n'était pas pour Gardel. « *Smile !* »

Tony regardait la famille qui, derrière elle, attendait qu'elle ait fini de photographier. Il se voyait dans leurs yeux. Un vandale qui posait le pied sur une tombe vénérée, un barbare qui osait poser en égal du titan. Le père de famille toussota pour la troisième fois. Il serra encore plus fort les poignées de la chaise roulante dans laquelle un vieil homme à la bouche en lame de couteau et aux yeux voilés par la cataracte marmonnait pour lui seul. La mère exhortait à la patience ses deux filles joufflues, qui avaient des plaques rouges de nervosité sur le visage et qui tenaient chacune un bouquet de petites fleurs à la main. Sans élever la voix mais avec une expression du visage qui en disait long. L'encyclopédie du mépris.

Mme Bo Xiang ne remarquait rien. Elle continuait à prendre des photos. Elle ne voulait perdre aucun angle. C'est tout juste si elle ne se couchait pas sur le flanc. Tony se sentait de plus en plus ridicule, et pas seulement à cause du jeans design qu'elle lui avait acheté durant l'escale à Doha et qui était comiquement hypertendu à la taille et l'entre-jambes. Que va-t-elle faire de toutes ces photos ? pensa-t-il. Un diaporama avec le *Libertango* d'Astor Piazzola comme accompagnement musical ? Pour les exhiber à son mari ? Ils se téléphonaient tous les jours, M. et Mme Bo Xiang. Communications intercontinentales, parfois plus d'une demi-heure. Ils se tordaient de rire. Qu'est-ce qu'ils pouvaient bien raconter dans leur chinois de merde ? Ils parlaient de lui ? Qu'est-ce qu'ils voulaient faire de lui ?

Mme Bo Xiang finit par remarquer le malaise de Tony. Elle détacha le Sigma de son visage et elle le regarda dans les yeux, avec attendrissement, semblait-il. Il s'en fallut de peu qu'elle ne grimpe à son tour sur la tombe pour lui pincer la joue entre le pouce et l'index et la secouer doucement de gauche à droite.

Un de ces jours, pensa Tony, je vais lui effacer ce sourire de sa face de poupée.

CELA SE PASSA TOUT AUTREMENT. Vers la fin de la semaine, les manœuvres de Mme Bo Xiang avaient abouti à ce qu'il la baise. Et il pouvait lui faire un peu mal, avait-elle ajouté.

Tony n'opposa plus de résistance. Il succomba. Il l'avait vu venir depuis longtemps. À un certain moment, refuser devenait plus dangereux que se laisser faire. Cela aussi, c'était une leçon qu'il avait apprise sur les bateaux de croisière sur lesquels il avait servi. Le moyen de sauvegarder son travail et, dans certains cas, de sauver sa peau, pouvait revêtir toutes sortes de formes. L'amour était encore la moins repoussante. L'amour, c'est toujours bon à prendre, même s'il ne vaut pas tripette.

En découvrant San Telmo pendant leurs promenades Mme Bo Xiang et Tony avaient eu tout de suite le coup de cœur. Les antiquaires et le charmant petit marché couvert en art déco délabré n'y étaient certainement pas pour rien. La gloire révolue se prête mieux au romantisme que les constructions nouvelles.

Mme Bo Xiang rayonnait de nouveau de joie de vivre. Pour celui qui vit dans le luxe, une confrontation avec les défavorisés est un aphrodisiaque incomparable. Ils avaient donc échangé sur-le-champ le Hilton contre un *bed and breakfast* dans un hôtel de maître délabré, gaiement retapé avec des moyens limités et des couleurs osées, près de la Plaza Dorrego, l'ombilic de San Telmo. La petite place où les mendiants et les musiciens tiennent audience dès le matin, où se déploie tous les midis un petit marché aux puces et où, chaque nuit, une démonstration de danse pour amateurs se prolonge entre les tables des nombreuses terrasses de cafés et de restaurants.

Leur propre danse d'amour, la parade nuptiale au second étage de la maison de maître, avait commencé calmement. Il y avait de la nostalgie dans l'air lourd de l'après-midi, à peine brassé par le ventilateur au plafond. Le voyage de retour s'annonçait. Ils quitteraient également cet endroit-ci le lendemain. Toute forme de départ fait monter une certaine tristesse. Le mélange de respect et de pudeur que Tony manifesta au début envers Mme Bo Xiang était un frein à la fougue de l'accouplement.

Pas pour longtemps. L'intimité engendrant la confiance, des deux côtés on abandonna bientôt toute décence. Après que Tony eut coincé fermement ses pieds contre le panneau du lit et se fut mis à hausser progressivement le rythme, une lente mais bruyante euphorie s'empara de Mme Bo Xiang et de ses os usés.

Tony en était gêné pour elle. La pauvre femme était couchée sur le ventre, sans défense et les jambes écartées, un côté du visage écrasé contre l'oreiller. Entraîné par sa corpulence molle, tout son corps se balançait d'avant en arrière. Son visage faisait le même va-et-vient, comme si elle voulait aplatir le coussin rêche avec un rouleau à pâtisserie. Elle avait placé l'autre oreiller sous sa taille pour pouvoir relever le bassin sans attraper la crampe. Quand l'amour se présente, il faut être ouverte à ses suggestions. Pas besoin de le dire deux fois à Mme Bo Xiang.

Quel âge peut-elle bien avoir ? se demandait Tony. Elle sentait la violette et le thé vert. Je ne comprends vraiment pas, gémissait-il en lui-même, sans pour cela modérer sa force de frappe. Qu'est-ce qu'elles me trouvent, toutes ces vieilles peaux ? Il y a des objets qui attirent les mouches, d'autres qui attirent la limaille de fer. Moi, je suis un aimant pour toutes les figures maternelles. Disons même grand-maternelles, ces derniers temps. Qu'est-ce qu'elle espère atteindre ou compenser grâce à moi ? Ou peut-être est-ce qu'elle aime m'humilier ? C'est ça, le rôle que je dois jouer ici ? Malgré la chaleur lourde il accélérait systématiquement le tempo.

Sous lui, l'euphorie enflait tout aussi systématiquement. « *More*, chuchota Mme Bo Xiang pour la deuxième fois, plus fort que l'instant d'avant. « *Yes, yes, I want more.* »

Pourquoi ne le disait-elle pas dans sa langue maternelle, si elle était vraiment aussi euphorique ? Pourquoi utilisait-elle la *lingua franca* de l'industrie pornographique américaine ? Est-ce que les femmes d'un certain âge regardent aussi le sexe sur Internet ? À chaque coup de boutoir de Tony, les lèvres écarlates et brillantes de Mme Bo Xiang apparaissaient sur le côté, entre son visage écrabouillé et l'oreiller rêche. Son rouge à lèvres disparaissait, son fond de teint aussi. Au cours des jours précédents, elle lui avait confié qu'elle aimait être mordue dans le cou « pendant l'acte ».

Tony ne le faisait pas. Faudrait encore la mordre par-dessus le marché ? Il y a des limites. « *I want more* », susurra Mme Bo Xiang, plus fort encore cette fois. Tony éprouvait de plus en plus de mal à se galvaniser. Et le plus difficile est à venir, pensait-il. La séduction et les préliminaires, c'était encore supportable, pour l'acte en lui-même, c'était une question de ne pas réfléchir et de s'acharner avec constance. Mais l'après-coup, le service après-ventre, était terrifiant. Qu'est-ce qui pouvait bien se dire *après* ? Entre deux êtres tellement différents ?

« *More, Tony, more.* »

Dehors, la grande ville faisait la sieste. Des arroseuses circulaient pour asperger l'asphalte et faire tomber la poussière. La chaleur pénétrait partout, air conditionné ou non. Elle vous comprimait comme un bandage herniaire. Le manque d'oxygène menaçait. Tony continuait cependant à y aller à fond. Mais qu'est-ce qui se passait ? Il y avait des années que cela ne lui avait pris autant de temps. Cela n'avait rien ou peu à voir avec le parfum de violettes et le grincement du lit. Il s'agissait évidemment de l'époux de Mme Bo Xiang et de la fortune que Tony lui devait. Comment avait-il pu être aussi con ? La roulette, ce n'était pas son truc. Il n'aurait pas dû se laisser tenter. Pas à ce moment-là et pas maintenant non plus.

« *More ! More !* »

Il ne faut pas t'en faire, *dear Tony*, lui avait dit Mme Bo Xiang une semaine auparavant, jusque avant de s'endormir à côté de lui dans le Boeing, la petite bouche obscène béante. Elle était ivre, elle s'était fait servir gin-tonic sur gin-tonic. Vous vous arrangerez, mon mari et toi. Il peut être généreux et indulgent. Si je le lui demande. Et si tu peux m'aider. Tu pourras m'aider, *can you help me, mister Tony ?* Pour ne pas devoir répondre, il lui avait fait un baisemain. Avec un petit rire étouffé, elle avait retiré sa main et avait elle-même embrassé le dos de cette main. Sa propre main. Les yeux fermés, tendrement, longuement, c'est tout juste si elle ne léchait pas l'endroit où il avait posé son baiser. Ce n'était pas le premier voyage où elle l'entraînait. Elle l'avait déjà pris en remorque jusqu'à Monaco et même jusqu'à Dubaï. Ces fois-là il avait encore pu éviter ses avances. Maintenant non. Il savait ce qui l'attendait. Buenos Aires serait son Waterloo.

« *More !* »

Juste avant de tomber endormie dans l'avion, elle lui avait caressé la joue. Elle ne l'avait jamais fait auparavant. Il avait ressenti cela comme une brûlure. « Mon Tony est un peu endommagé », avait-elle susurré. Cela sonnait comme une sentence. « *Damaged* », comme dans *damaged goods*, marchandise endommagée. Comme une ruine. Et qu'est-ce qu'elle était, elle ? Une peau de pêche parfaite ? Une statue de sainte sans reproche ?

« *More !* »

Ne te lamente pas, pensait Tony, garde le rythme et tout va s'arranger. C'est la malédiction de tous ceux qui ont des dettes d'argent, il y en a beaucoup d'autres qui sont plus mal en point que moi. Tout en pensant cela, il se regardait dans le haut miroir à côté du lit. C'était affreux à voir, lui en train de besogner cette petite montagne de chair. Une viande de veau pâle et tremblotante.

« *More !* »

Il faut que j'apprenne à fermer les yeux, se disait Tony. Mais il continuait à regarder le mouvement de pompe de ses propres hanches. Là où, auparavant, le ventre se tendait tout en muscle, il était choqué d'apercevoir à présent trois bourrelets. Il faut que j'apprenne à fermer les yeux sur tout et il faut que je cesse de me plaindre. Je ne suis pas assez important pour être à plaindre. Je ne suis qu'un morpion dans les draps d'autres gens, rien de plus. Les traces que je vais y laisser disparaîtront au premier lavage. Et alors ? De quoi les morpions se plaindraient-ils, sinon d'exister ? Tant qu'il y a du sang, il y a de l'espoir. Pas d'apitoiement ! Chacun doit expier quelque chose. Chacun cherche un bouc émissaire et chacun attend un sauveur, il n'y a rien de plus à dire de l'existence. Cesse de pleurnicher et jouis.

Mais il ne jouissait toujours pas. Il soufflait comme un phoque, son gigotement devenait désespéré. La délivrance se faisait attendre.

Mme Bo Xiang, la tête toujours solidement enfoncée dans l'oreiller, ne s'en formalisait pas. Elle commença à collaborer. Elle vint à sa rencontre en se tortillant de plus en plus fort. Il n'y avait plus un seul mot compréhensible dans les sons qu'elle émettait. Le lit grinçait comme s'il était sur le point de s'effondrer. Il y avait longtemps que quelqu'un n'avait plus autant de plaisir dans le voisinage direct de Tony, et grâce à lui par-dessus le marché.

Il tenta d'honorer les efforts de Mme Bo Xiang en redoublant d'application, mais en plus de l'accablement, c'était maintenant la mélancolie qui venait inhiber son climax. Mais qu'est-ce que je fous là ?

Et que pouvait-il faire d'autre que laisser libre cours à cette mélancolie ? Peut-être qu'en se mettant en pilotage automatique il parviendrait à accomplir ce qu'il n'arrivait pas à faire en y pensant trop. La dissociation du moi n'avait pas forcément que des inconvénients.

Mon Dieu, constata-t-il en lui-même – les yeux fermés, tout en poursuivant sans relâche sa tâche d'amour physique – je me suis terriblement trompé sur cette ville. Buenos Aires est fantastique. La semaine passée semblait être un mois, tant Mme Bo Xiang et lui avaient vu et vécu de choses.

Ils avaient visité un théâtre transformé en librairie, tout en ayant conservé la peluche aux murs et les dorures au plafond. Ils avaient assisté à une démonstration de cavaliers dans un lointain faubourg, puis à une procession sur une place coincée entre une caserne sinistre et un abattoir puant. La différence entre les deux bâtiments était minime, la fiesta après la procession était extatique.

Ils avaient exploré les collections permanentes du Museo de Bellas Artes, quasiment désert. Rembrandt, Renoir et Jackson Pollock étaient suspendus là à portée de la main. On pouvait aller mettre le nez dessus sans qu'un gardien vienne vous rappeler à l'ordre. Ils avaient goûté des vins magnifiques dans des cafés populaires, avec de la musique entraînante et des serveurs âgés. Tony y avait vu confirmée une vieille conviction : si vous voulez savoir ce que vaut une ville, faites attention à l'âge des garçons de café. Les minets et les nymphettes de Los Angeles sont uniquement à l'affût d'un haut pourboire et d'un autre job à trouver le plus vite possible. Un vieux garçon de café vit uniquement pour son métier. Il connaît les hommes et leurs impatiences. Cela fait trente ans qu'il leur apporte les mêmes boissons et les mêmes plats, trente ans qu'il leur raconte la même blague, qu'il écoute leurs jérémiades et leurs radotages, sans s'imposer et sans se moquer. Il faut de la sagesse pour cela, et de la connaissance de soi, et de la classe.

La classe. Cette ville superbe en a à revendre. Après une première répugnance grincheuse, Tony s'était même entiché de tango. Ils avaient même suivi une vraie leçon, Mme Bo Xiang et lui. Avec un amusement insouciant qu'il aurait feint en d'autres temps, mais qu'il avait vraiment éprouvé cette fois. Tous les élèves étrangers étaient empotés et rigolards, seuls Mme Bo Xiang et lui avaient reçu un petit compliment pour leur application. Le professeur était un gros homo avec une barbe en pointe et des sourcils de loup-garou, il était enroulé dans de vastes étoffes noires qui ressemblaient à des rideaux de gaze, mais il portait aux pieds des bottes de cowboy avec des pointes d'acier.

Plus tard affluèrent dans le dancing d'autres hôtes, qui restèrent jusqu'aux petites heures, les Porteños, ainsi que se nomment les habitants du plus grand port au monde pour le transport de viande. Des jeunes et des vieux, des riches et des pauvres, tout un mélange. Eux n'avaient pas besoin de leçons. Ils s'en donnaient à cœur joie, dignement mais fiévreusement, sur une musique que Tony haïssait encore du fond du cœur une semaine auparavant, mais qui le touchait maintenant au plus profond d'une âme qu'il croyait avoir perdue depuis longtemps. Qu'était-il arrivé ? Quel tour Buenos Aires lui avait-elle joué ? Pourquoi avait-il succombé ici et pas à Monaco ?

Monaco lui était apparue comme une façade. Un Disneyland pour milliardaires, un *skyline* de carton-pâte, un club-refuge pour prolétaires ayant escaladé l'échelle sociale, hypocritement propre et ridiculement chic, une névrose architecturale pour figurants d'opérette. Buenos Aires, ça c'était une ville ! Sale sans complexes, ouvertement impure, inéluctablement rebelle. Elle ne demandait pas de compliments, elle vous obligeait à tomber sous le charme. Tony ne l'avait compris qu'au moment où, au milieu de la nuit, pétrifié et de plus en plus saoul, il avait contemplé le spectacle d'El Afronte, un *orquesta típica* composé d'un chanteur et de dix musiciens. Quatre bandonéons, trois violons, un violoncelle, une contrebasse, un piano.

Ils jouaient avec le raffinement d'un orchestre symphonique et la passion rythmique d'un groupe de heavy metal. Tony ne pouvait s'expliquer pourquoi, mais quand le chanteur à lunettes (une anomalie : un existentialiste anguleux du Paris de mai 68 croisé avec un rocker charmant et malgré cela totalement macho argentin) donc, quand cette anomalie avait commencé à chanter, des larmes étaient venues aux yeux de Tony, bien qu'il n'eût pas compris la moitié du texte.

Mme Bo Xiang, non moins saoule que lui, avait essuyé avec un petit mouchoir en papier ce débordement d'humeurs lacrymales. Tony s'était laissé faire. C'était là, à ce moment-là, qu'il avait capitulé. Il avait accordé à la femme ce qu'elle désirait. En fait, elle était très gentille. Il s'était déjà plié aux caprices de femmes bien plus répugnantes. D'horribles dragons qui le méprisaient parce qu'elles le désiraient. Mme Bo Xiang n'avait aucun mépris pour lui. Elle se révélait plus patiente et plus compréhensive qu'il ne l'avait pensé. Avait-elle toujours été ainsi ou avait-elle été radoucie par la vie, par l'un ou l'autre drame ou par une série de catastrophes ?

Peu importait. Elle était comme elle était, ici et maintenant, et Tony ne se sentait ni méprisé ni moqué par elle. À sa propre surprise, il lui était reconnaissant de cela, il en était même ému. Il embrassa ses deux petites griffes dans la pénombre de la milonga moite qui sentait la sueur. Il caressa sa nuque et ses lobes d'oreilles percés. *Casanova for beginners.* Elle gloussa comme une minette, non, comme une putain ivre dans un antique bordel à opium, la tête inclinée, ses petits yeux bridés encore plus plissés que d'habitude.

Personne ici ne semblait trouver cela bizarre. Tony n'était pas le seul homme en compagnie joviale d'une femme âgée. Personne ne posait de questions, personne ne jetait des regards de désapprobation, personne ne chuchotait. On prenait la nuit comme elle venait. Tony aperçut un homme costaud qui dansait avec une sorte d'adolescente prolongée, qui, à en croire ses traits, devait être sa fille. Une beauté aux longues jambes avec une robe trop courte et un regard tragique. Ils se regardaient en dansant, eux et personne d'autre. C'était plutôt une sorte de lutte élégante, un duel intense. S'ils n'avaient pas porté de vêtements, on les aurait soupçonnés d'inceste public. Ils ne s'arrêtaient que pour fumer, tout en continuant à se regarder dans les yeux. Finalement, ils s'en allèrent au petit matin, enlacés, tout juste s'ils ne se roulaient pas des patins.

Le jour suivant, ce fut la Calle Defensa, l'artère principale de San Telmo, transformée en un long marché aux puces, comme tous les dimanches. El Afronte, de nouveau lui, y jouait en plein air, sur les marches d'une église couleur sable, avec une sono déficiente. À nouveau, Tony sentit monter des larmes inexplicables, à nouveau personne n'y prêta attention. Un antique charmeur dans les quatre-vingts ans, déguisé en gaucho, invitait les passantes à danser sur une petite piste de balatum, d'un mètre carré à peine. Mme Bo Xiang refusa. Elle ne lâcha pas le bras de Tony, sauf pour lui acheter un petit CD qu'El Afronte avait produit en privé. Elle laissa dans la petite corbeille qui se trouvait là dix fois plus que la somme nécessaire, fit semblant de ne pas entendre le chanteur qui courait derrière elle pour lui rendre la monnaie et entraîna Tony vers une *parilla*, la seule destination qu'elle eût choisie elle-même cette semaine.

Tony en était même arrivé à aimer ces sortes de grill-rooms folkloriques. Moitié *Weinstube* autrichienne, moitié saloon de western. Avec des nappes à carreaux, de grosses poutres au plafond, des lambris usés et des murs aux plâtres jaunis par la fumée. Sur chaque coin de mur libre était accrochée la tête naturalisée de l'une ou l'autre bête à cornes ou à ramure avec des yeux de verre. Sur le trottoir devant l'entrée trônait même une vache entière. Empaillée.

Celui qui voulait entrer devait aussi contourner, après la vache empaillée, l'emplacement de la grillade, un cercle de deux ou trois mètres de diamètre. Le sol et les parois étaient recouverts de carreaux vernissés, au milieu couvait un feu de bois haut de plusieurs dizaines de centimètres, alimenté par de grosses bûches. Tout autour de ce brasier lent à l'éclat sombre, divers animaux étaient installés, comme autour d'un feu de camp la nuit. Dépouillés de leur peau, des sabots, de la tête et des viscères, et écartelés sur une grille en forme de croix. Un cercle magique de sauveurs décapités qui, en rôtissant doucement, rachetaient les péchés de l'humanité en général et de cette métropole en particulier. En grésillant et fumant ils prenaient sur eux tous les passés inachevés et toutes les misères de l'histoire, avant d'être engloutis par leurs fidèles disciples, les adorateurs de la chair.

Épuisé et dégoulinant de sueur, Tony put enfin se laisser tomber en avant sur le lit, à côté de Mme Bo Xiang. La chose était accomplie. Il se sentait vide comme il ne l'avait jamais été.

Mme Bo Xiang aussi semblait s'être apaisée. Tony s'était retiré d'elle juste à temps. Il avait recueilli dans sa main droite la preuve de son climax. Il s'essuya sur le côté du matelas et, haletant, roula sur le dos. Le parfum synthétique de violettes avait fait place à des odeurs corporelles plus authentiques. Sans le grincement du lit, le silence était écrasant, même si le ventilateur et la clim vrombissaient encore.

Comme toujours après l'acte, Tony bascula pour de bon dans la tristesse. Pourquoi devaient-ils quitter cet endroit le lendemain ? Il n'aurait pas vu d'inconvénient à rester un peu plus longtemps. Mme Bo Xiang ne se plaisait-elle pas ici, elle aussi ? Aussitôt se présenta devant lui une vision bizarre, une image d'un futur possible.

Mme Bo Xiang et lui devraient venir par ici plus souvent. Quelques semaines, quelques mois, tout l'été. Peut-être pourraient-ils s'acheter un pied-à-terre. Mme Bo Xiang avait assez d'argent pour cela et lui-même n'avait plus aucune réticence. Pourquoi ne se spécialiserait-il pas dans la seule activité qui semblait lui réussir sans trop de peine ? D'accord, Mme Bo Xiang et lui ne formeraient jamais un couple parfait. Ils n'avaient jamais encore eu de vraie conversation ensemble, il ne savait même pas ce qui intéressait Mme Bo Xiang, cette incompréhension était clairement mutuelle et entre eux le sexe était à la limite du problématique. Mais cela n'était-il pas valable pour la plupart des véritables mariages ? Si la fréquence n'est pas trop élevée, tout est supportable.

Et pourquoi ne le ferait-il pas ? Devenir son homme de compagnie. Une geisha au masculin, qui apporte une présence agréable et toutes sortes de petites choses intéressantes. Et de temps en temps une subreptice satisfaction de ses besoins intimes. Quel mal y avait-il à ça ? Il existait des métiers bien pires et des servitudes beaucoup plus cruelles. Et il serait vraiment surprenant que

Mme Bo Xiang oppose son veto. Il la connaissait assez bien pour cela. Il pivota vers elle.

Elle était couchée à côté de lui, la tête tournée. La pauvre femme est en train de récupérer, pensa Tony. Est-ce si bizarre ? Elle s'est démenée comme un mustang qui tente de désarçonner son cavalier. Il lui faut un peu de temps pour reprendre son souffle. Mais en même temps, Tony était envahi d'un affreux pressentiment.

Il ne l'entendait plus respirer.

Il la tira brutalement en arrière vers lui, la retourna sur le dos. Le contact de sa peau était moite mais déjà frais. Elle était enveloppée de la tête aux pieds dans l'haleine froide du ventilateur, qui continuait à faire tourner ses ailes de mort au-dessus de leur tête.

Tony cria son nom et la secoua. Sans réponse. Sa couche de fond de teint avait disparu. Son visage, encore plus pâle que d'habitude, avait un reflet bleuâtre. Le rouge à lèvres et le mascara avaient laissé des traces rouges et noires autour de la bouche et des yeux. Elle n'en était pas devenue laide ni macabre. Son visage était pétrifié dans une extase extrême, forcenée. Il n'avait jamais vu quelqu'un rayonner d'un bonheur aussi intense. Il ressentit cela comme une trahison.

Une fois encore, il secoua énergiquement le cadavre heureux. Il refusait d'admettre ce qui leur arrivait à tous deux et il était pris d'une colère croissante contre le sourire inaltérable qui s'étalait sur les lèvres de la femme. C'était comme si elle se moquait de lui, de nouveau, une fois de plus. Comme si elle avait projeté cela depuis le début. Pas seulement le séjour à Buenos Aires, pas seulement les petits restaurants, les leçons de tango, les

Renoir, les Jackson Pollock, El Afronte… mais *ça* aussi. Elle l'avait utilisé, elle l'avait piégé.

Il dut se retenir pour ne pas lui envoyer son poing en pleine face. Il la secoua de nouveau, furieux et impuissant.

Et soudain le cadavre heureux remua quand même. Il émit une toux, une sorte de rot. Plutôt un râle. Mme Bo Xiang entrouvrit même les yeux, Tony n'y vit que deux petits traits blancs brillants, puis ils se refermèrent. Sans perdre son sidérant sourire de bonheur, elle souleva une main. La petite griffe s'avança vers Tony, mais retomba à mi-chemin sur le drap moite.

Vite, pensa Tony, paniqué, en tendant la main vers son téléphone portable. À l'hôpital ! Il n'était peut-être pas trop tard. Il n'était peut-être pas encore nécessaire d'appeler son créancier, l'homme d'affaires le plus célèbre entre Macao et Canton, pour lui annoncer que sa femme venait de décéder.

2..*Mpumalanga*

TONY HANSSEN NE PARVENAIT PAS À SE DÉCIDER à appuyer sur la gâchette. Il ne savait pas ce qui en était la raison la plus profonde. L'angoisse d'échouer, la peur d'être pris en flagrant délit ou l'idée qu'il était – lui ! – sur le point de supprimer un être vivant.

Par trois fois déjà, il avait eu l'œil droit de la femelle rhino parfaitement au milieu de la croix de son viseur, alors que la bête ne bougeait quasiment pas. Elle était là, nonchalante, ruminant en regardant devant elle de cet œil endormi et myope qu'ont tous les herbivores. « Le rhinocéros est un bœuf cuirassé », avait écrit un blogueur sur l'un des sites qu'avait consultés Tony, un site qui lançait précisément l'alerte contre la plaie du braconnage. « Un bœuf cuirassé qui a hélas deux points faibles : ses yeux. »

C'étaient précisément ces yeux presque aveugles et sans défense, profondément enfoncés dans un tourbillon de plis de peau, qui décontenançaient Tony et pétrifiaient ses doigts autour de la détente. Il lisait l'innocence dans ce regard, il y voyait une douloureuse supplication, une demande de pitié. Les chevaux aussi pouvaient avoir de tels yeux, lorsqu'ils étaient blessés ou qu'ils venaient tout juste de recevoir des coups, ainsi que Tony l'avait un jour observé en Provence, non loin de la villa où il passait jadis ses vacances. Deux hommes se défoulaient sur un vieux cheval de trait usé, qui encaissait sans broncher la grêle de coups. Brusquement, ils en avaient eu assez et s'étaient éloignés en s'engueulant.

Tony en était resté tellement stupéfié qu'il n'avait pas pensé à rappeler à l'ordre les deux bourreaux, et il s'en était voulu pendant des années. Aux moments décisifs, il était visiblement moins énergique qu'il ne l'avait cru. Plein de remords, il s'était approché du cheval, qui était resté figé sur place, les flancs tremblants. Il avait chuchoté à l'animal des paroles d'apaisement, mais sans le toucher, pour ne pas l'effrayer encore plus.

Le cheval n'avait ni sursauté ni même remué. Il regardait seulement d'un œil triste et humain Tony, qui s'en sentait doublement accablé. Est-ce qu'un homme, lui-même en premier lieu, serait capable de supporter une telle torture sans s'écrouler de douleur ou devenir fou de rage ? Cette vieille rosse suppliciée évoquait quelque chose de noble, qui confinait même à la provocation. Un héroïsme sobre, dont Tony doutait fort que lui-même en fût jamais capable.

En cet instant, au lieu-dit Krokodilspruit, posant à nouveau le doigt sur la détente, il tentait de se convaincre que de telles considérations n'étaient que des projections, provoquées par le désir profond de se trouver une affinité. Montrez à un homme un chat errant, un cumulus ou un saule pleureur, il reconnaîtra en tous trois quelque chose de lui-même. Et les trois fois, ce sera de la foutaise.

Franchement, y a-t-il un être qui possède moins d'humanité que le rhinocéros ? Le cerveau d'un phoque est cent fois plus sophistiqué que celui de ce colosse puant, dont la race aurait déjà dû s'éteindre depuis des millénaires, en même temps que les dinosaures et les mammouths. Qu'il se balade encore dans la brousse est une erreur de la nature, qui ne profite qu'à l'industrie touristique. Au Moyen-Âge, les chevaliers avaient écumé le Vieux Continent à la recherche de la licorne, un élégant étalon blanc qui pouvait ensorceler les vierges avec sa pointe torsadée sur le front. Dans notre moderne Moyen-Âge, celui de la mondialisation, n'importe qui peut aller reluquer le grand frère lourdingue de la licorne tous les jours dans tous les zoos du monde. Peu de gens, vierges ou pas, tombent en pâmoison devant sa double corne mastoc. Si le rhino a des charmes, ils sont bien dissimulés derrière sa laideur massive, ses dimensions surprenantes et sa puissance vitale menaçante. Un tank primitif sur quatre pattes, dont on aurait peine à croire qu'il puisse se faire éliminer par un individu, même possédant le fusil adéquat et les nerfs d'acier requis.

Avant l'arrivée de l'homme armé, le rhino n'avait même jamais connu d'ennemis naturels. Partout où on ne le chasse pas, il prospère magnifiquement. C'est la seule espèce tropicale qui, dans les jardins zoologiques du grand Nord, ne souffre pas de l'hiver arctique et de sa nuit interminable. Pourvu qu'on lui donne à boire et à boulotter et un toit convenable au-dessus de la tête.

De ce point de vue-là, sans doute, il est assez humain. Tout le reste est imagination et romantisme.

Tony n'avait pas de temps pour le romantisme. Il avait le couteau sur la gorge. Il devait mener à bien cette mission choquante, sinon c'était lui qui allait sombrer et perdre tout ce qui lui était cher. Il voulait retrouver sa famille, sa réputation et sa vie d'avant. Et la clé de tout cela était cet animal. De toute façon, il n'était plus question de reculer. Il s'était déjà rendu coupable de recel, d'entrée par effraction et tentative de braconnage, plus port d'arme illégal et faux en écriture. Et encore, ceci ne concernait que l'Afrique du Sud.

Ce n'était pas juste. Cet animal avait seulement la malchance de se présenter le premier au point d'eau. « *But hey, that's life !* Injuste et dure pour tous ! » C'est ce que le chef du *trading-room* avait crié à l'encontre des premiers clients furieux qui se plaignaient au téléphone de Tony et de la chute inexplicable du cours des effets qui leur avaient été conseillés sur la base de ses pronostics. « Quand les cours montent d'une manière inexplicable, vous ne me téléphonez jamais, hein ! Allez vous faire foutre, bande de losers ! » Il avait tenu bon pendant une semaine sur cette ligne de défense : moquerie et déni.

Ensuite, c'était lui qui avait commencé à téléphoner à Tony pour se plaindre de l'amaigrissement de son propre portefeuille d'actions. À présent c'était lui qui traitait Tony d'escroc et de suceur de sang. Une semaine encore et c'était l'événement dont aucun fonds de placement, ministère ou bureau de *rating* n'avait voulu tenir compte. La banque avait fait faillite et avait entraîné dans son trou noir toutes ses filiales étrangères. Un avoir plus important que le budget de certains États industriels d'Europe s'envolait en fumée. Ne laissant pas plus de trace qu'un pet dans l'univers.

La veille au soir, Tony était entré dans la clandestinité. Disparu des écrans radar en même temps que son ordi portable et ses douze clés de mémoire. Celles-ci contenaient des années de secrets d'affaires, codés évidemment. Des activités soigneusement tenues hors des bilans. Des produits d'investissement toxiques mêlés à d'autres qui étaient clean, le tout vendu en paquets comme produits dérivés sûrs. Une liste de clients exigeants et de leurs numéros de compte exotiques. Un client exigeant – ce pouvait être une personne, un fonds, un pays ou une autre banque – était quelqu'un qui n'aimait pas indiquer d'où venait son argent, n'aimait pas indiquer où celui-ci irait ensuite et qui, entre-temps, exigeait les intérêts les plus élevés, sous peine d'aller déposer ses petites économies chez la concurrence.

Les *memory sticks* USB avaient pour seul objet d'être des bases de données, rien de plus, afin de maintenir l'ordre dans le chaos grandissant d'informations diverses. Tony ne les consultait que quand son ordinateur était déconnecté, car il craignait comme la peste les hackers et les maîtres-chanteurs. Il avait installé tous les pare-feu possibles, mais il n'avait entièrement confiance en aucun. Il n'avait jamais voulu faire mauvais usage de ces clés USB, l'idée ne lui en était jamais venue à l'esprit. Sa loyauté et son sens du devoir étaient trop grands pour cela. Maintenant, a posteriori, c'était une chose à peine imaginable, mais tant qu'il avait travaillé à la banque, sa gratitude pour avoir reçu un tel job avait prévalu sur les doutes quant à son rôle. Il avait montré du respect parce qu'il s'imaginait recevoir du respect. Il était fier comme un paon de sa carrière, de son salaire et de son bonheur familial, même s'il ne rentrait pas souvent avant onze heures du soir et s'il repartait généralement pour le bureau avant sept heures du matin. Ses week-ends étaient réduits à un jour. Sauf en temps de crise, où ils se réduisaient à une demi-journée. Ses vacances en Provence ne duraient jamais plus de huit jours, dont un pour le voyage aller et un autre pour le retour. Pendant dix ans, il avait supplié sa femme de prendre patience. Juste avant qu'elle ne fête ses quarante ans, il lui avait encore accordé une grossesse. Après l'accouchement sans histoire, il s'était fait stériliser.

Plus il versait son sang sur l'autel de sa firme, plus il s'en faisait le farouche défenseur. Il protégeait même son employeur contre la calomnie sur les forums Internet, fût-ce sous un pseudonyme. Il ne voulait pas se montrer flatteur. Les flatteurs faisaient long feu dans les banques d'affaires. Si on veut se rendre indispensable, c'est la rigueur des chiffres qui compte, pas les flagorneries.

Il avait utilisé une dizaine de pseudonymes sur le Net. Il les employait à tour de rôle pour attaquer les dénigreurs. Les neuf autres pseudos servaient à approuver d'un petit pouce levé ce que son premier alias avait écrit, avec des commentaires qui pinaillaient sur des détails de son propre texte, mais en appréciaient les grandes lignes. Les échanges entre ses différents pseudos étaient parfois plus longs que leurs insultes communes envers les vils calomniateurs. Il amenait ainsi son chœur grossissant de contre-attaques à un point d'orgue : les médisants se fatiguaient devant l'ampleur des mouvements de défense et allaient dégoiser ailleurs contre d'autres mastodontes de la finance.

Leur départ soulevait en lui plus de déception que de triomphe. Il n'avait pas d'autres hobbies.

Et à présent c'était lui qui était parti. En exil. Dans un sac de sport portant le logo de sa banque, il avait emporté son portable et ses clés de mémoire accusatrices. Il n'avait pas l'intention d'en faire un usage abusif. La rancune n'était pas dans son caractère et il trouvait la vengeance chose barbare. Mais il n'avait pas non plus l'intention de payer pour ce qui se trouvait sur ses clés. Elles devaient être son assurance-vie, rien de plus.

Sa véritable assurance-vie serait liquidée le lendemain de sa disparition, il en était sûr. Tout le monde ne répugnait pas à la vengeance. Il avait beaucoup de gens au-dessus de lui et le désir de représailles augmenterait à chaque échelon de la hiérarchie. Sa réputation serait traînée dans la boue, ses comptes et cartes de crédit seraient bloqués, ses actions, ses warrants et ses options seraient saisis. Pour autant qu'ils aient encore une valeur quelconque.

Il avait démoli son BlackBerry en l'écrasant à coups de talon. À la Gare Centrale de Bruxelles, immédiatement après avoir une dernière fois utilisé l'appareil pour prendre congé de Martine, sa femme, qui était en état de choc. Il n'avait pas pu parler à Klaartje, leur petite fille de six ans. Elle est encore chez sa gardienne, avait hoqueté Martine. Tony ne savait pas s'il devait croire sa femme ou si elle voulait épargner à Klaartje le traumatisme de deux parents en train de sangloter. Klaartje était une enfant hypersensible.

Mais si quelqu'un pouvait la calmer, c'était justement Tony. Ils se parlaient souvent au téléphone, Klaartje et lui. En fait, ils se parlaient surtout au téléphone. Il n'avait pas eu le temps de convaincre Martine. Ça ne l'aurait pas étonné que son BlackBerry soit déjà sur écoute. Je suis désolé, ma chérie ! Pense à moi et dis à Klaartje que Papa reviendra dès qu'il le pourra. Il avait laissé les morceaux du téléphone et la batterie dans un couloir écarté où il n'y avait pas de caméras de surveillance. C'était peut-être une mesure exagérée, mais il valait mieux prévenir que se faire pincer. Un peu de paranoïa n'est pas inutile pour un clandestin au palmarès controversé.

Ensuite il avait pris le métro, ligne 5, terminus, station Hermann-Debroux. De là, il fallait encore marcher vingt minutes pour atteindre son refuge, avenue de Tervueren, une artère qui coupe en deux l'un des plus beaux quartiers de la capitale de l'Europe. Il n'avait pas osé prendre un taxi. Peut-être serait-il tombé justement sur un chauffeur ex-yougoslave, qui aurait hérité de ses activités de partisan une mémoire photographique. Ou peut-être la Sûreté d'État belge, ou même, qui sait, la CIA, établissait-elle des listes de ceux qui arrivaient en taxi à l'endroit qui devait être son havre introuvable.

Non, pas de taxi pour lui. Tony jugeait qu'à Bruxelles le meilleur moyen de ne pas être remarqué était de se déplacer à pied, portant un sac de sport et vêtu d'un sweater. Un de ces sweat-shirts dont on rabat le capuchon très bas sur le front. Il avait acheté ce vêtement dans un petit magasin cradingue près de la place Fontainas. Un déguisement non ostensible. Et malgré cela, après la station Hermann-Debroux, il avait préféré prendre les rues latérales calmes, le long des jardins du château de Val-Duchesse. De sympathiques chemins de promenade, rustiques et verts des deux côtés et quasiment déserts à la tombée de la nuit. Moins il rencontrerait de gens, mieux ce serait.

Klaartje et Martine allaient lui manquer terriblement. Pour le reste, il ne ressentait aucun regret ni remords. *Ils* n'avaient qu'à mieux le diriger et mieux le contrôler. Mais *ils* n'avaient pas été capables de le faire. C'était précisément là l'essence de tout ce bordel. C'était aussi la raison pour laquelle tous les types de son âge avaient été licenciés depuis longtemps et pas lui. Personne au monde, excepté lui-même et quelques confrères, ne comprenait encore les détails et encore moins la portée de la nouvelle génération des modèles d'ordinateurs économétriques.

Pour être honnête, il devait reconnaître qu'il les comprenait de moins en moins lui-même. Ils avaient en quelque sorte dépassé le cerveau humain. Ils deviendraient bientôt des tumeurs cancéreuses opérant de manière autonome, des organismes numériques indépendants qui pousseraient leurs algorithmes à des vitesses de plus en plus grandes, jusqu'à ce qu'apparaisse un *perpetuum mobile* doté d'une puissance d'achat encore inconnue et n'ayant aucun mécanisme de frein. Dans la réalité virtuelle, où il n'y a ni jour ni nuit et où les marchés libres restent ouverts à perpétuité, les produits les plus divers peuvent être achetés et immédiatement revendus de façon totalement automatique, même s'ils n'existent plus depuis longtemps dans la réalité tangible. Ils n'ont parfois jamais existé, d'ailleurs. Le marché des produits dérivés financiers est déjà dix fois plus important que l'économie mondiale réelle. La fin du gonflement de la tumeur n'est toujours pas en vue.

Qu'un produit doive exister pour être négocié est un concept dépassé depuis longtemps. Tout aussi désuète est l'idée que l'argent doit exister pour pouvoir être dépensé. Dans une carrière de deux décennies à peine, Tony, témoin capital installé au premier rang, avait pu assister au parachèvement de cette évolution sur ses écrans d'ordinateur de plus en plus minces, dotés d'une résolution de plus en plus grande. Le commerce s'était définitivement débarrassé de ses deux fers aux pieds, la marchandise et l'argent. Les produits de la terre et les moyens d'échange permettant de les acquérir ? Devenus superflus, tout simplement. De même qu'était apparu un jour *l'art pour l'art*, on avait maintenant le commerce pour le commerce, exclusivement. Après le poète et le sculpteur conceptuels, les banquiers et le trader étaient entrés dans l'ère du lyrisme pur, dans laquelle il n'est plus besoin de tenir compte de personne, à commencer par leur propre public. Le fric devenu poésie hermétique ! Même les biens immobiliers peuvent être une bulle de savon.

Un jour, évidemment, la vraie facture serait présentée, avec de l'argent véritable. De l'argent matériel, de l'argent archaïque. Tout le monde s'en rendait trop bien compte. Mais par peur d'être éjecté le premier de la hiérarchie financière, chacun avait continué de spéculer et d'encaisser. Cette schizophrénie n'apparaissait même pas désagréable. Quand l'éviction se prépare dans un groupe fermé d'initiés, cela procure au contraire un plaisant sentiment d'euphorie collective. D'autant plus que les salaires et bonus, bien tangibles, eux, continuent à monter parallèlement aux investissements fantômes.

L'euphorie était devenue une addiction et l'addiction était devenue la distinction honorifique d'un nouvel Ordre de la Jarretière – honni soit qui mal y pense. C'est ainsi qu'était apparue en moins de rien une toute nouvelle aristocratie, une coterie d'intouchables, dansant sur le couvercle d'un égout qui prenait les allures d'un volcan caché à mesure que la merde mondiale enfouie émettait de plus en plus de fermentation et de gaz toxiques. La culbute viendrait pourtant de manière inattendue et elle se ferait sentir sur toute la surface du globe.

Sur les clés USB de Tony étaient enregistrés des trajets et constructions qui indiquaient indéniablement que lui-même en était le planificateur et l'architecte. Mais pourquoi aurait-il endossé la robe de bure de la pénitence ? Il avait été un porteur d'eau, rien de plus. Il avait suivi docilement les ordres de marche de ses supérieurs. Et si à présent ils voulaient lui faire payer leur impunité collective, ils se trompaient d'adresse. Ils avaient prévenu que chaque collaborateur serait jugé en fonction de ses résultats trimestriels et non sur la vague expression de la satisfaction de tel ou tel client. Ils trouvaient que ce n'était ni de la tromperie ni de la négligence. À long terme c'était justement le client, chaque client, qui serait le premier à profiter du fait d'avoir une banque plus forte. C'était ainsi qu'elle travaillait, la Main Invisible, le tentacule qui dirigeait le marché libre mieux et plus rationnellement que Dieu ne gérait Sa propre Création. Aide-toi et le monde entier s'en trouvera mieux.

Tony n'avait pas regimbé ouvertement, bien que la Loi heurtât son éthique de programmeur, ses principes de démocrate convaincu, son sens du devoir en tant qu'époux et, plus tard, père. Et par-dessus tout, il n'aimait pas être forcé de faire une chose en laquelle il ne croyait pas à cent pour cent.

Se sentir ainsi déchiré était le seul élément qui l'irritait dans son job. Il s'était apparemment adapté avec docilité à l'uniforme bancaire, complet de marque et cravate. Intérieurement, et c'était cela qui comptait, il avait continué à se considérer comme une sorte de rebelle. Un anarchiste latent. Même si, à l'extérieur, il affichait avec ferveur sa fierté corporatiste, cela ne l'empêchait pas de se sentir une espèce de chaînon manquant. Une charnière autonome entre le petit peuple dont il était issu et le Peuple des Seigneurs de la haute finance auquel, bien sûr, il n'aurait jamais accès.

Et auquel, du reste, il ne voudrait jamais appartenir. Il n'était ni l'un ni l'autre. Il était lui-même. Et personne ne lui ôterait cette dignité secrète.

Son opposition latente s'était transformée en révolte ouverte peu après que son chef de département l'avait traité au téléphone de suceur de sang et d'escroc. D'autres chefs de département étaient venus le menacer jusque dans son bureau, où aucun d'eux n'avait mis les pieds jusque-là. L'un d'eux, une brute rougeaude et fulminante en costume trois-pièces, lui avait envoyé à l'improviste son poing orné de bagues en pleine face. Ce type était sans doute sous l'emprise de la coke, pardessus le marché.

Tony avait pu esquiver à temps dans un réflexe désespéré, le coup de poing avait frôlé sa pommette, sans blessure apparente. Mais pendant une semaine, sa joue en était restée brûlante. Une douleur fantôme humiliante, qui n'avait disparu que lorsque Tony avait pris sa décision. On ne pouvait même pas appeler cela une révolte. C'était plutôt combattre un poison par un contrepoison.

Tout en vidant ses tiroirs, en rassemblant ses clés de mémoire et en emballant son ordinateur portable dans le sac de sport, sans oublier les photos encadrées de Martine et de Klaartje, il se jura que dorénavant il vivrait de la façon dont il avait été formé. Aide-toi ? Et comment !

Il ne connaissait pas seulement les programmes qui permettent d'enjoliver les bilans et, éventuellement, de maquiller des budgets gouvernementaux. Il connaissait aussi les voies à suivre pour qu'une personne de chair et de sang se dissolve en fumée.

Et même ici, pensa Tony, qui suait sur cette colline à Mpumalanga au pied de la Véranda de Dieu, même ici la Loi fonctionne. Ici aussi je suis tout seul, seul maître de mon destin. Il essuya ses paumes moites sur son pantalon de safari en coton et épaula de nouveau son fusil. Pendant son service militaire, il avait été un assez bon tireur d'élite. D'après son officier instructeur, il possédait tous les talents pour devenir sniper dans une guérilla urbaine. Précision plus patience, patience, patience.

Ça ne s'oublie pas, c'est un don. Tout ce qu'il faut faire, c'est appuyer sur la détente au bon moment. Qu'est-ce qui pouvait foirer ici ? Il n'y avait guère de vent, il n'y avait aucune raison de supposer que la balle manquerait son but. La tête de la balle était entaillée en forme de croix, elle exploserait en mille morceaux derrière l'orbite. La mort de l'animal serait immédiate, avec un minimum de souffrance. Cela pouvait paraître cruel, mais c'était humain.

Tony continua à se parler ainsi, à se persuader pendant de longues minutes, mais il n'arrivait toujours pas à presser cette foutue détente. Impuissant, il vit la femelle rhino détourner la tête à nouveau. Elle montra de profil sa double corne majestueuse et magique, dont le prix au kilo dépassait celui de l'or. Tête rentrée, nez en l'air, elle poussa des reniflements méfiants. Ensuite elle se pencha vers son petit, qui haletait à côté d'elle après avoir gambadé dans la boue du point d'eau. Seule une petite bosse indiquait l'endroit où pousserait sa future corne. Quel âge pouvait-il avoir ? Quelques semaines ? Quelques mois ?

Tony abaissa son fusil. Il n'y arrivait pas. Sa jambe droite tremblait, la sueur lui coulait de nouveau dans les yeux. Ses aisselles sentaient fort, heureusement la petite brise soufflait du point d'eau dans sa direction, sinon son odeur l'aurait trahi depuis longtemps. Il s'appuya du dos contre le pick-up, roula des épaules pour les détendre tout en respirant à fond. Au loin, un étalon zèbre hennissait, une famille de phacochères se dirigeait à petits pas vers l'eau à une distance respectueuse des rhinocéros, des échassiers picoraient à qui mieux mieux et le colossal soleil rouge descendait lentement sur l'horizon. Combien de temps restait-il avant que l'obscurité ne tombe ? Quelle route de fuite devait-il choisir ensuite ?

Et que se passerait-il s'il ratait l'œil et si la bête était seulement blessée ? Il ne fallait pas y penser. Il devait atteindre son but du premier coup.

Il se ressaisit et épaula.

Son cœur se serra. Attendrissant et maladroit, le petit rhinocéros cherchait la mamelle entre les pattes de sa mère. Pas facile, avec tous ces plis de peau et couches de graisse. Le petit tâtonnait de plus belle.

La femelle rhino laissait faire son petit. Elle se tenait là, jambes écartées, un peu maussade – ou bien était-ce de nouveau un stupide anthropomorphisme de la part de Tony ? Sur le dos bossu de la femelle, un petit oiseau au bec rouge picotait, en quête de parasites. Le rhino laissait faire.

L'œil de l'animal se trouva une fois encore dans le viseur, de nouveau le doigt de Tony ne bougea pas. Ce qui le paralysait maintenant, c'était le spectacle du petit qui tétait. Il en frissonnait. Qu'arriverait-il à cette petite bête dans la nuit africaine ? À côté d'un cadavre qui attirerait les charognards à des kilomètres à la ronde. Mon Dieu, il n'était pas sur le point de condamner un être à mort, mais deux. Il s'imaginait le petit, attrapé et entraîné par un crocodile parce qu'il se serait approché trop près de l'eau. Ou, au milieu de la nuit, attaqué par des hyènes à la gueule peine de bave et de sang. Ou par une troupe de chiens sauvages du Cap. Ils étaient capables de déchiqueter un impala en dix minutes jusqu'à ce qu'il n'en reste plus rien. Avec la peau dure du petit rhino, ils mettraient tout juste un peu plus de temps.

Du poignet, il essuya la sueur de sa lèvre supérieure. Devrait-il tirer deux fois pour accorder aussi le coup de grâce au petit ? Cela lui serait encore plus difficile, il n'était pas un monstre. Et deux coups de fusil signifieraient encore plus de bruit et une perte de temps, avec tous les risques que cela entraînerait. Ces dernières années, la lutte contre le braconnage s'était considérablement intensifiée. On le lisait sur tous les sites. Le gouvernement et la direction des parcs collaboraient de mieux en mieux. En plus des lunettes de vision nocturne et des petits avions de reconnaissance, ils disposaient des moyens de communication les plus modernes et même, depuis peu, de munitions de guerre, car les bandes de braconniers devenaient de plus en plus violentes. Dans le parc d'Umfolozi, l'ancien domaine de chasse du roi Shaka Zulu, on avait assisté récemment à un affrontement sanglant entre une bande de braconniers et une patrouille de gardes, avec des morts des deux côtés et cela avait fait sensation dans la presse internationale.

C'est déjà presque un miracle qu'on ne m'ait pas découvert tout de suite, pensait Tony. Il courait des risques incroyables. C'est pour cela qu'il avait concocté ce plan tout seul, en évitant les spectateurs ou les délateurs possibles, sans laisser de traces, sans assistants qui pouvaient se retourner contre lui sur le chemin du retour. Une vie ne vaut pas grand-chose dans ces contrées, on lisait assez de choses là-dessus. Une seule corne valait sur le marché vietnamien assez d'argent pour assurer à une douzaine de familles une existence heureuse pendant des années. Cela suffisait pour oublier tout sens moral. Ma seule chance réside dans ma vitesse d'exécution, pensa Tony. Je tire, je fonce en bagnole jusqu'à l'animal, un rapide coup de hache et je repars à pleins gaz vers le trou fait dans la clôture. La nuit et les chemins non éclairés couvriront ma retraite. C'est ainsi que ça *doit* se passer. Oublie ce petit rhino !

Il chassa quelques moustiques et épaula.

À sa grande confusion, il vit apparaître, un peu au-delà du dos bossu de son rhino, le zèbre dont il avait entendu les nombreux hennissements. L'étalon descendait en premier une colline en pente douce, suivi de son troupeau, éparpillé, en désordre. Une famille de girafes, majestueuses et assoiffées, suivait aussi en un galop ralenti. Tony ne les avait pas vu venir, tant il était concentré sur sa proie. Il étouffa un juron. Qu'est-ce qui s'amènerait encore ? Un troupeau de gnous ? À cette heure de la journée, il pouvait se produire un véritable embouteillage au point d'eau, et il fallait compter aussi avec la nervosité de tous les animaux. Ils avançaient sur un terrain périlleux. Il y avait souvent des lions à l'affût dans un tel endroit. Tony devait absolument tirer avant que son rhinocéros ne prenne la poudre d'escampette. Les rhinos tiennent à leur vie privée, il n'est pas dans leurs habitudes de partager la boisson et le séjour. Et voilà ! La femelle rhino devenait nerveuse. Ses grandes oreilles pointues se tournaient de tous côtés, elle reniflait des odeurs hostiles. Faisant quelques pas en arrière, elle se mit à balancer la tête d'un air inquiet.

Tout en jurant, Tony tentait de suivre le mouvement avec son fusil. Il n'arrivait plus à placer l'œil au milieu de la croix de son viseur. J'aurais dû tirer il y a deux minutes, grogna-t-il. En même temps, il était enthousiasmé par la grâce lourdaude de sa proie. Il entendait d'ici son piétinement nerveux, il voyait des frissons parcourir ses flancs pleins de poussière. Elle avait dans le cou, les aisselles et l'aine des plis comme ceux d'un vieux fauteuil de cuir. Ailleurs sa cuirasse était tendue, grêlée comme une orange surdimensionnée couleur de béton. Il voyait le tremblement de son ventre lourd et pendant, il voyait s'élever en une boucle sa queue courte mais puissante. Quelle bête monumentale et superbe ! Des millions d'années d'évolution précaire et d'insatiable désir de survie.

En un éclair, Tony vit aussi Klaartje, à qui il avait à peine parlé quelques fois depuis un an. En secret et brièvement, via Skype et toutes sortes de comptes faux et de détours informatiques. Sa femme et sa fille étaient un appât, celui qu'il aurait lui-même employé s'il avait été à la place des chasseurs. Ce n'étaient pas seulement les autorités qui étaient à sa recherche. Entre-temps, la banque avait changé de nom – le redémarrage avait reçu une aide généreuse des autorités – mais, outre la plupart des directeurs de la banque précédente, elle avait réengagé la plupart des chercheurs. Ces crapules connaissaient leur boulot. Ils avaient souvent fourni à Tony des données secrètes concernant un client ou d'autres faits à la limite du délit d'initié. Il ne saurait donc être trop prudent.

Mais il était aussi grand temps d'agir enfin pour se sauver si c'était possible, pour rétablir son honneur et retrouver sa famille, même si, hélas, cette action devait être sanglante. Son odyssée avait déjà duré trop longtemps. Il était impossible que le parcours de son existence se termine déjà. Il avait renoncé à trop de choses et trop investi pour cela. Il avait droit à une seconde chance. À un avenir, comme n'importe qui.

D'un geste décidé, grinçant des dents dans sa volonté d'action, il épaula une fois de plus. Et un coup de feu retentit enfin au pied de la Véranda de Dieu.

Mais Tony en resta éberlué. Ce n'était pas lui qui avait tiré. Il abaissa son arme et regarda la femelle rhino, incrédule. Sa tempe avait éclaté, avec l'œil et le reste. Le sang coulait à flot. Un coup de maître.

Pendant un moment, la bête resta debout, agitée d'un tremblement. Elle poussa un barrissement bref et furieux, frappant violemment le sol de ses pattes arrière, tandis qu'autour d'elle les échassiers s'envolaient, les zèbres et les girafes fuyaient en désordre, et que les échos du coup de feu roulaient au loin, dans les profondeurs de la faille.

Puis la femelle rhino s'effondra avec un bruit sourd. Dans le lointain résonna de nouveau un chant d'oiseau.

CE N'ÉTAIT PAS TOUTE UNE BANDE qui lui avait mangé l'herbe sous le pied, comme Tony l'avait craint pendant une fraction de seconde – son cœur avait cessé de battre quelques instants à l'idée de se retrouver à l'improviste devant une demi-douzaine de braconniers. Imaginez qu'il eût tiré le premier et que les autres aient ensuite fait feu sur lui ! Avec l'avantage du nombre et des armes automatiques ! Il serait déjà mort. Transformé en passoire, abandonné, perdu sans laisser de traces, à douze mille kilomètres de chez lui, bouffé par les vautours et les vers, le Squelette Inconnu.

Sa panique reflua assez rapidement, faisant place à un soulagement prudent. Son adversaire était visiblement un solitaire, comme lui. Et, à en juger par son acte impavide, il n'avait même pas remarqué Tony.

Avant même que ne s'éteigne l'écho du coup de feu, une jeep de safari avec une silhouette sombre au volant fonça vers le point d'eau. Sur la toile qui fermait l'arrière en lieu et place d'une portière se lisait un logo, le même que sur le capot. La représentation graphique d'un springbok au-dessus du texte : *Nasionale Krugerwildtuin.*

Tony pensa un instant que son concurrent s'était mieux préparé que lui. Ce type ne s'était pas procuré un 4x4 volé à Jo'burg, il en avait carjacké un tout près d'ici. Un véhicule parfaitement adapté, qui n'attirerait l'attention de personne s'il était repéré sur les pistes interdites du parc national voisin. C'était un plan brillant.

Mais lorsque l'homme descendit, entouré du nuage de poussière que soulevait son coup de frein brusque, l'admiration de Tony se changea en hostilité. Ce n'était pas de jeu. C'était lui, Tony, qui avait le droit de se tenir là dans ce nuage de poussière, au bord de l'eau. C'était lui, après toute la peine qu'il s'était donnée pour arriver jusqu'ici, étranger dans un pays lointain et imprévisible, lui, l'homme de chiffres qui n'était que rarement entré en contact avec les animaux, et encore moins pour les tuer. En revanche, son concurrent était un guide professionnel du parc ! C'était trop facile !

À travers sa lunette, Tony regardait l'homme avec une aversion croissante. Un géant noir dans la bonne cinquantaine, avec une jambe raide, des yeux injectés de sang, des dents blanches comme l'ivoire, une barbe de quelques jours et une grimace qui paraissait à la fois morose et farouche. Il était vêtu de l'uniforme de sa profession. De solides godasses, des bas verts montant jusqu'aux genoux, un short foncé avec des poches sur les cuisses, une chemise kaki avec des poches de poitrine et des épaulettes vertes sur lesquelles figurait en petit le logo du parc naturel.

Tony ne se souvenait que trop de cet uniforme. Il l'avait admiré, à peine deux ans auparavant, pendant le séjour qu'il avait fait avec Martine et Klaartje dans le plus grand parc d'animaux sauvages d'Afrique. Peut-être avaient-ils même rencontré cet homme-là en sa qualité de gardien.

Cette possibilité mit Tony en colère pour de bon.

Ils avaient échangé pour dix jours leur villa à Wolvertem pour un pays aussi vaste que l'Europe de l'Ouest. Ils avaient immédiatement réalisé que c'était beaucoup trop court. Ils n'avaient pas vu beaucoup plus que le Parc Kruger, deux vignobles à Franschhoek et la perspective du Cap depuis le Tafelberg.

Mais quel panorama à couper le souffle ! La baie d'un bleu vif, le quartier du Waterfront et son quadrillage de rues animées au milieu du City Bowl, cette ville-amphithéâtre entre les montagnes de Devil's Peak et Lion's Head, la Parade qui s'étirait avec ses palmiers, les plaines brumeuses au loin dans le nord... Après les immenses paysages toujours changeants que Martine et lui avaient admiré pendant des heures par les vitres de leur voiture de location, cette vue panoramique exubérante avait définitivement attisé leurs regrets. Il fallait absolument qu'ils reviennent au plus vite pour rendre justice à ce pays magnifique.

Ce projet n'avait pas pris corps. Ça ne s'était pas fait, tout simplement. Le trip de dix jours était l'un des rares vrais voyages que Tony s'était jamais permis, parce que Martine avait insisté si longuement et parce que la banque, à cette époque, semblait se diriger sans problème vers une nouvelle année de progression des bénéfices à deux chiffres avant la virgule. On pouvait se passer de lui pendant un petit moment. Pour une fois, il avait même pris le risque qu'en son absence les nouveaux wonderboys récemment engagés ne viennent faire leur trou à sa place. On les cueillait à présent dès avant leurs examens finaux à l'université et ils recevaient immédiatement un contrat de cinq ans en échange de la période de leur vie où ils n'étaient pas encore accablés d'une famille dévoreuse de temps et où ils possédaient encore une endurance d'athlètes. Ces jeunes pousses étaient capables de travailler deux nuits de suite sans rien perdre de leur enthousiasme. Bon, qu'ils s'y essayent, ces petits jeunes, qu'ils se débrouillent sans lui. Pour plus de sûreté tout de même, il avait dissimulé un certain nombre de dossiers derrière de doubles mots de passe. Et, lors du briefing, il ne les avait pas non plus avertis de l'existence de certains autres dossiers. Qu'ils se démerdent, lui aussi avait dû le faire à ses débuts à la banque.

Klaartje n'avait que quatre ans lors de ce voyage de rêve, mais deux ans plus tard elle se souvenait encore du troupeau d'éléphants et du seul lion qu'ils avaient vus de près. Sans parler de la comique famille de suricates et du phacochère avec ses six marcassins. Et les hippopotames ! Klaartje était intarissable sur les hippos. Leur gueule béante dans laquelle les oiseaux picotaient entre les dents. Et puis ses jumelles roses de la marque Hello Kitty, avec lesquelles elle avait observé toutes ces merveilles. Au bout de deux minutes, Tony n'avait même pas besoin de lui poser des questions, elle discourait à perdre haleine pour faire plaisir à Papa.

Enfin, tout ça, c'était avant. À la maison et au téléphone. Et récemment via Skype, quoique plus brièvement. Il restait peu de temps pour parler d'autre chose, car Tony n'osait pas appeler Martine et Klaartje plus de dix ou douze minutes.

Peut-être était-ce mieux que Klaartje ait recommencé d'elle-même à parler de ce voyage. Il n'aurait pas su quoi répondre si elle s'était mise à lui tirer les vers du nez, à lui poser des tas de questions comme elle aimait le faire. Il s'était senti mal la dernière fois quand, avec sa petite moue charmante, elle lui avait demandé pour la seconde fois en trois minutes quand il reviendrait enfin à la maison.

La conséquence du filandreux récit de safari de la petite Klaartje était que Martine avait à peine eu l'occasion de se glisser dans ce dialogue. En tant que mère, elle trouvait visiblement plus important que leur petite fille hypersensible puisse converser avec son père, plutôt que de la laisser, elle, l'épouse, s'épancher au téléphone. Lorsque Tony, à mots couverts, lui avait demandé comment avançait l'enquête, Martine avait réagi bizarrement. Elle était devenue livide, avalait sa salive coup sur coup et ce qu'elle sortait paraissait n'avoir ni queue ni tête. Était-ce sa Martine, ça ? Où était le contrôle, le sang-froid qu'il avait toujours admiré chez elle ? Il y avait une sorte de sanglot inquiétant dans sa voix et elle jetait des regards obliques et angoissés sur leur fille, uniquement visibles pour lui. Tony en conclut que Klaartje et elle étaient encore sous surveillance et qu'on le recherchait à travers sa famille. Elles étaient écoutées, observées, bref, espionnées.

Il n'avait pas seulement interrompu immédiatement la liaison Skype, il s'était complètement déconnecté et s'était enfui du cybercafé sans payer, pour se perdre dans la foule qui flânait dans le centre ancien d'Istanbul. Deux heures plus tard, il s'enregistrait à l'aéroport Atatürk, raccourcissant son escale de près de vingt-quatre heures. Deux autres heures et il décollait dans un Airbus 330 de la Turkish Airlines.

Direction Oliver Tambo Airport, Johannesburg.

Le géant noir en uniforme avait à peine jeté un regard autour de lui en sortant de la voiture, il était tellement calme que c'en était irritant, comme s'il n'y avait aucun motif d'inquiétude. Il rejeta la toile de sa jeep, lança son chapeau de safari sur la banquette arrière et s'empara d'une tronçonneuse, toujours du même air d'indifférence choquante. Couché sur le flanc à côté de la jeep, le rhino était agité de soubresauts. Du trou dans la tête sortait un sang bouillonnant, ses grosses pattes continuaient à remuer, à se débattre lentement, comme s'il devait, dans un mouvement latéral, se frayer un chemin dans une mer de boue en train de sécher. Le bord inférieur du soleil toucha l'horizon. Une odeur écœurante, apportée par la brise du soir, frappa les narines de Tony. Haut dans le ciel planaient des oiseaux, Tony se demanda s'ils tournoyaient déjà là tout à l'heure.

Les oiseaux fuirent dans un grand bruit d'ailes lorsque l'homme, tirant sur le cordon de démarrage, mit sa tronçonneuse en marche. Le vacarme hystérique de l'engin ne déchira pas seulement le silence arcadien, à peine peuplé de frémissements d'oiseaux et d'insectes, qui venait de s'installer. Il trancha aussi en deux le cœur de Tony. Il ne savait pas quel sentiment dominait en lui, tandis qu'il observait cela en silence depuis sa cachette. Indignation, jalousie ?

Ou bien était-il tout bonnement furieux ?

Déjà quand il était étudiant, il avait un penchant pour les noirs. Leur histoire était si profondément tragique qu'elle criait vengeance. Le plus beau – et ce pays-ci en offrait le plus éclatant exemple – était que, malgré toutes les injustices subies durant des siècles, ils étaient capables de pardonner. Du moins s'ils possédaient un leader comme Nelson Mandela.

Dans d'autres pays africains, ils avaient hélas fourni la preuve qu'eux aussi savaient ce qu'est un génocide. Ils ne rechignaient pas à d'autres cruautés sur une grande échelle. Mais si l'on osait placer les choses dans une perspective historique, les Européens n'avaient pas de quoi se vanter. Ils n'avaient pas fait beaucoup mieux, même en considérant uniquement le vingtième siècle et ce qu'ils avaient commis entre eux. Et il ne fallait pas être diplômé en économie pour être choqué par les ravages continus causés par l'Europe en dehors de ses frontières, spécialement dans ses anciens territoires conquis.

L'amélioration des infrastructures et du système d'éducation sur ces terres ne changeait pas grand-chose à la responsabilité, non, à la culpabilité du Vieux Continent. Cela durerait encore des générations avant que l'Occident n'arrive à apurer tant soit peu sa dette. On ne pouvait trop le répéter, envers et contre tout le cynisme eurocentrique. De plus, Tony, tout comme Martine d'ailleurs, trouvait l'homme noir par nature plus beau et plus noble que les représentants de toutes les autres races. Race était un mot qu'ils n'aimaient pas utiliser, mais d'un autre côté ils ne savaient comment définir la chose. Si l'on ne prenait pas en considération les dictateurs hélas trop nombreux et dont l'existence n'était souvent qu'un aspect de l'interventionnisme européen, les noirs étaient dans l'ensemble plus photogéniques et plus sympathiques que d'autres habitants de notre planète. Martine et lui avait pu en juger sur pièces lors de leur séjour, à vrai dire assez court.

Le touriste un peu argenté est accueilli cordialement dans tous les paradis de vacances du monde, il est vrai, mais cette jovialité bon enfant et sincère que Tony et sa famille avaient rencontrée durant dix jours ? Et dans la rue aussi ? Et de la part de tous les Sud-Africains, pas seulement les noirs, mais aussi ceux qu'on appelle les coloureds et même les blancs ? Cette joie de vivre avait même quelque chose de déstabilisant. Surtout au retour dans l'ombilic autoproclamé de la civilisation, votre pays natal, où vous êtes à nouveau confronté à toutes ces voix agressives et ces tronches de pisse-vinaigre, pour qui un mot gentil semble être comparable à une insulte à quoi on doit absolument répondre par une autre insulte. Même Klaartje paraissait le ressentir, elle qui, avec ses boucles blondes et ses taches de rousseur, avait été pendant dix jours l'objet de petits cris d'admiration et de petits chatouillements attendris de la part de fans totalement inconnus. « Quand est-ce qu'on retourne chez les rigolos noirs ? » avait-elle demandé avec une petite moue, un soir au moment du coucher. À leurs amis et leur famille et à tous ceux qui voulaient l'entendre, Martine et Tony eux-mêmes avaient pendant des mois chanté les louanges de l'époustouflant pays de leurs rêves, où les inégalités n'avaient malheureusement pas encore disparu, certes, et où ils s'étaient rendus avec une certaine appréhension, il fallait l'avouer, mais où ils avaient, dès le premier jour, été accueillis comme des rois et des amis et où en outre, il fallait bien le dire, les autoroutes étaient en meilleur état qu'en Belgique.

Bref, cela avait été un franc succès malgré l'insécurité annoncée.

Et voilà que Tony a devant les yeux un noir qui abuse de son uniforme touristique pour commettre un délit à l'encontre des richesses et du progrès de son propre pays. Tony sait qu'il est mal placé pour faire la morale à quiconque, ça ne l'empêche pas d'être furieux. Tout ce qui va mal en Afrique, tout ce qui fait paraître son avenir sans issue, se retrouve confondu dans ce seul tableau, la synthèse d'une tragédie.

Mais qu'est-ce qu'il a, ce type ? Dans un pays où règne une conjoncture de chômage astronomique, on lui offre enfin un boulot convenable, logé et nourri, un uniforme sur le dos et une auto sous le cul, dans l'une des plus belles régions du monde et dans un secteur où rien que les pourboires des visiteurs représenteraient un salaire de base pour les trois-quarts de ses compatriotes moins chanceux – et qu'est-ce qu'il fait ? Il s'en fout, il envoie tout ça au diable. Il se met lui-même à braconner et il augmente donc les dégâts que les bandes internationales viennent faire ici. Il scie la branche sur laquelle il est assis. Comment peut-on être aussi con ? Mais ça aussi, c'est l'Afrique, avec ses magouilles endémiques, sa courte vue, sa corruption indéracinable à tous les niveaux. La facilité avec laquelle on peut acheter ici un pick-up volé, un fusil et même des munitions de guerre ! Comme ça, dans la rue, sans que personne ne pose de questions. Dans la boîte à gants de son pick-up, Tony conserve un rouleau de rands sud-africains en grosses coupures, des billets flambant neufs, ceux qui ont été émis récemment à l'effigie de Nelson Mandela. Des billets avec lesquels il compte graisser la patte à la douane pour que ses bagages, corne de rhino comprise, soient placés sans contrôle sur le tapis roulant. Il est superflu de prendre contact auparavant, un peu d'audace et de connaissance des êtres humains suffit au moment même. C'est également l'une des choses qu'il a pu constater durant son séjour de dix jours. Une amende de circulation ? On en paie la moitié au noir au brave agent et il déchire le PV. Aucune instance n'en saura jamais rien. Un clin d'œil et un hochement de tête réciproque suffisent. Les rituels de corruption sont tristement simples et catastrophiquement efficaces. Et ils s'étonnent que leur nation arc-en-ciel continue à se traîner dans une déprimante pagaille.

Mais la colère de Tony le tenaille de façon plus profonde. Il en veut à cet homme en personne. Voilà un type qui agit totalement de sang-froid. Ce n'est pas la première fois qu'il fait ça. Tout en lui est arrogant, et efficace, et honteusement authentique. Les vêtements de safari de Tony ne sont qu'une parodie, l'autre, le gardien, porte *the real thing*. C'est un homme de métier et Tony n'est qu'un amateur, un pauvre petit faussaire, un fumiste. Sans le savoir, ce type lui tend un miroir infamant. Il s'en aperçoit maintenant et cela est un choc pour lui. Le bonhomme fait ce que lui-même, Tony, voulait faire. Oui, il est tombé bien bas, Tony.

Le fait que, malgré ce sentiment d'humiliation personnelle, il ressente une exécration primaire à l'égard de ce braconnier à mi-temps fait bouillir son sang de rage.

La brute en uniforme n'attend pas que les pattes du rhino cessent de s'agiter. Il s'avance en boitillant vers l'animal agonisant, se plante sur ses jambes écartées et applique la tronçonneuse rugissante à la base de la grande corne. Tony doit se retenir pour ne pas hurler. Salopard ! Abrège au moins les souffrances de cette bête !

L'homme bande ses muscles. Le rugissement de la scie se change en un grincement plus bas, mais belliqueux et triomphant. Un frisson pénètre Tony jusqu'à la moelle des os. Ce type est gonflé, pour se permettre d'employer une tronçonneuse au lieu d'une hache ! Le tintamarre s'entend à des kilomètres à la ronde. Et il scie inutilement profond. Il ne veut pas perdre un gramme de corne. Les gouttes de sang et les fragments d'os volent aux alentours. Tony hait ce type du plus profond de son cœur. Une vague odeur lui parvient, poils brûlés, os échauffés. Il se sent grincer des dents, il a une nausée de dégoût. L'homme se prépare à entamer la seconde corne, la plus petite.

Et puis la chose arrive. Tony voit encore très bien malgré l'obscurité qui tombe. Le petit de la femelle rhino rapplique à toute allure.

Tony avait perdu l'animal de vue. Sans doute avait-il fui en même temps que les zèbres et le voilà qui revient. Il fait une charge désespérée, son nez encore vierge au ras du sol. Il fonce sur le géant noir, le touche par-derrière, mais pas à pleine puissance. C'est suffisant pour pousser vers l'avant l'homme à la jambe instable.

Assourdi par le vrombissement de son engin, il n'a pas entendu venir l'animal. Pour ne pas tomber, il est obligé de faire un bond un peu ridicule par-dessus la tête mutilée de la femelle rhino. On entend son juron malgré le bruit de la scie.

Il rétablit son équilibre et se tourne, furieux, vers le jeune animal, qui est déjà en train de charger une seconde fois. Alors le géant fait ce qu'il n'aurait pas dû faire. Il lève la tronçonneuse, prêt à faucher le petit rhinocéros. Et Tony l'abat.

Il a épaulé et tiré en une fraction de seconde. Plus de trace de paralysie et toujours aussi précis dans le tir. Il est vrai que c'est un don, et Tony le possède, même s'il est programmeur et chiffreur de son métier. Il en voit le résultat dans son viseur. La balle a frappé le géant noir à la base du cou, pas loin au-dessus du cœur. L'homme, stoppé dans sa contre-attaque, hurle dans un gargouillis. Tête en arrière, les yeux et la bouche grands ouverts de douleur et de stupéfaction. La tronçonneuse lui échappe. Elle tombe en oblique sur son genou et sectionne le bas de la jambe. Le sang en jaillit, se mêlant à celui de la femelle rhino. L'homme bascule théâtralement, le corps d'un côté, le membre amputé de l'autre. Pour la seconde fois ce soir, l'écho d'un coup de feu se répercute, de plus en plus lointain entre les murailles de rocher.

Le remords viendra plus tard, en même temps que la honte et la dégradation de l'image qu'il a de lui-même. (« Suis-je vraiment capable d'une telle monstruosité ? »)

Pour le moment, Tony ne ressent rien de tout cela, peut-être à cause de l'adrénaline qui rugit dans ses veines. La seule chose qu'il pense est : j'aurais dû le faire bien plus tôt.

3 .... *Buenos Aires*

FINALEMENT, LE CADAVRE HEUREUX n'en avait pas réchappé. Il était mort une seconde fois. Cependant, personne n'aurait pu reprocher à Tony Hanssen de n'avoir pas tout mis en œuvre pour ramener Mme Bo Xiang à la vie. Il lui avait donné de petites tapes prudentes sur la joue, répété dix fois son nom près du lobe d'oreille perforé, il l'avait secouée, appelée, implorée, flattée. Il avait tout essayé sans succès. Mme Bo Xiang était entrée dans le royaume des bienheureux et elle refusait d'en revenir.

Dans ses tentatives de sauvetage, Tony avait été conseillé par la tenancière de la pension. Une grande asperge, fausse blonde aux vêtements extravagants, visage de granit et sourcils perpétuellement haussés, double résultat de la chirurgie esthétique. Ses lèvres pleines avaient le bénéfice du doute, car sa bouche était la seule chose dans son visage qui semblait pouvoir remuer souplement. Et pourtant, jugeait Tony, elle avait un certain genre de beauté farouche, comme la plupart des femmes de cette ville. La tombe d'Evita Perón pouvait bien se trouver n'importe où, l'héritage mental de l'actrice et *first lady* n'avait pas été enterré avec elle. Les Porteñas, jeunes ou vieilles, avaient encore un tempérament indocile et une haute opinion d'elles-mêmes. Et elles avaient toujours autant de mal avec leurs hommes. Ces hommes à qui elles reprochaient leur nature dominatrice, mais dont elles n'auraient, en même temps, toléré aucune faiblesse.

Tony avait appelé la tenancière en panique, car elle était la seule personne de Buenos Aires dont il avait enregistré le numéro dans son smartphone. Elle l'avait interrompu au milieu de la première phrase, lui avait ordonné de rester où il était, gueulé en espagnol à quelqu'un, sans doute la femme de chambre, d'appeler les secours et elle était accourue elle-même illico. Tout cela sans interrompre la communication. Elle logeait deux étages au-dessus. En la voyant entrer avec son petit portable à la main, Tony se dit qu'il y avait de grandes chances qu'elle eût entendu de là-haut ses ébats avec Mme Bo Xiang.

Elle garda un visage impassible, mais cela était peut-être dû au Botox. Son regard, cependant, dirigé sur la dépouille mortelle de Mme Bo Xiang, trahissait l'ironie ou même la moquerie. Comme si elle trouvait typique pour une Chinoise de passer l'arme à gauche au *moment suprême*. En attendant l'ambulance, elle se plaça à côté du lit et donna à Tony davantage d'ordres que de conseils. Au moment de leur arrivée à la pension, elle avait raconté que son père avait été général durant les Années Difficiles. Tony n'avait pas osé demander plus de détails. Dans le *Rough Guide*, il avait remarqué que l'Argentine avait vécu beaucoup d'Années Difficiles. Les Difficiles étaient plus nombreuses que les Faciles. Elle se nommait Mercedes. Son père n'avait pas seulement été général, il avait aussi eu beaucoup d'amis allemands.

« Donnez-lui encore des tapes dans la figure », ordonna Mme Mercedes, regardant de haut Tony et son cadavre heureux comme deux bagarreurs de rue sonnés pour le compte. Son anglais n'était pas mauvais pour une hispanophone. On percevait dans sa voix qu'elle n'était pas particulièrement enchantée que la mort vienne visiter sa *casa de turistas.* Elle gérait deux petits hôtels et une vingtaine de chambres d'hôtes, disséminés dans le rustique quartier de San Telmo et le chic Palermo, mais cette maison-ci était son quartier général et sa résidence principale. En tant qu'ancienne étudiante en architecture, elle avait dirigé elle-même les travaux de rénovation et elle habitait le seul étage qui n'était jamais donné en location. « Vous lui avez déjà mis un doigt dans la gorge pour voir ? » Son ton était de plus en plus sincère et de plus en plus préoccupé, tandis qu'elle les contemplait, les bras croisés sur sa poitrine ferme. « Peut-être que sa langue est seulement repliée. » Puis elle ne dit plus rien.

Quelle différence avec leur première rencontre, lorsque Mme Bo Xiang et lui avaient rempli leur fiche d'hôtel. Mme Mercedes avait tenu le crachoir à une vitesse record et sans s'arrêter, comme si elle craignait que ces deux clients fortunés n'aillent fuir chez la concurrence aussitôt qu'elle se tairait. Tony ne pouvait s'empêcher d'y penser, tandis qu'en sa présence silencieuse il tentait de faire revenir Mme Bo Xiang de son nouveau pays du sourire. La pauvre femme était nue sous le drap mince et moite. Seule sa tête émergeait, arborant ce sourire choquant. À travers le drap, Tony entama un massage cardiaque, quoiqu'il sût fort bien que le cœur ne se remettrait jamais en marche. Il n'avait pas envie de le faire, il le faisait quand même. Et de nouveau il franchit cet obstacle grâce à la dissociation des idées. En évoquant un incident minime advenu deux jours avant, il parvenait à ne pas penser à la cruauté du moment présent.

Tous les trois, ils attendaient dans le hall d'entrée, à côté d'un secrétaire sur lequel se trouvait l'ordinateur portable de Mme Bo Xiang.

Il fallait que Mme Bo Xiang utilise son ordinateur et non son smartphone pour payer d'avance leurs trois nuitées via un service bancaire en ligne. Mme Mercedes s'était excusée, c'était une condition stricte imposée à tous les clients. Pour la sécurité. Elle en avait assez d'être arnaquée. Elle avait ajouté que sa banque se trouvait aux Îles Vierges, cela pouvait donc durer un certain temps avant que la transaction ne soit confirmée.

C'était comme ça à présent, avait-elle soupiré pendant que tous trois étaient dans l'attente, à cause de toutes ces distances et ces mots de passe, et tous ces appareils dont on n'aurait jamais pu rêver auparavant. Mon Dieu ! Elle se rappelait encore très clairement la radio à lampes de sa jeunesse. Son visage dur arborait maintenant une grimace réjouie, tandis qu'elle roulait des yeux extatiques tout en secouant les épaules d'un air coquet. *Dios mio !* La radio à lampes de sa jeunesse ! Le regard compatissant de Mme Bo Xiang lui avait échappé, tant elle était lancée dans son propre récit.

Sa famille, roucoula Mme Mercedes, avait été la première du village à acquérir un tel engin. Il était à peine plus petit qu'une malle-cabine et cela durait au moins deux minutes avant que les lampes ne soient chaudes. C'est ensuite seulement qu'on entendait de la musique entrecoupée de crépitements ou le journal parlé ou encore des grésillements et des chuintements pendant des heures. Par mauvais temps on pouvait entendre Montevideo. Une fois par semaine, toute la rue se rassemblait pour écouter la pièce radiophonique. Elle haussa de nouveau les épaules dans un geste de ravissement, sa voix prenait des inflexions nostalgiques. La pièce radiophonique hebdomadaire ! Mon Dieu, mon Dieu ! Tout le monde s'entassait dans le salon de ses parents, on se groupait autour du poste comme autour d'un prédicateur, trente personnes hypnotisées, dont la moitié avait éclaté en pleurs lors de la dernière, au moment de la mort injuste de l'héroïne. Et il n'y avait pas seulement la radio à lampes ! Elle roula à nouveau des yeux extasiés, en secouant sa tête de granit. Que dire alors de ce qui vint ensuite, le frigidaire, la machine à laver, la télé couleur ! Incroyable, non ? Les changements colossaux qui peuvent se produire dans l'espace d'une vie humaine. Et ceci alors ? Regardez ! Elle montrait à Mme Bo Xiang et Tony un petit téléphone portable désuet. Voilà qu'elle recevait un texto des Îles Vierges. À des milliers de kilomètres de là ! Pratique, non ? *Dios mio*, qu'est-ce qu'on deviendrait sans notre portable ? Elle allait directement répondre au directeur de sa banque et tout serait en ordre. Avec ses excuses sincères pour ce retard. Mais on ne pouvait hélas faire autrement.

« J'ai plus qu'assez contribué à combler les trous sans fond de ce pays, grommela-t-elle en manipulant des deux pouces à toute vitesse le clavier de son portable. Ces andouilles de politiciens peuvent s'estimer heureux qu'il y ait encore des gens comme moi, qui n'ont pas complètement déménagé aux Îles Vierges. » D'un geste décidé, elle appuya sur la touche d'envoi.

Tony fut étonné de voir Mme Bo Xiang approuver à grands hochements de tête, presque à se déboîter le cou. Mais son regard était dédaigneux. Comprenait-elle bien ce que racontait Mme Mercedes ? Ou était-elle seulement impatiente et d'autant plus encline à acquiescer à tout ce que la tenancière dégoisait, si ça pouvait rapprocher le moment de monter au nid d'amour du deuxième étage ?

Mme Mercedes ne remarquait toujours rien. « Et les crève-la-faim aussi, poursuivit-elle, en contrôlant, sur son ordinateur cette fois, la confirmation du paiement. Ces pouilleux peuvent être bien contents qu'il reste encore de riches pigeons comme moi. »

Tony eut de nouveau l'impression que les hochements de Mme Bo Xiang étaient trop appuyés. Elle reçut la clé de la chambre avec un large sourire, pis que cela, en s'inclinant. C'était même presque une révérence.

Le mépris réciproque et ouvert entre les deux femmes avait commencé à ce moment même. Avec cette révérence et le regard qu'elles échangèrent ensuite. Dédain mortel chez l'une, humiliation chez l'autre. L'ambiance était à couper au couteau.

Mme Mercedes avait certes une propension aux grands gestes, mais elle n'était pas insensible aux extrêmes finesses du commerce humain. Elle vit la révérence, lut le regard de Mme Bo Xiang et comprit sa défaite. Ridiculisée par quelqu'un qui devait être immensément plus riche qu'elle. Quelqu'un qui était venu jusque-là pour savourer le spectacle de la pauvreté pittoresque et non celui de la richesse autoproclamée d'une femme qui portait un nom de voiture allemande.

Une défaite qu'on n'admet pas n'est pas une défaite. Mme Mercedes ne prononça plus un mot. Elle démontra l'utilité de la tradition nationale de danse. Elle fit parler son corps bien restauré au moyen d'une petite pantomime. Avec une révérence tout aussi profonde, un rictus crispé et un large geste théâtral, elle invita Mme Bo Xiang à gravir l'escalier en colimaçon qui la mènerait au septième ciel du deuxième étage avec son jeune compagnon.

« Il vous reste une chance », dit Mme Mercedes, qui regardait Tony et sa défunte maîtresse d'un air de plus en plus préoccupé. « Le bouche-à-bouche. Si ça ne donne rien dans les deux minutes, c'est que son cerveau est définitivement mort. »

Il y avait de la compassion dans sa voix, mais aucune envie de remplacer pour le baiser salvateur un Tony encore tremblant des efforts qu'il venait d'accomplir. Il avait donné tellement de lui-même aujourd'hui. Il faisait encore une chaleur torride dans la chambre. Il avait les aisselles en sueur. Il sentait monter en lui le même désespoir sans issue que lorsque… – quand : un quart d'heure auparavant ? Cinq minutes ? Une demi-heure ? Il avait perdu toute notion du temps. Il était sur le point de suffoquer. Sa migraine était revenue, plus agressive que jamais. Une perceuse, un trépan se frayait un chemin dans son crâne, d'une tempe à l'autre. Il se pencha néanmoins sur le visage béat de Mme Bo Xiang, ouvrit tant bien que mal la bouche bienheureuse, respira à fond et pressa les lèvres sur les siennes.

C'était comme s'il embrassait un animal marin mort, tant la bouche était déjà froide. Après avoir inspiré et expiré fortement trois fois, il sentit que la tête commençait à lui tourner. Mais il n'osait pas demander à Mme Mercedes de prendre la relève un instant. Il se demanda pourquoi. Il s'agissait de sauver la vie d'un être humain. Et, malgré son âge, la condition physique de Mme Mercedes était indubitablement meilleure que la sienne. Elle avait aussi parlé de cela en attendant la confirmation des Îles Vierges. De sa vraie richesse : son endurance. Une fois de plus, Tony essaya de s'en souvenir en détail pour penser à autre chose en embrassant Mme Bo Xiang.

Non sans fierté, Mme Mercedes avait raconté qu'elle allait danser toutes les nuits dans l'une des milongas des environs. Oui oui, toutes les nuits. Elle quittait son dernier étage à la tombée de la nuit pour manger un petit bout sur la Plaza Dorrego, puis, après le repas, elle se lavait les mains aux toilettes, se mettait une goutte de parfum derrière chaque oreille pour combattre les odeurs de mangeaille et autres et s'en allait au hasard vers l'une ou l'autre salle de danse, où elle restait jusqu'aux petites heures. Elle buvait assez pour oublier son âge, mais trop peu pour ne pas retrouver le chemin de sa *casa.* Sinon elle serait condamnée à suivre son dernier partenaire de danse jusqu'à sa *casa* à lui.

Avant, ça ne la dérangeait pas du tout, mais depuis sa dernière petite opération – elle ne dit pas laquelle – elle avait mis fin pour de bon à ces folies juvéniles. Pourvu qu'elle pût danser. Tous les jours. C'était la seule chose qui la retenait de déménager vers l'endroit où se trouvait déjà son capital.

« Cessez maintenant, mister Tony, dit Mme Mercedes, plus douce qu'il ne l'avait jamais entendue. Ça suffit. » Elle le prit par l'épaule, d'un geste qui n'était ni réprobateur ni inamical. C'était la main d'une infirmière compréhensive. « Les ambulanciers sont là. »

Tony regarda la main posée sur son épaule, pour ne pas devoir regarder le visage qui lui était associé ou l'autre visage, qu'il venait d'embrasser avec tant d'intensité. La main compatissante montrait étonnamment une multitude de taches de vieillesse et de rides, qui ne cadraient pas avec le masque de Mme Mercedes. Les pierres de ses bagues étaient tellement énormes qu'elles ne pouvaient être vraies. « Mister Tony ! Vous m'entendez ? » Tony continuait à fixer la main de petite vieille. Il n'osait pas se lever, il avait le tournis. Il entendait comme dans un cauchemar le vrombissement assourdissant des pales de ventilateur au-dessus de lui. En revanche, la voix de Mme Mercedes semblait être étouffée sous une cloche de verre. « Mister Tony ? » Ses propres lèvres semblaient aussi gelées à présent.

Deux hommes en blanc l'aidèrent à se relever, il se laissa faire. Ils étaient prudents et attentionnés, ils regardaient le cadavre heureux d'un œil plus soucieux que lui. Pendant que l'un des deux prenait son pouls, il vit l'autre placer un masque à oxygène sur le sourire froid et extatique de Mme Bo Xiang. Presque immédiatement, l'homme jeta un regard à Mme Mercedes en hochant la tête en signe de dénégation, tandis qu'il faisait de sa main libre ce que Tony n'avait pas osé. Fermer les yeux de Mme Bo Xiang. On ne pouvait plus nier la vérité. Tony faillit tomber, ses jambes ne le soutenaient plus.

Il se laissa soutenir et mener vers une chaise par l'ambulancier qui l'avait pris en charge. Un beau jeune homme mince avec des cheveux noirs crépus, une bouche sensuelle et une cicatrice au menton. Ses yeux étaient plus gris que l'ardoise et cependant profondément mélancoliques. Il demanda à Tony s'il désirait un verre d'eau. Tony fit signe que oui. L'ambulancier le lâcha et se dirigea vers la salle de bains.

Oscillant sur sa chaise comme en proie au mal de mer, Tony vit du coin de l'œil Mme Mercedes qui se penchait vers l'autre ambulancier et entamait une discussion à mi-voix. Elle semblait connaître cet homme, il paraissait avoir du respect pour elle. Tony remarqua que l'homme maintenait le masque à oxygène inutile sur le visage de Mme Bo Xiang. C'était un type d'une quarantaine d'années, trapu, avec une tête de truand et un regard d'esclave domestique. Mme Mercedes lui fourra dans la main quelque chose qu'il voulut d'abord lui rendre à grands gestes, mais qu'il finit tout de même par mettre dans sa poche, en soupirant et hochant la tête, détournant les yeux d'un air honteux.

Malgré sa nausée et son épuisement fiévreux, Tony capta quelques phrases du chuchotement de Mme Mercedes. « Elle n'est pas morte ici, OK ? En cours de route ou tout de suite après son arrivée. Mais pas ici. »

ÉCROULÉ ET COMME FRAPPÉ PAR LA MAIN DE DIEU, Tony se retrouva dans une chambre, dans les plus profonds sous-sols de l'hôpital où avait été transporté le cadavre heureux et où celui-ci était mort pour la troisième fois, officiellement, ce coup-ci. Il était assis, droit comme un if, sur l'unique chaise, une horreur en tubes d'alu avec un petit siège en faux cuir vert. Elle craquait et grinçait à chaque mouvement. Il essayait de bouger le moins possible, en attendant l'entrepreneur de pompes funèbres que lui avait recommandé le plus jeune des ambulanciers, le beau gosse à la chevelure crépue et aux yeux d'ardoise mélancoliques.

À côté de lui était étendue Mme Bo Xiang, sur un lit d'hôpital très simple, à l'armature métallique. Elle était recouverte d'un drap, il n'était plus obligé de voir son visage, Dieu merci. Sa tête était encore sur le point d'éclater malgré les antidouleurs et l'injection de calmants qu'on lui avait administrée. Il en restait tout hébété, mais il avait quand même une conscience amère de la situation. Il n'avait pas besoin de miroir pour se voir assis là. Il aurait pu se comparer à un chien de garde, mais son esprit lui dictait autre chose : un arrêt sur image tiré d'un film japonais en noir et blanc. Le dernier samouraï, assommé, montant la garde à côté de la tombe de son shogun.

On ne pouvait cependant pas dire que Tony était zen. Il bouillait intérieurement. À sa grande stupéfaction, depuis la mort de Mme Bo Xiang, il ne cessait de penser à sa mère. Pour la première fois depuis longtemps. Pourquoi à elle ? Elle, qui avait exigé qu'il l'appelle « mamounette », même quand il avait seize ans et qu'elle était déjà dans la quarantaine.

Mamounette ! Aucune langue au monde n'a été autant envahie par la moisissure du diminutif que la variante flamande du néerlandais. À tout bout de champ, chacun ajoute sans vergogne les petits suffixes *-ke* et *-je* à toutes sortes de mots. Derrière son guichet, un postier vous vendra des *envelopkes,* un employé de banque vous demandera si vous avez votre *kaartje,* la « petite carte », ou si vous connaissez par cœur *het nummerke,* le « petit numéro » de votre compte. Humiliation réciproque sous couvert de politesse. Et toujours, toujours cette espèce de puérilité obtuse, même si ces gens jacassent à toute vitesse. Voilà le souvenir que lui laissait l'empire de sa mamounette, le petit pays où il avait grandi.

Et maintenant pourquoi en éprouvait-il cette nostalgie profonde ? Maintenant, subitement. Un petit bifteck avec une petite bière. Un petit tour dans le petit parc. Tout ce qui est petit : la cigarette, la « jatte » de café, tout ça « à son petit aise ». C'était si foutrement attirant, si mélancoliquement familier. *Fuck no !* Il ne voulait pas de ça. Il n'en avait jamais voulu. S'il avait fallu choisir entre la nostalgie et le cancer, il aurait pris le cancer. Mais il se rendait compte qu'il n'avait pas le choix, tel qu'il était là, tremblant, oscillant sur sa chaise en proie au mal de mer.

De toute façon, ils vous tombent dessus sans prévenir. Tous les deux.

De quoi aurait-elle l'air aujourd'hui, sa mamounette ? Plus de vingt ans après sa fuite ? Comment la Griffe du Temps l'aurait-elle marquée ?

Il essaya de se le représenter, mais chassa tout de suite l'image. Il ne voulait pas penser à la bonne femme qui l'avait chié sur terre. Mais en même temps, il était dégoûté de lui-même en constatant son désir de la revoir telle qu'elle était maintenant. Cela le tourmentait et lui faisait plaisir en même temps de ne pas parvenir à se rappeler quelle tête elle avait lors de leur dernière rencontre, leurs adieux inopinés, enfin, inopinés pour elle. Quelle était la couleur de ses yeux ? Sa coupe de cheveux à cette époque ? Il l'ignorait.

En revanche, il se souvenait bien de la scène : elle furieuse, tapant du pied, une fois de plus. Parce qu'il avait été définitivement recalé à ses examens et parce que lui, qui avait été dans le temps son petit frimeur puéril, son amuseur enfantin, la contemplait maintenant tel un sourd-muet, une victime, un chrétien romain à la langue coupée, prêt à être brûlé au bûcher pour divertir une impératrice.

Pendant de longues minutes, l'impératrice Mamounette l'avait engueulé d'une voix sifflante, après que Papounet eut aboyé durant un quart d'heure contre eux deux. Il avait braillé dix fois la même chanson avant de se retirer dans la cuisine flambant neuve pour y réussir enfin à enfiler ses boutons de manchette de nacre dans sa chemise de soie, qui montrait déjà des auréoles de sueur et pas seulement sous les aisselles. Ses dernières insultes, amplifiées par la résonance des murs de marbre de la cuisine, étaient à l'adresse de sa femme. Pas à celle de son rejeton. Elle avait répondu sur un ton grinçant et glacial. Sans détourner son regard encore plus glacial de Tony, son traître, son eunuque préféré depuis la naissance.

Mes deux géniteurs rugissant et trépignant perpétuellement, pensait Tony, sonné et nauséeux dans la chambre mortuaire de Mme Bo Xiang. Papounet et Mamounette, les deux maillons qui m'ont précédé dans la chaîne inutile de centaines, sinon de milliers d'ancêtres, dans le piège de l'évolution.

L'évolution ? Deux pyramides aux bases collées ensemble. Moi, je suis suspendu à la pointe du bas, tout seul, sans issue, un cul-de-sac. Tout en haut, il y a l'autre, seul lui aussi, qui resplendit dans sa solitude. Un babouin hermaphrodite avec des hémorroïdes grosses comme des pamplemousses. Ça fait des milliers d'années qu'il chie sur la tête de tout le monde. La théorie du ruissellement, mais pas *trickle down economics*, non, *trickle down absurdity.* Je n'ai jamais possédé d'autre image de dieu, quant à la sainte famille je l'avais déjà, sans l'avoir voulue. La colombe ahurie, c'était moi, notre Joseph était celui qui enfilait dans la cuisine son ridicule smoking blanc à la Frank Sinatra tandis que Maria, notre serpent, avait mis sa plus chic robe à paillettes de vestale ratée. Ils étaient prêts à partir ensemble à la fête des sponsors des Courses de Waregem, ou au Bal du Rat Mort d'Ostende, ou au Kursaal de Middelkerke pour assister à une chasse aux talents d'un pays plein de sous-doués. Pourvu qu'ils puissent faire la fête, la seule fois dans l'année où ils se supportaient parce que, bras dessus bras dessous, ils aimaient s'imaginer sous les projecteurs, saluant de la main leurs supporters inexistants, souriant à la mascarade de leur existence.

Plus nettement que son visage, Tony se rappelait son décolleté désespérant et l'attristante tache de beauté qui se trouvait en oblique au-dessus du coin droit de la bouche. À l'arrière de ses bas, une couture démodée descendait tout le long des mollets jusqu'aux talons aiguilles. Des stilettos burlesques. Son fils unique, son Judas, espérait qu'elle en casserait au moins un et qu'elle se foulerait le pied tout de suite, déjà, sur les pavés de l'allée qui menait à leur maison, juste avant de monter dans la Mercedes gris métallisé qui l'emmènerait définitivement loin de lui.

Est-ce qu'elle pensait parfois à lui ? Inévitablement. Comment y échapper, avec la chair de votre chair, le morceau de viande que vous avez mis au monde et à qui vous avez appris vous-même à marcher et à lire ? Et son père ? Est-ce qu'il pensait encore à lui ? Inévitablement non. Quelle gueule il aurait maintenant ? Après toutes ces années, tous ces whiskies, tous ces cigares cubains.

Tous ces récits fanfarons à propos de ses affaires judiciaires pendantes et ses honoraires gonflés, gagnés avec des divorcés et des mauvais payeurs, pas grand-chose d'autre, à part de temps en temps, rarement, une tentative de viol ou un meurtre. Ça s'appelle une carrière, si vous voulez, et pendant ce temps-là vous vieillissez et vous ne pouvez échapper à l'ombre du Grand Babouin sur vous, l'Inépuisable Excrémenteur avec ses pamplemousses sanglants par qui tout a commencé. Ce n'est pas nécessairement un Big Bang.

Tony cessa de se balancer dans son petit siège cuvette à côté du lit de Mme Bo Xiang. Encore un mouvement et il aurait dégobillé son âme. Le passé, le présent, la honte, la haine, tout se mélangeait, tout était déréglé, tout formait une mosaïque. Aujourd'hui et hier échangeaient leur place, il ne savait plus où il se trouvait. Et cela faisait des années que cela durait. Où qu'il séjournât, il tournait en rond dans le même palais des glaces plein de cauchemars et de fragments de vraie mémoire. De temps à autre, un miroir se brisait en éclats et tombait avec fracas. D'autres gonflaient ou au contraire se contractaient en vrombissant, devenaient concaves en montrant des lambeaux ridiculement déformés de son existence passée. Il ne savait toujours pas ce qui déchirait le plus son âme, les éclats de verre ou les déformations caricaturales. Qui était-il encore ? Qui avait-il été avant ? Et comment, au nom de Dieu, avait-il atterri ici ? Dans cette ville, dans cette vie, dans le pétrin, dans la merde ? Il n'était pas lui. Il n'était qu'un petit tas de déchets errants enveloppé d'un corps humain.

À l'extérieur, derrière les rideaux de gaze poussiéreux, le soleil et la métropole faisaient rage, sans merci.

Dans la pénombre de la chambre mortuaire régnait un calme stérile et angoissant. Était-ce vraiment encore Buenos Aires ? Une chambre de malade à Beyrouth ou dans la banlieue de Moscou aurait eu exactement le même air. Des murs d'un blanc sale, des carreaux d'un gris indéterminé au sol, de larges portes en bois vernies pour la dernière fois deux décennies auparavant. Les lieux de transit se ressemblent partout, gémit Tony, les gares, les arrêts de bus, les chambres d'hôpital. L'urgence et la négligence leur donnent forme. Forme ? Laideur, oui. Une laideur irréfléchie, sans espoir, universelle.

Mais tout n'est pas identique dans le monde. Les lois et les coutumes peuvent être étonnamment différentes. Il jeta un coup d'œil sur le lit. Il sentit, à sa grande surprise que ses joues étaient mouillées, et ce n'était pas de la sueur. Il les essuya du revers de la main et regarda de nouveau le drap qui dissimulait une forme humaine. Il fallait que, tôt ou tard, Mme Bo Xiang soit rapatriée. Il n'avait aucune idée de tout ce que cela pouvait entraîner comme complications dans cette partie de l'Amérique du Sud. Et d'ailleurs, qu'est-ce qu'il attendait, le type des pompes funèbres ? Il y avait plus que probablement des protocoles établis et des scénarios éprouvés qu'un croque-mort de cet acabit n'avait qu'à tirer de son ordinateur.

Mais Tony se rappelait aussi les détours labyrinthiques, les embarras kafkaïens qu'avaient entraînés certains décès durant sa carrière de steward, puis de directeur de croisière sur les plus luxueux paquebots du monde.

Vu l'âge moyen des passagers, c'était un miracle qu'ils n'aient pas rendu l'âme par douzaines à chaque traversée. Ils bouffaient et picolaient à en crever, ils dansaient et baisaient la nuit entière. Le lendemain, ils tournaient et retournaient leurs corps grassouillets au soleil au bord de la piscine du pont supérieur, comme s'ils étaient des phoques à peine poilus, mous et flemmards après avoir été nourris. Toute une existence de négligence et de stress devait ainsi être compensée par trois semaines de farniente intensif, sur une arche qui aurait pu survivre à un double déluge. L'argent ne comptait pas. Du moins au moment où ils réservaient. Pendant la croisière, la moitié vous refilait plutôt une chaude-pisse qu'un pourboire. Et l'autre moitié ne vous donnait que dalle.

C'était seulement en cas de menace d'épidémie que les funérailles de marin étaient autorisées sur un paquebot de croisière. Tous les autres décès devaient être traités selon le règlement. Ce règlement comptait de nombreuses éditions et encore plus de traductions particulières. Tony se sentait encore indigné en se souvenant des cas les plus graves. La virago la plus fragile parmi une bande de veuves fortunées avait eu la malchance de passer l'arme à gauche alors que le navire de ses rêves était amarré à Bombay. On l'avait descendue à terre sur une civière, en grande pompe, et même sous la conduite de la police. Tout juste s'il n'y avait pas de fanfare pour jouer une marche funèbre. La femme avait rejoint sa destination initiale, Canberra, par avion, mais quinze jours après le retour de ses compagnes de voyage. Pendant ces deux semaines, celles-ci avaient téléphoné tous les jours en panique à toutes les autorités imaginables. Peine perdue. Un mort abandonné sur place était, après l'uranium de contrebande, le chargement le plus lucratif pour les douaniers, qui examinaient minutieusement chaque point de tous les règlements, jusqu'à ce qu'eux aussi raflent leur part dans la pyramide des petites faveurs et empochent leur bakchich. Un scandale semblable s'était produit à Odessa avec le corps d'un enfant asthmatique. Et même, aux Philippines, avec le cadavre d'un pékinois suralimenté, qui était le soleil de la vie d'un couple de tantes milliardaires de Fort Lauderdale.

Oubliez le cri d'alarme : « Les femmes et les enfants d'abord ! » Il n'y avait qu'une seule loi à bord. Plus il y avait de maladies et de catastrophes, moins il y avait de secret et de tact. Les femmes et les enfants malades étaient justement ceux qui comptaient double dans les bénéfices. Plus c'était triste, plus c'était lucratif. Aussitôt qu'on arrivait en vue d'une antenne GSM, le personnel d'entretien fournissait aux contrôleurs à terre des informations confidentielles venant de l'infirmerie. Au besoin, la nuit, ils utilisaient la radio de bord. Un jour, on avait découvert l'existence d'un pari sur la résistance d'un patient en coma diabétique. Vu les salaires des membres de ce personnel, on ne pouvait leur en vouloir, mais lorsque l'un d'eux avait en secret administré du miel au diabétique, même ses collègues avaient trouvé qu'il était allé trop loin. Ils l'avaient dénoncé. En récompense, ils avaient été débarqués dans le premier port en même temps que le scélérat. Sans papiers et avec comme seule compensation le pot de miel à moitié vide.

Cette fois, après quinze ans de navigation, le dégoût de Tony avait pris le pas sur son pragmatisme. Il avait débarqué à Aruba, prétendant que c'était pour une nuit.

Il n'avait plus jamais remis les pieds sur un bateau qui promettait comme seul but le plaisir, la plaisance !

Mais sur les navires marchands où il avait servi ensuite, on montrait encore moins de scrupules. La paperasse était une perte de temps, la perte de temps était une faute grave. Les travailleurs qui mouraient en cours de route étaient conservés dans les chambres froides où les fruits exotiques mûrissaient en toute lenteur pendant la traversée. Officiellement, ils mouraient à l'arrivée. Personne ne posait de questions à propos de leur odeur persistante d'ananas.

Sur le dernier cargo où il avait travaillé, deux jours après le départ, on avait découvert quatre infortunés passagers clandestins. Ils avaient dû mal comprendre les instructions de leur passeur ou bien ils avaient été volontairement lâchés là par ce salopard ; quoi qu'il en soit, ils résidaient entre des centaines de quartiers de viande dans les congélateurs, par moins vingt degrés. Chacun assis sur une caisse et se faisant face comme s'ils étaient autour d'une imaginaire table de jeu de cartes. Les yeux stupéfaits, les bras croisés et les lèvres et les cheveux devenant de plus en plus blancs. Le capitaine avait verrouillé la porte en jurant, fourré la seule clé dans sa poche, ordonné le silence à son équipage et n'avait pas modifié la course ni la vitesse à laquelle ils voguaient sur les eaux insondables. Lorsque le navire arriva à bon port trois semaines plus tard, la chambre frigorifique ne contenait plus que des quartiers de bœuf.

C'est ce jour-là que Tony avait démissionné. Il y avait des limites, trouvait-il, même là où il n'y a pas de limites. En échange de son silence, il exigea tous ses arriérés de salaire et débarqua.

Ce n'était plus à Aruba cette fois. Macao.

Sur cette presqu'île, ancienne colonie portugaise, il s'aperçut que les plus grands bâtiments étaient ou des casinos ou des champs de course pour chevaux et lévriers. De pompeux palais orientaux plein de faux ors alternaient avec des temples néoclassiques en marbre et dorures. Des monstruosités qui tenaient du Taj Mahal et du Forum Romanum.

Des gratte-ciel ultramodernes attiraient les visiteurs avec des restaurants panoramiques pivotants au dernier étage et des pièces d'eau au rez-de-chaussée, dans lesquelles, toute la nuit et sur des musiques qui changeaient constamment, des fontaines à pilotage informatique dansaient un ballet multicolore de liquide et de lumière. *The Venetian*, la plus grande maison de jeu du monde, était une ville dans la ville. Avant ou après le jeu, il n'était nécessaire d'aller voir nulle part ailleurs, grâce aux innombrables galeries de magasins, restaurants, salles de spectacle, suites nuptiales, salles de réunion, salons de massage, cabinets de dentiste ou de chirurgie esthétique, clubs de sport et parcours de minigolf. Rien que le hall d'entrée, déjà, surclassait celui du plus grand *palazzo* de Venise. Il n'existait au monde qu'un seul bâtiment commercial d'une superficie plus étendue. Le marché aux fleurs d'Alsmeer.

Le casino le plus spectaculaire de Macao avait la forme d'un volcan. Sur ses flancs étaient installés des arbres en plastique et des moutons en polyester, le tout à l'échelle. Toutes les heures, le cratère crachait un vrai nuage noir, accompagné de roulements menaçants sortant de haut-parleurs dissimulés. D'alléchants panneaux publicitaires en cinq langues annonçaient qu'on pouvait trouver sous le cratère des centaines de bandits manchots, vingt-cinq tables de black-jack, douze roulettes, quatre salles de spectacle, divers bars à thèmes et un hôtel de classe mondiale. Sans oublier les deux piscines, dont une avec « vagues tropicales ».

Tandis qu'au-dessus de lui le cratère vomissait sa colonne de fumée artificielle, Tony entra dans le volcan. Contrairement à son habitude, il ne se rendit pas à l'étage des tables de black-jack, mais il prit l'escalier roulant qui menait aux tables de roulette. Partout autour de lui, une foule chaotique se hâtait dans des ascenseurs transparents et sur d'autres escaliers roulants vers des halls aux hauts plafonds voûtés et des salles de théâtre à l'accueillante décoration rouge, passant devant des cocktail-bars bondés et des restaurants exotiques, longeant des couloirs tumultueux et de vastes toilettes avec beaucoup de marbre et peu de miroirs : on vous encourageait à vous soulager, pas à vous regarder en face. La meute qui s'activait en un va-et-vient précipité était hystérique, concentrée. La musique d'ascenseur omniprésente se mêlait à un fleuve de jacassements et de salves de rire forcé, de cris de joie assourdissants et d'exclamations d'horreur. Des rangées et des rangées de bandits manchots placés symétriquement cliquetaient à l'intention des joueurs ou les encourageaient de leur voix métallique à doubler leur mise sans attendre. Les femmes avaient des yeux qui pouvaient aussi bien trahir la folie que la drogue, les hommes fumaient comme des Turcs et se raclaient bruyamment la gorge comme des harengères. Tous tenaient à la main un cornet à pop-corn plein de pièces de monnaie.

Tony était le seul Européen parmi des centaines de Chinois, Malais et Philippins. Personne ne faisait attention à lui, il ne recherchait le contact de personne. D'ailleurs, ce n'était pas nécessaire. Il était l'un d'entre eux, sans distinction de rang ou de race, de langue ou d'origine. Tous étaient entrés ensemble dans la congrégation de la bonne fortune, la confrérie du coup de chance. Tous ensemble en pèlerinage sans pénitence, un hadj sans monolithe. À coups de coude, Tony commença à se frayer un chemin dans le tourbillon de foule dense qui se pressait autour de la grande table de roulette qui se trouvait au centre. Au-dessus d'elle était suspendu un lustre de cristal qui, par les dimensions et l'éclat, rivalisait avec un manège de foire. Tony n'y prêta pas attention. Il continua à jouer des coudes. Il n'y avait plus qu'un homme entre la table et lui. Un Philippin qui se cramponnait au bord de la table comme à un bastingage en pleine tempête. Devant lui, une petite liasse de billets de banque maintenus par une agrafe. Juste avant que le croupier n'annonce « Rien ne va plus », l'homme jeta la petite liasse sur un numéro unique. Autour de la table, tous regardèrent cela avec consternation, ou était-ce de la jalousie ? L'homme était probablement là depuis un certain temps. Avait-il des enfants ? Une entreprise ? Des parents morts récemment ? Il n'avait d'yeux que pour son petit tas de billets, qui était là, solitaire parmi tous les jetons colorés, pour la plupart empilés soigneusement comme de petites tours. La boule crépita de plus en plus lentement et s'immobilisa.

Un cri rauque de dégoût et de désappointement parcourut le groupe de spectateurs et d'acteurs. Hormis quelques petites tours et quelques plaques isolées, le croupier rassembla le tout sur le tapis vert à l'aide de son râteau, provoquant une vague de jetons de plastique sur laquelle la liasse de billets flottait comme un radeau à la dérive. Le croupier ratissa la vague en direction d'une ouverture en forme d'entonnoir pratiquée dans la table, une bouche de cuivre dans laquelle les jetons disparurent en faisant un petit bruit de crécelle. Il ôta l'agrafe qui maintenait les billets, qu'il déposa sur une fente où il les poussa adroitement avec une sorte de palette en bois. Le Philippin était toujours accroché au bord de la table, se défendant en un combat immobile contre une invisible tempête. Soudain, il se retourna et s'éloigna, pâle comme un mort.

Tony prit rapidement sa place et misa sur le même numéro. Tout ce qu'il avait. Tous ses deniers, ses écus. Le salaire gagné à la sueur de son front. « Faites vos jeux ! » Il s'en débarrassait. « Mesdames, messieurs, rien ne va plus ! » La petite boule s'arrêta.

Et l'enfer se déchaîna.

Dans la chambre mortuaire de Buenos Aires le samouraï Tony se leva de sa chaise. Il alla vers la fenêtre et écarta un peu le voilage – une odeur de poussière et de gaz d'échappement monta. On ne voyait rien à l'extérieur hormis une pelouse d'un vert irréel, délimitée par des murs aveugles, écaillés, qui semblaient trembloter dans la chaleur. Les pilules faisaient leur effet. Son mal de tête diminuait enfin. Restait l'angoisse.

Il sentait sa langue collée au palais. Ce n'était même pas le rapatriement du corps de Mme Bo Xiang qui était son plus gros souci. Il était temps maintenant de téléphoner à M. Bo Xiang et à son interprète. Étaient-ils à Guangzhou ou à Macao en ce moment? Et quelle heure était-il là-bas ? Comment devait-il donc annoncer ce drame ? Et comment expliquer le rôle qu'il y avait joué ?

Il aurait préféré ne pas téléphoner du tout.

Il était arrivé ici dans l'ambulance qui transportait Mme Bo Xiang. Abasourdi par le choc, dans un accès de fidélité et de remords. À mi-chemin – ils avaient foncé à travers le centre de Buenos Aires avec gyrophares et sirènes hurlantes, zigzaguant follement ou freinant brutalement : une sorte de réplique trompeuse de l'agonie qui était bel et bien terminée depuis longtemps dans l'ambulance – à mi-chemin donc, Tony avait déjà regretté d'être monté dans le véhicule. N'aurait-il pas mieux valu prendre la poudre d'escampette, tant qu'il en était encore temps ? Le monde est gigantesque. Qui le retrouverait, s'il prenait soin d'effacer ses traces ?

M. Bo Xiang. Si quelqu'un pouvait retrouver la trace de quelqu'un, c'était bien lui. Ses collaborateurs avaient de l'expérience plus qu'il n'en fallait avec les malades du jeu en cavale. Ils ne seraient certainement pas moins tenaces avec un débiteur qui avait été le seul témoin de la mort de leur patronne. Si ce témoin-là disparaissait, il serait tout de suite soupçonné d'y être pour quelque chose, sinon d'être coupable. Tony n'avait donc pas le choix. S'il ne voulait pas passer pour la cause de la mort de Mme Bo Xiang, il devait en être le messager. Il eût été fou d'attendre.

Il sortit son smartphone et alla s'asseoir à côté de Mme Bo Xiang, une fesse sur le lit. Il composa le numéro de l'interprète. La sueur lui coulait le long de l'échine. Il n'avait pas encore eu l'occasion de se laver depuis la partie de jambes en l'air et le bouche-à-bouche. Il sentait l'amour rance, le désespoir et, très vaguement, la violette.

Ce n'est qu'au bout d'une longue minute de grésillements intercontinentaux, qu'un portable sonna, quelque part au loin, très loin dans la nuit chinoise.

De Pékin à Guangzhou, qui était jadis Canton, M. Bo Xiang était connu comme le plus grand entrepreneur en travaux publics muni de la plus petite bouche en cul de poule. Sa fortune estimée était plus insondable qu'un puits de pétrole, son caractère impitoyable était légendaire. Il y avait des gens qui n'osaient pas lui rembourser leurs dettes en une fois, même s'ils le pouvaient, par peur de ses réactions devant le manque à gagner en intérêts et la perte de pouvoir sur l'autre. Le pouvoir sur un autre, voilà ce qui lui procurait le plus de jouissance, murmurait-on. On disait qu'il était surtout un mauvais perdant. Et que c'était probablement pour cela qu'il avait lui-même commencé à ouvrir des casinos.

Hormis ses caprices cruels, M. Bo Xiang était connu pour son extérieur amène, avec son éternel costume chiffonné, son perpétuel petit sourire triste, son haleine courte et les poches sous ses yeux bridés fatigués, presque verts. Il aurait pu être un frère du vieux Mao Tsé-toung. Il possédait encore une carte du parti communiste et un petit jardin dans lequel il faisait pousser du gingembre et élevait des lapins nains. Il les avait montrés lui-même à Tony. Le petit jardin et la carte du parti. Dans la banlieue résidentielle de Canton, où il avait établi le quartier général de son empire dans une forteresse moderne pleine d'antiquités orientales, dont toutes les portes étaient automatiques. Tony et lui avaient visité le jardin pendant que, à l'intérieur, Mme Bo Xiang faisait les préparatifs pour le rituel du thé à la mode japonaise. Elle avait suivi un cours accéléré après son shopping à Tokyo. Mais M. Bo Xiang dévoila, par l'intermédiaire de son interprète, qu'elle avait suivi énormément de leçons.

Un peu plus tard, ils s'étaient retrouvés dans le salon, une pièce haute et vaste pleine de vases Ming, de tapis persans et de tableaux cubistes. Il sembla à Tony qu'il reconnaissait un Georges Braque. Mais ce pouvait aussi être un Picasso. M. Bo Xiang le regarda passer le salon en revue et il lui fit savoir, toujours par son interprète, qu'il n'était pas seulement fier de son gingembre et de ses lapins nains, mais également de son épouse. Et il partit d'un grand éclat de rire.

L'interprète ne riait pas. Tony si, mais modérément et mal à l'aise. Il ne savait pas toujours s'il était de bon ton de rire aussi fort quand un Chinois haut placé se bidonnait de cette façon. La plupart du temps – et ce fut le cas cette fois-là – le Chinois s'arrêtait brusquement et redevenait encore plus sérieux qu'auparavant. Oui, déclara M. Bo Xiang avec gravité, sa femme était sa plus grande fierté. Comme lui, elle était l'enfant de paysans illettrés. À présent, elle s'y connaissait dans un tas de domaines. Même l'opéra occidental n'avait pas de secrets pour elle. C'était également elle qui avait organisé la décoration de cet intérieur. Pour lui, ces peintures étaient trop modernes, mais il s'y était fait. Sa femme était tout pour lui. Et lui pour elle.

L'interprète communiquait toutes ces informations dans la langue véhiculaire mondiale : un anglais massacré. Phrase par phrase, sur un ton monocorde en dépit de l'enthousiasme grandissant du maître de maison. Pourtant, à part sa femme, ses vases Ming et ses casinos, peu de choses semblaient l'enthousiasmer, et il n'y avait de la tendresse dans sa voix que lorsqu'il mentionnait ses lapins nains. Ils lui rappelaient sa jeunesse, avait-il confié à Tony dans le jardin, tandis qu'il soulevait l'une des bestioles à l'envers en lui tenant les pattes arrière.

Le lapin secouait tout le corps, craignant le coup sur la nuque, prématurément agité des spasmes de l'agonie, les yeux écarquillés d'angoisse. Mais M. Bo Xiang avait modifié sa prise et pressait déjà le petit lapin contre son cœur comme un bébé. Il avait ri en découvrant sa denture de fumeur, embrassé l'une des petites oreilles mobiles et avait conclu que les lapins nains étaient ce que l'Amérique avait jamais produit de plus beau et de meilleur. Même s'ils venaient originellement du Canada, évidemment. Il avait prononcé ceci avec un clin d'œil complice. L'interprète avait omis de traduire le clin d'œil.

Finalement, Mme Bo Xiang avait pénétré dans son salon avec sa théière japonaise authentique. Elle portait un kimono de soie. Son rituel de thé avait pris de longues minutes. La soie bruissait à chaque mouvement. Puis ils avaient bu le thé. Les époux Bo Xiang, Tony et l'interprète. Le silence était irréel, à part les bruits de lapement, bien entendu. Tony ne put s'empêcher de penser à quatre guerriers de terre cuite sur la Grande Muraille, guettant au loin les soldats mongols et leur chef, Timour Lenk, Tamerlan le Boiteux, avec ses tours pleines de crânes humains en lieu et place d'angelots de pierre.

En réalité, ils contemplaient par les hautes fenêtres un jardin de rocaille et un petit étang en forme de rein, avec des dizaines de carpes koï et des nénuphars d'une perfection effrayante. À côté de la pièce d'eau, deux Porsche Cayenne, qui étaient là davantage pour l'exposition que pour le parking. L'une était vert métallisé et l'autre jaune sable, et toutes deux avaient des sièges en cuir luxor beige. Entre les deux voitures, les chauffeurs fumaient une cigarette. Ils étaient vêtus d'un uniforme dont le bleu rappelait à Tony quelque chose de sa jeunesse.

C'était le bleu des blouses de paysans, de ceux qui arrachaient les pommes de terre dans les champs qui entouraient jadis de trois côtés la villa flambant neuve de ses parents. De l'autre côté de la route de campagne aussi s'étendaient uniquement des champs cultivés. Barrages bien labourés contre l'expansion des lotissements, cultures de maïs pour endiguer l'invasion du béton. En vain. Déjà au moment où Tony entamait ses études de droit, il n'y avait plus qu'un seul champ qui jouxtait leur jardin. Le reste avait été loti, bâti, entouré d'un haut grillage vert couronné de barbelés. Tony n'aurait pas été étonné d'apprendre que cette ultime parcelle était maintenant ornée d'une villa en briques un peu semblable à une horloge à coucou.

Mamounette et papounet. Buvaient-ils parfois du thé, et selon quel rituel ? Avaient-ils jamais mis un pied hors d'Europe, sans parler de la Chine ? Tony s'en fichait. Ils ne souillaient jamais sa pensée plus d'une seconde. Il avait avalé son thé d'une seule gorgée et, entouré de lapements, il contemplait de nouveau les vases Ming et le Braque. Ou était-ce tout de même un Picasso ?

Il n'avait pas osé le demander. Peut-être n'était-ce aucun des deux, poser la question eût plongé Mme Bo Xiang dans l'embarras.

Lors de cette première visite au quartier général des Bo Xiang, Tony était encore un simple ami de la maison, pas un débiteur. Parfois les choses vont très vite quand on devient l'ami d'un magnat dans un pays qui compte un cinquième de la population mondiale.

Après une éclatante victoire à la roulette, tout le monde vous fait la cour. S'il est quelqu'un pour qui les

Chinois – qui ne sont pas pour rien les inventeurs du biscuit nommé « fortune cookie » – ont du respect, c'est bien pour celui qui semble avoir la bonne fortune de son côté. Ils aspirent à votre compagnie, ils vous touchent comme si vous étiez une image sainte, ils espèrent que votre veine rejaillira sur eux. Donc, on ne vous laisse pas partir comme ça après un gain spectaculaire sur le tapis vert de la roulette. On proclame votre nom dans les haut-parleurs, il retentit dans tout le volcan cracheur de fumée. La foule en délire, les garçons, les croupiers, les joueurs de bandit manchot, tous lèvent la tête et soupirent à l'idée qu'eux aussi pourraient accumuler une telle fortune. On applaudit, on vous offre des fleurs, on fait des photos de vous avec le croupier, de vous avec ceux qui jouent à votre table, de vous avec l'hôtesse qui apporte du caviar et du champagne gratis. Il faut absolument que vous rencontriez le grand boss dans son bureau, son penthouse, juste sous le cratère. Vous devez l'accompagner dans son petit avion privé. D'abord dans son quartier général à Canton, pour que vous puissiez rencontrer sa femme et la faire profiter, elle aussi, de l'aura de chance et de prospérité qui vous entoure. Puis vous retournez à Macao, où tout le monde vous traite avec mille égards, comme si vous étiez devenu le fils adoptif du boss et de sa femme, qui n'ont pas eu la chance d'avoir un fils. Vous êtes devenu leur mascotte, leur amulette humaine, leur talisman ambulant. *Everybody's fortune cookie.*

Vous vous laissez faire avec plaisir. Cela vous convient, cette consolation, cette attention exagérée, ces célébrations inattendues. Cela vous plaît d'autant plus que, pour la première fois depuis des années, vous n'avez pas à supporter la présence au-dessus de vous d'une autorité, capitaine ou directeur de l'animation. Cela flatte votre ego et obscurcit votre jugement. Quelque part au fond de vous-même, vous avez toujours su qu'une telle chose adviendrait un beau jour. Caviar, champagne, jets privés, pourquoi pas ? Vous avez perdu vingt ans à cajoler et à gâter les riches. Et maintenant c'est à votre tour de vivre dans l'ouate. Cela s'appelle la justice. Pourquoi moi ? Parce que je le vaux bien.

On vous attribue la suite la plus luxueuse, le vin et la nourriture gratos, un crédit illimité à toutes les tables de jeu. Vous acceptez tout, vous êtes ancré dans la certitude que vous êtes vraiment verni, un fils de la Fortune. Cinq jours plus tard, vous vous trouvez devant une ardoise qu'une vie entière ne suffira pas à effacer. À la même table, là où le Philippin s'est ruiné, vous avez perdu encore plus que ce que vous pensiez avoir gagné avant cela. Beaucoup plus.

Et cette fois personne n'accourt pour prendre une photo de vous. On ne proclame pas votre nom au micro. Mais vous êtes de nouveau convoqué chez le grand boss, dans son penthouse juste sous le cratère.

Et cette fois, il vous fait attendre une heure avant de vous recevoir.

L'interprète ne décrochait toujours pas, là-bas au loin, dans la nuit chinoise. À Buenos Aires, Tony tenait son smartphone collé contre l'oreille. Il aurait aimé savoir ce que c'est que prier. Son cœur battait la chamade, sa bouche était sèche et filandreuse, l'intérieur d'un vieux porte-monnaie usé. Que dire si l'interprète finissait par décrocher ? Par où commencer ? La sonnerie s'arrêta, d'une manière plus abrupte que Tony ne l'attendait.

Ce n'était pas l'interprète. Une voix de femme enjouée dit quelque chose en chinois, après quoi un bip retentit. Le plus calmement possible, Tony déclina son nom et laissa un message neutre : « Appelez-moi, *please*, c'est urgent. » Et il coupa la communication.

Au même instant, un personnage inconnu ouvrait la porte de la chambre de malade.

Il ne devait pas avoir plus de trente ans et il était vêtu d'un costume bien coupé, mais usé. Son apparition coupa le souffle à Tony. Une tête bouclée et un menton ferme, des yeux bleu acier et pourtant attendrissants, de petites oreilles grecques et une bouche aux lèvres pleines, violettes, quasiment négroïdes. Les ancêtres de tant de beauté avaient sûrement migré des quatre points cardinaux pour engendrer cet héritier, ce silencieux fils des dieux. Tenant encore la poignée de la porte, il regardait Tony d'un air interrogatif et attristé. Tony parvient à articuler, presque bafouillant : « Vous êtes certainement l'entrepreneur des pompes funèbres. »

Le jeune homme fit oui de la tête sans perdre de sa gravité triste. « Mes condoléances pour votre grande perte », dit-il en entrant et en jetant un coup d'œil discret au lit où gisait un corps dissimulé par un drap. Il ferma la porte tout doucement derrière lui, comme pour ne pas éveiller Mme Bo Xiang. « Toute notre entreprise vous exprime sa sympathie, *mister*… »

« Appelez-moi Tony. Tony Hanssen. »

Le fils des dieux eut un hochement de tête compréhensif. « Je suis Pedro. Que puis-je faire pour vous, *mister* Tony ? » Il sortit un carnet de notes et un stylo à bille. « L'infirmière en chef n'a pas pu me donner beaucoup de détails. » Il avait la voix d'un chanteur, un interprète de fados, de ces lamentations sur les étendues infinies et le perpétuel déclin, et il aurait bien eu besoin d'un coup de rasoir, sauf si l'on aimait la barbe de trois jours. Un petit brin de déodorant n'aurait pas été inutile, sauf si l'on aimait l'odeur piquante et poivrée qui avait enflammé Tony pendant des années. L'odeur d'aisselles de la *jeunesse dorée* méditerranéenne, du Latino musclé encore plein de rêves et de désir d'action, juste avant de subir de l'âge l'irréparable outrage. « Commençons par le commencement », conseilla le fils des dieux.

« Je vous attends depuis très longtemps », commença Tony, en se retenant de bafouiller.

Il avait renoncé depuis de longues années à l'amour des hommes, en même temps qu'à l'amour en général. Passé un certain âge, il vaut mieux ne plus se faire d'illusions sur les rapports physiques. À la télé on voit des réalisateurs controversés justifier leurs névroses pornographiques par le concept de « nu fonctionnel ». C'est également ainsi que Tony aurait défini sa vie amoureuse. Elle n'existait plus qu'en fonction de ce qu'elle pouvait lui rapporter comme contacts, disons crûment : comme fric. Pour le reste, l'amour, c'était comme jouer au foot ou aller s'éclater en boîte. À partir d'un certain âge, c'était tout simplement pathétique, et pis que ça : c'était mauvais pour votre santé.

C'était justement dans le domaine des fantaisies sexuelles que Tony avait été obligé d'apprendre cela à ses piteux dépens. Sur la plage de Copacabana, appelée aussi *Princesinha do Mar*, la Petite Princesse de la Mer. Peut-être parce que la moitié des hommes n'y font que parader pour draguer princièrement l'autre moitié. Avec ou sans poignet cassé, tortillant du cul ou non. De long en large, aller et retour, dandinant dandinette, guettant inlassablement l'occase. Dans le manuel des tantes, ça s'appelle « la croisière ».

Rarement un terme avait été plus approprié. C'était l'époque où Tony servait sur le plus grand paquebot de sa carrière de plaisance, le *Liberty Oasis*. Trois mille âmes sur l'océan, sans compter l'équipage.

D'abord pied à terre puis jambes en l'air. C'était l'intention de Tony lorsque, du haut du pont supérieur, il avait vu apparaître la baie de Rio, parsemée de petits îlots rocheux. Peu après se dessina l'horizon de collines de la cité, avec son Pain de Sucre arrondi et la statue du Christ. Sur son pain de sucre boisé, le Sauveur, les bras étendus, semblait tourner lentement sur lui-même en émergeant des gratte-ciel colorés inondés de soleil. La sirène du *Liberty Oasis* retentit, assourdissante, et le mastodonte des mers entama un virage lent et élégant pour aborder par l'arrière au terminal paré de drapeaux comme pour une fête. Des lambeaux de samba leur parvenaient çà et là, le quai grouillait de marchands à la sauvette et de putes.

Pas encore habitué aux usages de Rio, Tony resta jusqu'à la tombée du soir sur la plage, à bronzer et à se balader. Croisière. Comme s'il voulait augmenter le plaisir à venir en le retardant d'une demi-journée. La drague est comme le bon vin, il ne faut pas vider la bouteille d'un seul coup.

Donc, pour le moment, il jouissait au goutte-à-goutte. Des clins d'œil, des petits compliments, des propositions directes. Ça n'en finissait pas. Hommes, femmes, travestis, tous le regardaient du même œil. Tony Hanssen, d'abord en uniforme blanc du *Liberty*

Oasis, ensuite moulé dans son slip Speedo noir brillant. Paradant dans les deux cas comme un chat en rut. Les bateaux de croisière ne manquaient pas d'appareils de fitness inutilisés, donc pendant des semaines, il avait passé tout son temps libre dans les salles de gym. Il voulait être plus en forme que jamais pour sa première visite au royaume de la samba. C'est pourquoi aussi il avait refusé pendant des heures les premières avances. Ce qui était trop facile était insignifiant. Il s'était préparé comme un marathonien. Maintenant il voulait sa couronne de lauriers.

Il voulait être conquis. En ce temps-là.

Il le valait bien. En ce temps-là.

La plage de Copacabana était déjà désertée et envahie par le crépuscule quand Tony déroula sa serviette de bain pour la dixième fois, dans un coin éloigné tout près des vagues. Donc, assez loin de la fameuse promenade du bord de mer avec ses mosaïques de marbre et ses lampadaires artistiques. S'il était encore visible à l'œil nu, c'était seulement comme une forme vague. Un adepte de la nuit, dont seuls les contours apparaissaient de temps à autre par contraste avec l'écume blanche de la marée. Dans cet éclairage, faire l'amour n'aurait paru être qu'une simple gesticulation.

Il s'était à peine confortablement allongé sur le flanc, appuyé sur un coude, qu'un type arriva en courant au bord des vagues, droit sur lui. Tony eut juste le temps de penser : il ne veut pas perdre de temps, celui-là. Mais l'autre se mit à crier de loin. Il avait l'air furieux. « Tu es fou ou quoi ? » Il s'arrêta près de Tony, essoufflé. Il était pieds nus, bien bâti, la peau sombre attirante, mais attifé d'un ridicule petit short de sport jaune et d'un t-shirt sans manche bleu clair. Il portait un petit sac à dos vert fluorescent. Cheveux taillés au millimètre, crâne parfait, denture d'un blanc éclatant. « Pourquoi tu ne t'enfonces pas toi-même un couteau dans le ventre ? » Son anglais était horrible, son accent affreux. Il empoigna le bras de Tony et le fit lever. « Vite ! Tu crois qu'ils vont attendre qu'il fasse tout à fait noir ? » Il attrapa les chaussures et le pantalon de Tony et partit au pas de course, trébuchant à cause du sable meuble, droit sur le boulevard avec ses bienveillantes lumières et sa foule de promeneurs.

Tony n'avait pas le choix, titubant dans le sable lui aussi, il se lança dans une course effrénée derrière le type, tenant à la main le reste de ses affaires qu'il avait ramassé en vitesse. Ce fut seulement à ce moment, pendant cette course, qu'il aperçut quelques silhouettes à sa gauche et à sa droite, à une trentaine de mètres à peine. Ils criaient et juraient à l'adresse de Tony et de son sauveur. Ils les avaient guettés. Depuis combien de temps les tenaient-ils à l'œil ? L'un d'entre eux se mit désespérément à la poursuite de Tony, les autres se bornèrent à lancer des cailloux – ou étaient-ce des coquillages ? Deux de ces projectiles tombèrent, impuissants, avec un bruit sourd dans le sable à quelques pas de Tony. Le raffut fait par ses poursuivants s'éteignit progressivement derrière son dos pour finir par se perdre dans la rumeur des vagues et être complètement absorbé dans la cacophonie qui montait du boulevard.

Son sauveur l'attendait, haletant, les mains aux hanches, il arborait un large sourire. Il lui tendit la main : « Je suis Rafael. Et toi, tu es fou. » Tony lui donnait vingt-cinq ans. Rafael continuait à rire en hochant la tête pendant que Tony s'habillait, les jambes encore tremblantes. Ensuite, toujours aussi jovial, il guida

Tony parmi la foule. « J'ai une belle surprise pour toi. Viens ! »

Sur le front de mer, à cette heure déjà tardive, la moitié des femmes se baladaient encore en bikini, les fesses quasiment nues, malgré leurs talons hauts et leurs coiffures élaborées. Les hommes étaient torse nu. Tous couraient de fête en fête, de terrasse en terrasse, de flirt en flirt. Et ça dansait, et ça buvait ! Lunettes solaires chères, bijoux de prix, présence à peine dissimulée de cocaïne et d'XTC. Pendant la promenade, Rafael faisait des commentaires sur les endroits où ils passaient. Il fallait faire attention, avertissait-il, malgré toute la richesse étalée, les favelas étaient toutes proches. Morro dos Cabritos était pour ainsi dire au coin de la rue. Les bandes n'y reculaient devant rien, surtout s'il était question de drogue. À Ladeira dos Tabajaras, on avait abattu au bazooka un hélicoptère de la police. Pourquoi se retiendraient-ils d'attaquer un touriste naïf sur la plage ?

« C'est pour cela que même ici – disait-il en entraînant Tony par l'entrée de service dans l'hôtel d'hyper grand luxe où il travaillait – on ne peut inviter personne dans sa chambre sans l'annoncer d'abord à la réception, avec nom et prénom et passeport en plus. » Dans l'ascenseur de service, sans prévenir, il se mit à embrasser Tony avant même que les portes ne se referment.

Au vingtième étage, il tâtait déjà l'entre-jambes de Tony. Celui-ci laissa faire, excité et reconnaissant, encore tremblant de sa décharge d'adrénaline. Il l'embrassa en retour, virilement. On aurait dit qu'ils étaient en train de se mordre dans leur petite cabine. Au soixantième et dernier étage, ils faillirent tomber en sortant, tant ils étaient collés l'un à l'autre, avec pelotages et grognements. S'il n'avait tenu qu'à Tony, ils auraient commencé tout de suite là, sur le tapis qui allait d'un mur à l'autre de ce couloir désert avec des dizaines de portes. Mais Rafael se détacha, mit un doigt sur les lèvres et, avec un sourire coquin, ouvrit avec son passe la porte d'une suite et y traîna Tony derrière lui. Et tout de suite il ouvrit les rideaux d'un geste rapide des deux mains : « Regarde ! »

Tony resta bouche bée. Lui qui avait déjà vu tant de panoramas aurait classé cette vue dans ses *top dix.* Par les fenêtres allant du sol au plafond, il voyait à droite l'océan sombre et à gauche la ville vibrante, unis par une sorte de ravin rempli d'une lave étincelante, le front de mer qu'ils venaient d'arpenter. Copacabana *by night.* Dans le lointain, entre des collines et des bâtiments, émergeaient les cheminées et les ponts supérieurs du *Liberty Oasis*, tremblotant dans la lumière orangée des lampadaires du port.

Tony plaça les deux mains sur la vitre froide et voulut dire quelque chose. À propos des guirlandes d'autoroutes au loin et du croissant de lune par-dessus, à propos des boulevards sinueux et des pentes montant vers les montagnes illuminées de la ville, à propos du fait que cela semblait irradier l'érotisme, comme d'ailleurs l'ensemble de Rio. Il n'en eut pas le temps. Il fut frappé à l'arrière du crâne par la matraque de caoutchouc que Rafael transportait dans son minuscule sac à dos.

Lorsque Tony revint à lui, il était ligoté sur une chaise, avec un mal de tête lancinant et un œil fermé par du sang coagulé. Quelques autres types étaient présents, riant, picolant, sniffant. Chacun d'eux avait le poignet cassé et la voix aiguë. Rafael menait la danse et il était impitoyable, quoi que Tony pût dire ou demander. Deux jours durant, Tony fut rossé, violé et drogué par cette bande. Jusqu'à ce qu'il ait avoué les codes de toutes ses cartes de crédit et que tous ses comptes aient été pillés par les truands. Ils payèrent même le *room service* avec son argent.

En cadeau d'adieu, Rafael lui offrit le passe-partout – volé ou acheté, qui le saura jamais ? – et un dernier coup de pied dans la figure. Un jour plus tard, il fut retrouvé par le personnel d'entretien. Nu, en état de choc, déshydraté, couvert de bleus, d'écorchures et de plaies. Il se rétablit étonnamment bien de cette épreuve, sans dommages trop grands, excepté six couronnes de porcelaine et des cicatrices en des endroits qui voient rarement la lumière du jour.

Depuis lors, on ne l'avait plus jamais vu dans les salles de gym. Et il avait renoncé définitivement à l'amour.

« Avec les éléments que j'ai, je peux m'y mettre tout de suite », fit d'un air approbateur l'entrepreneur des pompes funèbres, le fils des dieux nommé Pedro. Il semblait satisfait. Après avoir écouté le récit de Tony, il avait d'abord noté le nom de Mme Bo Xiang et la cause du décès, « crise cardiaque pendant la sieste ». En dessous, il avait inscrit le numéro de téléphone de Tony, plus celui de Mme Mercedes, suivi de l'adresse de cette dernière et de l'adresse du Hilton où Tony et Mme Bo Xiang avaient résidé en premier lieu. Enfin, il avait noté la date de leur arrivée et celle du départ programmé, ainsi que le nom de la compagnie aérienne. Tandis qu'il écrivait tout cela, pas un seul moment il n'avait quitté son petit sourire triste. Sa main était celle d'un pianiste. Fine et agile, avec des ongles bien entretenus.

Tony ne lui avait pas communiqué le numéro de l'interprète de M. Bo Xiang. Il ne voulait pas courir le risque que Pedro, pour une raison quelconque, entre en contact avec la Chine avant lui. Mais il avait insisté pour que le jeune entrepreneur de pompes funèbres joigne au plus vite l'ambassade de Chine, afin de commencer la procédure de rapatriement en accord avec les autorités locales.

En rangeant son carnet de notes, Pedro avait prévenu que ce ne serait pas une sinécure.

Tony avait à peine fait attention à la proposition. Il avait approuvé sans hésitation tout ce qu'on lui avait proposé. Mais que se passait-il ? Il était de plus en plus fasciné par ce jeune homme. Il devait se retenir pour ne pas lui demander de le serrer dans ses bras. C'était brusquement devenu un besoin irrépressible. Même pour deux secondes seulement.

Et pourquoi pas ? Pour un professionnel des pompes funèbres ce ne devait pas être un service incongru. Et cela aussi pouvait être rémunéré en conséquence. Un petit extra. Un tel service pourrait même devenir un succès commercial. Il arrive à chacun d'avoir envie d'une embrassade. C'est certainement vrai pour quelqu'un qui est seul dans la vie et qui se voit confronté à une mort subite dans son entourage. C'est là que l'on a grand besoin d'un professionnel qui puisse fournir l'équivalent physique de tous les beaux mots de sympathie et d'espérance. Sans le complément corporel, ces belles paroles risquent même de paraître creuses et insuffisantes, non ? Tony en était de plus en plus convaincu. Un traitement correct des funérailles doit commencer par une accolade donnée aux proches, un *hug*.

Pourtant, il renonça à demander l'accolade à Pedro. Pas parce qu'il avait peur d'essuyer un refus. Il n'avait plus ce genre de honte depuis longtemps. C'était plutôt le contraire. Il ne répondrait plus de lui si Pedro le prenait réellement dans ses bras. Cela ne se limiterait pas à deux secondes et certainement pas à une accolade.

Très troublé, il se demanda d'où lui venait un désir aussi violent. Était-ce un effet des pilules et de l'épuisement ? Souffrait-il d'une sorte de décompression après l'humiliante partie de jambes en l'air avec Mme Bo Xiang suivie du choc de son décès ? Ou était-ce une conséquence de cette foutue chaleur et du sentiment général que son cœur se trouvait serré dans un étau dont il ne pouvait se dégager ? Quelle qu'en fût la cause, il devait faire un effort sur lui-même pour ne pas sauter sur Pedro sans poser de question et lui faire l'amour sur-le-champ. En gémissant, la bave aux lèvres comme deux chiens perdus, aveugles de désir, assoiffés, avides d'assouvissement. Ici, tout de suite, sur le sol, s'il le fallait. À côté du lit où reposait le cadavre heureux. Ou plutôt non : sur le lit. Au-dessus du cadavre et seulement séparés de lui par un drap, qui pourrait fort bien se déchirer dans l'action violente. Pourquoi pas ? Par son métier, Pedro était habitué à la présence de cadavres et quant à Tony, rien ne pouvait plus lui importer.

Ce n'était même pas de la pure libido. C'était de la nostalgie sexuelle. Il revoyait en pensée les années passées de sa vie. Le vide, les occasions manquées. Il eut un choc, il se rendit compte que l'impassibilité dont il était si fier – sa « glorieuse indifférence », comme il l'avait toujours nommée et affichée devant ses copains, quand il avait encore des copains – n'était rien d'autre qu'une façon d'atténuer une souffrance, une blessure efficacement déguisée. Cette prise de conscience accentua encore sa douleur. Elle le tiraillait, devenait insupportable.

Assez, ça suffit ! C'était le moment de retrouver son honneur. Il s'était laissé brider et brimer trop longtemps. Pourquoi ne vivons-nous pas comme nous le pouvons ? Il avait droit à un dernier éclat, une ultime éruption. Un petit moment de vraie émotion toute crue. Et ensuite que le rideau tombe. Définitivement, s'il le fallait.

Mais d'abord, il saisirait ce qui lui revenait. Ici, tout de suite. Bon gré, mal gré. Comme on l'avait fait si souvent avec lui.

C'était une question de justice, rien de plus.

« Il reste encore deux petits problèmes », dit Pedro, le fils des dieux. Il se pencha en avant pour défaire les freins qui bloquaient les roues du lit de fer. Quatre petites roues, quatre freins. Chaque fois que Pedro se penchait et que ses fesses se tendaient dans son pantalon négligemment bouclé, Tony avalait sa salive. « Et de quels problèmes peut-il bien s'agir ? » demanda-t-il. Son ton était plus agressif qu'il ne l'aurait voulu. Il avait les poings serrés, les nerfs tendus. Il ne parvenait pas à détacher le regard du bas du dos de Pedro.

« J'ai besoin d'un document qui atteste l'identité de Mme Bo Xiang », dit Pedro. Il s'était redressé en soupirant. Il se glissa entre le mur et la tête du lit et saisit les barres de métal brillant, comme s'il se préparait à faire rouler Mme Bo Xiang vers la porte et à disparaître avec elle dans la direction de son commerce de pompes funèbres.

Tony alla se placer devant le pied du lit. « Et de quel document s'agirait-il ? » demanda-t-il à Pedro en le regardant droit dans les yeux. Sa voix était rauque.

« N'importe lequel, répondit l'autre en haussant les épaules. Carte bancaire, permis de conduire, passeport. Ou les trois à la fois. Les autorités aiment les papiers. » Ses mains de pianiste agrippèrent les barres de métal encore plus fermement, mais son visage restait plein de compassion triste.

« Passez-moi ce sac à main », dit Tony. Sa voix était encore rauque.

« Quel sac ? » demanda Pedro, qui, à ce moment, eut tout de même une lueur d'amusement dans le regard.

« Ce sac-là », dit Tony sèchement. Il montra du doigt le Louis Vuitton de Mme Bo Xiang, qui se trouvait dans le casier ouvert de la table de nuit à côté du lit. De nouveau, Pedro dut se glisser difficilement entre le mur et le lit pour le prendre et le tendre à Tony par-dessus le cadavre heureux. La lueur dans son regard avait changé et il semblait légèrement vexé.

Même cet air offensé était une source d'excitation pour Tony. Il savait ce que le sac contenait, mais il se mit tout de suite à y farfouiller, comme s'il était vraiment à la recherche de quelque chose.

Ce n'était qu'au moment où les ambulanciers de San Telmo avaient sorti le cadavre heureux de la maison de Mme Mercedes sur un brancard que Tony avait émergé de son état de choc. Il avait suivi le trio en trébuchant dans l'escalier. Après avoir pris son portefeuille et le sac à main de Mme Bo Xiang. Exactement de la manière où jadis, en prenant la fuite sur la plage de Rio, il avait emporté ses affaires : en toute hâte, dans un réflexe.

Ensuite seulement, assis à côté de Mme Bo Xiang dans l'ambulance qui zigzaguait, dans le bruit de fond de la sirène hurlante et des jurons des deux ambulanciers, il avait examiné le contenu du sac Louis Vuitton. Même pas par curiosité. Davantage pour tuer le temps pendant cette course qui paraissait interminable. Son étonnement n'en fut pas moins grand. Outre quelques bijoux, du maquillage, le passeport et le petit appareil photo Sigma, le sac contenait une véritable fortune. Il ne s'agissait même pas du portefeuille, avec les nombreuses cartes de crédit et l'éventail de billets de banque de diverses origines, mais plutôt d'épais rouleaux d'euros en grosses coupures.

Tony comprenait maintenant pourquoi, ces derniers jours, le sac avait paru plus lourd à porter. Chacun des petits rouleaux se composait de trente ou quarante billets. Ils étaient accompagnés d'un document émis par une modeste banque argentine du centre de Buenos Aires. D'autres documents témoignaient de virements de sommes astronomiques. Quand s'était-elle débrouillée pour faire ça ? Peut-être bien durant cette petite heure qu'elle avait voulu passer à courir les magasins sans lui. Elle avait insisté pour qu'il reste au Hilton de Puerto Madero et qu'il s'offre un massage de pieds et une manucure au *Centre de bien-être*. Il ne devait tout de même pas l'accompagner à chaque séance de shopping. Non, non ! avait-elle insisté. Elle se sentirait coupable. Il ne se l'était pas laissé dire deux fois. Même s'il était resté à paresser dans sa chambre, sans manucure ni massage, pillant le minibar et zappant d'une chaîne de télé à l'autre. Il y en avait plus de cent.

Sa théorie fut confirmée par la date et l'adresse du document bancaire. Elle avait donc retiré ces euros quelques jours auparavant ici, à Buenos Aires. Pourquoi ? Il s'en foutait, naturellement. Mais secoué dans l'ambulance, il avait quand même le souffle coupé en faisant le compte d'un des petits rouleaux. Et il y en avait quatorze de cette sorte ! Il avait sur les genoux une vraie fortune, dissimulée dans un sac à main couleur camel.

Est-ce que Mme Bo Xiang gérait dans cette ville une petite tirelire personnelle ? Elle avait toujours prétendu n'être jamais venue à Buenos Aires auparavant. Lui avait-elle menti ? Il n'aurait pas cru ça d'elle. Lui avait-elle encore caché d'autres choses ? Et M. Bo Xiang, était-il au fait, oui ou non ? Imaginez que non. Imaginez que personne n'ait été au courant de cet argent. Tony eut un instant un voile noir devant les yeux. D'accord, ce sac ne contenait pas, et de loin, assez d'argent pour racheter sa dette. Mais ce serait un complément plus qu'appréciable pour financer son ultime échappatoire. Sa sortie de scène secrète. Grâce à son petit magot clandestin.

C'était le salut de son existence, bien caché aux Bahamas. Ce n'était pas une petite cagnotte de rien du tout. Il lui était quelquefois arrivé de gagner aux tables de black-jack des navires de croisière. Car il y avait passé de nombreuses heures depuis qu'il n'avait plus ressenti la nécessité de se torturer dans les salles de fitness.

Après avoir été détroussé et massacré à Rio, il avait pris le parti de faire ce qu'il avait toujours haï chez ses parents et chez les nombreux parvenus qui formaient ce qu'ils nommaient leur cercle d'amis. Des confrères, des chirurgiens connus, des développeurs de projets, des capitaines d'industrie et même quelques anciennes gloires sportives. Tony avait toujours regardé avec mépris leurs perpétuelles recherches de subterfuges et de constructions compliquées pour être plus malins que le fisc.

Du premier au dernier, ils prenaient part au rituel minable qui était populaire dans toutes les couches de la population. Au restaurant, ils demandaient à doubler le montant de leur addition sur la petite facture dite « souche TVA ». Le tripler était encore mieux. Ils le demandaient avec assez d'insistance pour convaincre le restaurateur que, à défaut de cette rallonge sur la souche, ils iraient dorénavant assouvir leurs envies gastronomiques chez les concurrents. D'autres y retournaient carrément le lendemain pour demander une autre petite souche fictive, cette fois sans rien consommer. Il y avait certainement des tas de clients qui n'exigeaient pas leur petite souche TVA, non ? Ça leur ferait plaisir d'en profiter, merci. Et à la semaine prochaine ! Et ce jusqu'à ce qu'ils aient collectionné assez de souches pour gonfler leurs notes de frais jusqu'au maximum annuel de déduction fiscale. Cela avait quelque chose d'un sport national. Comme la colombophilie. Certains exploitaient les qualités des pigeons voyageurs, d'autres pigeonnaient les patrons de restaurant.

Les amis de ses parents voyaient les choses en plus grand. Aidés par des conseillers financiers, des experts fiscaux de pointe et des banquiers respectables et respectés, ils mettaient en scène un carrousel aux fines mailles qui, dans sa révolution, imitait le globe terrestre. Actes de donation privés, petites douceurs au noir et pots-de-vin bien réels faisaient du triple saut de continent en continent. Parfois l'argent blanchi finissait par revenir dans son pays d'origine, au prix d'une amende minimale. La plupart du temps, cependant, juste avant de faire ce dernier bond intercontinental, il marquait le pas sur place et continuait à prospérer à l'ombre des palmiers d'un paradis fiscal inondé de soleil.

Tony, lui aussi, était possesseur d'un tel compte. Par nécessité. Il ne fallait plus jamais qu'il lui arrive un incident comme celui de Rio. Qu'il perde tout ce qu'il possède et doive recommencer à zéro, repartir de rien pour se constituer une tirelire pour – hé bien oui ! – pour ses « vieux jours ». Encore une de ces choses dont il se moquait dans le temps, mais plus maintenant. Cette menace vague et monstrueuse, cet ouragan qui se lève lentement et va mener à l'impuissance physique et la dépendance. Pour le moment, il enflait seulement derrière l'horizon, mais chaque année la tornade infernale se rapprocherait, lente mais inexorable, mugissant toujours plus fort, se préparant à l'attaque ultime. À la charge qui n'épargnerait rien ni personne.

Tony ne possédait ni carte de crédit, ni document bancaire quelconque, aucune piste tangible qui aurait pu mener à sa cagnotte, ou même en faire soupçonner l'existence. Toutes les informations dont il avait besoin, les numéros de téléphone, les noms des personnes à contacter, tout cela se trouvait dans sa tête. On pourrait l'interroger et le torturer tant qu'on voudrait, il ne se trahirait jamais. Plutôt mourir.

Tony était conforté dans sa certitude par le fait que même les collaborateurs de M. Bo Xiang, si experts dans la recherche des butins de guerre des débiteurs, n'avaient rien découvert jusqu'alors. Ses propres experts en technologie bancaire aux Bahamas avaient vraiment fait du bon travail.

Il n'était donc pas encore un homme fini. Il existait encore une petite chance d'évasion. Du moins, tant qu'il pourrait échapper aux griffes de M. Bo Xiang et de ses sbires.

Tant qu'il y a de la vie, il y a de l'espoir.

« Voyez un peu ça, dit Tony au fils des dieux Pedro, toujours de cette bizarre voix rauque, ça peut sans doute être intéressant pour vous. » Il tendit au jeune employé des pompes funèbres le passeport et l'une des nombreuses cartes de crédit de Mme Bo Xiang. Il se tenait toujours au pied du lit, barrant la route à Pedro au cas où celui-ci aurait voulu prendre la fuite.

« Bien sûr, c'est un début », confirma celui-ci, de nouveau triste et sérieux. Il rangea avec respect le passeport et la carte de crédit dans la poche intérieure de sa veste. Un instant, Tony eut l'impression qu'il se caressait le cœur. Ou un mamelon. Il dut de nouveau avaler sa salive. « Mais il reste un second point très délicat », ajouta Pedro. Il avait repris place à la tête du lit, appuyé des deux mains sur les barres brillantes, prêt à fuir, loin de Tony, dans la grande ville. Loin de ce moment de désir.

« Je suis curieux de savoir ce qui m'attend encore de délicat », répondit Tony. Il remarqua lui-même la petite nuance d'espoir dans sa voix.

« L'embaumement, dit Pedro.

– L'embaumement ? » Tony ne savait pas s'il devait éclater de rire ou éclater en sanglots. Il tenta fiévreusement de chasser l'image de son esprit, mais il la voyait très nettement. Il apercevait Mme Bo Xiang, qu'on couchait sur une table de pierre froide pour la vidanger puis refaire le plein. Comme si la pauvre femme était un jerrycan. La femme dans laquelle il avait failli jouir si peu de temps auparavant.

« L'embaumement dans les règles de l'art, fit Pedro avec un hochement de tête plus triste et sérieux que jamais.

– Mais nom d'un chien, qu'est-ce que ça représente de si délicat, un embaumement ? demanda Tony. On le fait ou on ne le fait pas. » Il sentait qu'il élevait la voix, mais il n'était plus maître de lui. Il se trouvait plus ridicule de minute en minute. Il avait encore le Louis Vuitton dans les mains. Que devait-il en faire ? Faire glisser la lanière sur son bras, jusqu'au coude ? Ou directement sur l'épaule ? Comme s'il était une vieille mémère en train de flâner devant un étalage ? Il n'osait pas quitter sa position pour remettre le sac dans la petite armoire sous la table de nuit. Il croyait ce Pedro capable de filer derrière son dos en poussant le lit vers la porte. Il sentait le pied du lit qui poussait déjà contre ses jambes.

« Vous avez tout à fait raison, mister Tony », dit Pedro. Malgré sa tristesse humble, il y avait maintenant quelque chose d'impatient en lui. Comme s'il voulait fiche le camp de cette chambre au plus vite. « On le fait ou on ne le fait pas. Mais si nous le faisons, nous avons besoin de votre autorisation. Aussitôt que le médecin légiste l'aura examinée, nous pourrons commencer.

– Le médecin légiste ? » demanda Tony. Son cœur manqua un battement. Il sentit de nouveau le pied du lit qui heurtait ses deux jambes. Et même plusieurs fois. « Il y a des légistes en Argentine ? » Avec tout ce bordel, il n'y avait pas pensé un seul instant. Le cadavre heureux serait donc examiné sous toutes les coutures. Les enquêteurs se demanderaient-ils pourquoi cette infortunée vieille femme avait cet air de jouissance extrême ? Iraient-ils à la recherche d'une cause plus profonde ? Et celle-ci serait-elle encore détectable, plusieurs heures après la pénétration ? Dieu merci, il n'avait pas joui en elle. Mais jusqu'où étaient-ils capables de pousser les recherches d'ADN dans ce pays ? Cheveux, salive, sueur, petits squames ? Tout cela serait retrouvé sur elle, tout serait de lui.

À en croire son sourire, Pedro considérait la question de Tony comme une blague légèrement cynique. « Bien sûr, nous avons ici des médecins de la police. Vu nos nombreuses enquêtes sur des violences, ils sont hélas parmi les meilleurs du monde. Mais qu'en pensez-vous ?

– Ils doivent faire leur job, dit Tony d'une voix faible, mais j'espère qu'ils ne vont pas trop la massacrer. »

Pedro contempla Tony pendant quelques secondes, puis il dit : « L'embaumement. Qu'est-ce qu'on fait ? Oui ou non ?

– Faites-le. Embaumez-la, c'est très bien. Je dirais même le plus vite possible. Plutôt aujourd'hui que demain. » Il se sentait de nouveau groggy. Sa concentration fondait à vue d'œil. Et même son désir pour le jeune homme commençait à s'évaporer. Quel emmerdeur. Avec ses mains de pianiste et sa bouche de nègre. Et son loufoque petit ton consolateur.

« La rapidité n'est pas un problème, poursuivit Pedro avec quelque hésitation, le plus délicat dans tout ça, c'est que le liquide d'embaumement coûte terriblement cher.

– Là, vous ne m'étonnez pas », riposta Tony. Il faillit éclater de rire. Tout ça était trop triste, il n'y avait pas de mots pour ça. « Je n'imagine tout de même pas que vous allez faire quelque chose gratis. » Une catastrophe s'était produite, un décès tragique, et ça tournait à quoi ? Un jeu de questions-réponses et une affaire de gros sous.

Maintenant c'était Pedro qui prenait un air vexé. « Ce n'est pas une obligation, mister Tony. C'est une question. Après tout, nous sommes une entreprise, n'est-ce pas ? Le choix est entièrement vôtre. Nous pouvons également procéder à un simple lavage du corps.

– Lavez-la, c'est très bien aussi ! s'exclama Tony, qui riait maintenant sans gêne. C'était une fanatique de l'hygiène. » Il devait se retenir de ne pas se taper sur les cuisses. « Et vous facturez combien pour un lavage ? Savon et shampooing compris ? » Il finit tout de même par glisser la lanière du sac à son bras, jusqu'au coude, et il plaça son autre main sur la hanche, le poing fermé. À présent, il se fichait pas mal de l'air qu'il avait. Mais il ne fallait pas que ce petit prétentieux s'imagine que lui, Tony, ferait un seul pas de côté. Il resta campé sur place. S'il le fallait, il se laisserait écraser au passage du lit.

Pedro lâcha la tête du lit et joignit les paumes à la hauteur de la poitrine comme pour une prière. Il balança doucement ses mains jointes de haut en bas, comme un curé qui prêche devant ses paroissiens. Le ton de sa voix concordait avec le geste. Doux, soucieux, peiné.

« Mister Tony, je comprends bien que vous avez subi un grand choc. Je ne vous en veux pas, nous voyons cela souvent, ce n'est facile pour personne. Mais je vous en prie, réfléchissez à notre proposition. Je ferai de mon mieux pour régler la paperasse aussi vite que possible, mais avec un peu de malchance cela peut durer de longs jours, sinon des semaines, avant que Mme Bo Xiang puisse être rapatriée. A-t-elle de la famille ? Des enfants, des petits-enfants ? Ne leur ôtez pas la chance de prendre congé d'elle comme elle était. Dans toute sa beauté. Naturellement, nous possédons des chambres froides. Mais le froid n'est pas l'idéal si l'on veut une conservation optimale. Alors faites-vous plaisir, mister Tony, et aussi plaisir à tous les autres qui lui étaient chers. Avec un petit acompte, je peux déjà tout démarrer. Pour le gros de la somme, on verra plus tard. »

Le plaidoyer toucha son but. La colère rigolarde de Tony s'évapora. « Vous avez raison, dit-il au bout de quelques secondes, excusez-moi. » Il fit un pas de côté et ouvrit le sac à main. « Tenez. » Il montra à Pedro l'un des rouleaux de billets. Et pourquoi pas ? L'idée de pouvoir escamoter toute cette fortune était ridicule. M. Bo Xiang et ses truands étaient peut-être au courant, il ne pouvait pas prendre ce risque. Si l'un ou l'autre de ces rouleaux disparaissait, Tony créait carrément un motif de meurtre et il serait le premier suspect. Où avait-il la tête ? Quelle présomption de sa part ! La même sorte d'arrogance qui lui avait fait espérer séduire ce Pedro. Dans les deux cas, il aurait dû voir dès le départ qu'il n'avait aucune chance. « Ceci devrait suffire pour les premiers frais, poursuivit-il en tenant toujours le rouleau de billets sous le nez de l'autre. Et encore une fois, pardonnez-moi. Je n'étais pas moi-même. »

Pedro accepta le rouleau avec un hochement de tête compréhensif et il le glissa respectueusement dans l'autre poche intérieure de sa veste – de nouveau en se caressant le sein, ne put s'empêcher de penser Tony. Avec toujours cette boule dans la gorge, malgré tout.

« Vous prenez la bonne décision, fit Pedro, onctueux, tout en manœuvrant déjà le lit pour contourner Tony. Nous entourerons Mme Bo Xiang de tous nos soins. » Il ne s'arrêta qu'un instant pour ouvrir la porte et se retourner vers Tony en lui tendant la main.

Puis il disparut promptement dans le couloir, avec le lit. Sans un regard en arrière. Et sans ce *hug* que Tony espérait encore. Malgré tout.

Tony s'affala, épuisé et humilié, sur le petit siège en faux cuir. Il dut se retenir de ne pas lancer le sac à main à travers la chambre. Comment avait-il pu être aussi con ? Il s'était rendu ridicule à jamais. Ce brave garçon n'était qu'un pauvre besogneux avec un petit job qu'il essayait d'exécuter du mieux qu'il le pouvait. Bien sûr qu'il voulait se faire un peu d'argent. On n'a rien pour rien. Vu les circonstances, ce jeune homme s'était parfaitement tiré d'affaire. Remarquablement professionnel, remarquablement modeste. C'était Tony qui s'était mal conduit, avec sa libido ridicule, en présence d'un cadavre, en plus.

Mais plus encore que sa fierté blessée, c'étaient les conséquences du drame qui commençaient à le tourmenter. Mme Bo Xiang allait être examinée par un médecin de la police. Combien de temps avant que ce connard avertisse les paparazzis locaux ? Un scoop, contre paiement ou non : l'épouse d'un magnat chinois à la réputation sulfureuse était morte ici. Dans le quartier mal famé de San Telmo, par-dessus le marché. Et la femme y avait séjourné en compagnie d'un homme beaucoup plus jeune. Dieu sait quelles histoires grotesques les journaleux allaient sucer de leur pouce. Ils étaient partout les mêmes, ces parasites qui osaient s'appeler reporters.

Est-ce que je n'aurais pas dû mieux m'arranger pour éviter tout ce remue-ménage ? se demandait Tony avec angoisse. M. Bo Xiang aimait sa femme et ses lapins nains, mais il n'aimait pas qu'on fasse du bruit autour de lui. Il y avait beaucoup de récits qui couraient à ce sujet. On disait qu'il avait fait couper la langue à l'un de ses concurrents et l'avait fait manger par le petit chien de la maîtresse de celui-ci, sous les yeux de la pauvre fille. Une autre version prétendait qu'on avait préparé le chienchien façon canard laqué et qu'on l'avait servi au type et à sa maîtresse tandis qu'ils barbotaient dans leur jacuzzi sur le penthouse du plus haut gratte-ciel de Shanghai.

Évidemment, c'était là tout le problème. Tous les racontars se concentraient là, dans les eldorados d'Extrême Orient. Chaque année, Shanghai comptait un nouveau building record, plus haut que le précédent, et dans tous ces bâtiments M. Bo Xiang possédait une part d'au moins cinq pour cent. Prétendait-on. On disait la même chose de sa base familiale de Canton, de Pékin et aussi de Hong Kong. Dans les trois plus grands casinos de Macao, ses parts monteraient à plus de cinquante pour cent. Il aurait possédé plus d'entreprises secrètes que d'employés et il aurait manipulé dans le parti communiste chinois plus de pions qu'il n'existait de croupiers à Las Vegas. C'étaient et restaient des rumeurs, lancées par des adversaires ou par des étrangers xénophobes qui nourrissaient les plus folles fantaisies imaginatives dès qu'il s'agissait de l'Extrême Orient. Pourtant, il y avait nombre de partenaires d'affaires, de Singapour à New York et de Moscou à Djakarta, qui affirmaient que M. Bo Xiang était un collègue honorable, au sujet duquel ils ne voulaient pas entendre un seul mot discourtois.

M. Bo Xiang faisait lui-même peu de choses pour démentir ces ragots. Il se comportait comme s'il était au-dessus de tout ce tintamarre. Mais on chuchotait qu'il existait une sorte d'hommes qu'il haïssait en secret encore plus passionnément que ses concurrents et ses débiteurs : les journalistes. On attribuait cela à sa jeunesse. M. Bo Xiang avait grandi dans un monde dépourvu des concepts de propriété privée et de presse libre. Et il avait encore du mal à supporter cette dernière.

Le téléphone de Tony se mit à sonner. Sur le petit écran apparut le nom de l'interprète. Un instant, Tony envisagea d'ignorer la sonnerie tremblotante et délicieusement rétro de son smartphone.

Il finit par décrocher.

Il n'eut pas le temps d'entamer prudemment la conversation. « Qu'est-ce qui se passe avec notre Mme Bo Xiang ? » aboya l'interprète sans avoir dit bonjour. Tony ne l'avait jamais encore entendu parler aussi vite et aussi fort. Le type semblait hystérique. Ou mort de peur. « M. Bo Xiang n'arrive pas à la joindre au téléphone. Où est-elle ? Qu'est-ce qui s'est passé ? *Come on, man !* Dites-moi ce qu'il y a ! » Un menaçant grésillement intercontinental s'éleva, plus mortel qu'un vrai silence.

Juste au moment où Tony voulut commencer son récit, qui devait fatalement se terminer par une révélation tragique, un nouvel inconnu ouvrit la porte.

C'était un vieil homme de haute taille, portant des favoris. Il était vêtu d'un costume noir et portait une fleur blanche à la boutonnière. S'il avait arboré un haut-de-forme, on aurait pu croire qu'il venait de sortir d'une machine à remonter le temps. Il suait comme un bœuf. « Vous êtes sans doute mister Tony Hanssen », fit-il immédiatement, avec une esquisse d'inclinaison du buste. Il avait une voix d'ivrogne au petit matin. Son anglais était loin d'être parfait.

« Je ne peux pas le nier », répondit Tony après un instant d'hésitation. Il regardait le nouveau venu, bouche bée, il avait baissé son smartphone au niveau de la poitrine. Dans l'appareil, l'interprète continuait à tempêter, mais sa voix paraissait à présent vide et sans importance. (« Mais qu'est-ce qui se passe là-bas, *man* ? Raconte ! Allô ! »)

« Et où est notre chère disparue ? » demanda l'homme en jetant sur la chambre un regard surpris, tout en s'essuyant le front avec un mouchoir. Ou bien il était venu en courant, ou bien il possédait une santé pitoyable, due aux habitudes culturelles : viande rouge, malbec et cigarettes tous les jours. Une odeur de sueur et d'ail commençait à envahir la chambre.

C'est ainsi que pourrait puer l'enfer, pensa Tony, qui était soudain pris des plus sombres pressentiments. Par précaution, il interrompit la communication avec la Chine. Au moins, il éliminait la voix de l'interprète, si faiblissante fût-elle. « Mme Bo Xiang est chez l'entrepreneur des pompes funèbres », déclara-t-il. Sa voix était rauque, mais d'une autre façon que l'instant d'avant.

L'homme parut réellement choqué. « Mais c'est moi votre entrepreneur de pompes funèbres.

– Vous mentez, dit Tony. Vous mentez ! » Il sentait monter une colère meurtrière. Mais il ne parvenait pas à s'extraire de sa petite chaise en forme de cuvette pour casser la gueule comme il l'aurait voulu à ce triste soûlaud, ce faussaire, ce messager de mensonges et de malheurs. Il avait les jambes coupées. « Pedro est venu chercher Mme Bo Xiang ! cria-t-il. Pedro et moi nous avons conclu un accord. Un accord ferme, un bon accord. » Son smartphone se remit à sonner. Le petit écran annonça clairement qu'il s'agissait de nouveau de l'interprète. Qu'il sonne, pensa Tony. Ce qu'on ne sait pas ne peut pas faire de mal.

« Je ne connais absolument aucun Pedro, fit le croque-mort, lui-même soudain cadavérique.

– C'est dommage pour vous, cria Tony, encore assis, pointant vers l'homme son portable tremblotant et sonnant. Vous arrivez trop tard, définitivement trop tard. Vous vous êtes laissé retirer le pain de la bouche. » Sans attendre la réponse, il prit enfin la communication avec la Chine. « Fichez-moi la paix. Il faut d'abord que j'arrange une affaire ici. Je vous rappelle tout de suite. » Il coupa la communication et leva les yeux. Le vieil homme était encore là. Il n'était pas un cauchemar. Il était fait de chair et d'os. Et il suait de plus en plus.

« Je vous en prie, bégaya l'homme, qui semblait être, lui aussi, face à un spectre de cauchemar. Ne me dites pas que vous avez donné de l'argent et des papiers d'identité à ce Pedro. C'est comme ça qu'ils opèrent. Ils écument tous les hôpitaux. Personne ne vous avait mis en garde ?

– Vous mentez ! » C'était tout ce que Tony trouvait à dire, à crier. Il sentait monter les larmes et la bile, la nausée. Son portable se remit à vibrer et sonner.

« Vous avez une adresse pour ce Pedro ? » demanda l'homme. Étant donné les circonstances, il restait étonnamment calme et soucieux. « Un numéro de téléphone ? Quelque chose d'autre, quoi que ce soit ? »

Tony ne trouva même pas la force de secouer la tête. Son smartphone lui glissa des mains et roula sur le sol tout en continuant à sonner. La vérité le frappa de plein fouet, comme s'il était heurté par une locomotive. Il s'était fait rouler, une fois de plus. Non seulement il avait baisé à mort la femme de son créancier, mais il avait réussi à se faire faucher sa dépouille mortelle. Et son passeport en même temps.

4 .... *Mpumalanga*

AU KROKODILSPRUIT, IL NE RESTAIT À TONY HANSSEN qu'un seul moyen de supporter sa nouvelle épreuve. Il devait continuer à penser sans cesse à sa fille Klaartje et à sa femme Martine. Le jour approchait enfin où ils seraient tous les trois réunis et où tout recommencerait comme avant. Le salut était proche. Il restait ce cap à franchir.

Il se tenait dans la pénombre, une hache de bûcheron à la main, entre l'homme agonisant qu'il venait d'abattre et la femelle rhino que venait d'abattre cet homme. Tous deux se tordaient dans des convulsions.

Chez la femelle rhino, cela se limitait à de brusques soubresauts de son ventre et à une patte colossale qui fauchait l'air de plus en plus lentement. Sa tête mutilée et partiellement dépouillée de ses cornes émettait de temps à autre un bruit faible, mi-grognement mi-ronflement.

Tony n'osait pas jeter un second regard au géant noir. La première vue avait été insupportable malgré la demi-obscurité indulgente. En plus de sa jambe amputée, c'était le visage qui avait choqué Tony. Il était tordu et creusé de profondes rides de douleur. Un masque du guerrier oriental où pointait une langue violette. Le pauvre type gémissait sans discontinuer. D'un trou à la hauteur de sa clavicule, source paresseuse de sang et de bulles, émergeaient des esquilles d'os. Elles émettaient comme une lumière obscène dans la pénombre, comme les dents et le blanc de l'œil du géant agonisant. Il roulait continuellement les yeux, qui tournaient comme des balles de ping-pong.

Tony restait là à le regarder, nauséeux mais pétrifié dans sa fascination, ne sachant que faire. Le blanc de l'œil sans pupille lui faisait penser au blanc huileux des lis. Les indestructibles lis de Martine, sa grande fierté, sous les fenêtres de leur villa à Wolvertem, les soirs d'été. Comme un cuir blanc veiné de rouge. L'homme toussa et régurgita du sang. Ses dents changèrent de couleur, de l'obscène blanc luisant elles passèrent au rouge visqueux. Tony réussit enfin à détourner le regard. Sa fascination avait fait place à la honte et au dégoût.

Il tourna le dos à l'agonisant et se dirigea vers le rhinocéros. Mais cela ne lui permit pas d'ignorer l'homme. Il avait beau prier pour que le pauvre type derrière lui connaisse une mort rapide, ses gémissements ne faiblissaient pas. Ils se mêlaient à présent à un frôlement inquiétant de membres s'agitant en tous sens. Et même si le sable meuble au bord du point d'eau étouffait les sons, même si l'homme n'avait plus à sa disposition qu'une seule jambe pour trépigner, dans les oreilles de Tony c'était comme si quelqu'un battait un tambour accusateur, un tam-tam accablant aussi large que cette pièce d'eau. Et tous ces bruits qui lui parvenaient, provenaient-ils bien du géant abattu ? N'entendait-il pas des craquements un peu plus loin ? Et de ce côté-là, qu'était-ce ? La sueur lui coulait le long de l'échine, son cœur s'emballait. Des charognards, d'autres braconniers, des gardes-chasse alertés accompagnés de toute une équipe d'intervention armée jusqu'aux dents ? Il fallait qu'il agisse, sans attendre, immédiatement.

Et pourtant, il traînaillait de nouveau, comme paralysé, plus avec un fusil à la main cette fois, mais avec une hache. Il était gonflé d'adrénaline – vraiment, il avait tiré et touché d'un seul coup ! En même temps, il était secoué par le choc – il avait assassiné un homme. Ou presque, à en croire les gémissements.

Il ne faut plus y penser ! Ce qui est fait est fait, on ne peut plus rien y changer, pour les regrets on verra plus tard. Au travail !

Il se pencha au-dessus de la tête du rhinocéros. Celui-ci grognait encore, faiblement, plaintivement. Une odeur nauséabonde montait, mêlée à une puanteur que la mémoire de Tony associait avec les cirques ambulants de sa jeunesse. Le lendemain du spectacle, il se rendait avec toute la classe à la ménagerie, pour voir la cage des tigres et l'endroit des coulisses où les éléphants au regard triste étaient alignés, enchaînés par une patte. C'était exactement la même pestilence : paille, merde, pisse et misère. La blessure du rhino se mit de nouveau à bouillonner. Tony sentait la nausée monter de plus en plus fort. Ses genoux commençaient à s'entrechoquer.

Et la douleur vrillait sa lèvre inférieure.

Immédiatement après le coup de feu, c'était l'excitation qui avait dominé. Il s'était senti tout-puissant. Il avait lancé le fusil sur la banquette arrière d'un geste presque désinvolte, avait démarré le moteur de son pick-up et s'était dirigé vers le point d'eau, exactement comme il avait vu le géant noir le faire. Pied au plancher et en ligne droite.

Cependant, il fallait qu'il dévale une colline dont les pentes apparurent bientôt parsemées de trous et de blocs de rochers traîtres. Le 4x4 était balancé et ballotté comme une chaloupe dans la tempête. C'était un vrai miracle que le véhicule qui grinçait de toutes parts ne basculât pas sur le flanc ou sur le toit. À un moment donné, dans un plongeon en avant suivi d'une remontée tout aussi brutale, Tony alla donner de la tête contre le toit, puis de la bouche contre le volant. Il sentit craquer quelque chose dans sa nuque puis dans sa bouche. Il supposa que sa lèvre inférieure était blessée et que le sang coulait goutte à goutte de son menton. Un regard rapide jeté sur sa chemise le confirma. Sur le coton beige clair une petite fleur rouge s'élargissait rapidement en un vrai bouquet. Mais il ne sentait pas encore la douleur et il ne perdait à aucun moment le contrôle de son volant. Au contraire. Jamais auparavant il ne s'était senti aussi concentré, si nettement ancré dans l'ici et maintenant, animé d'une vie aussi vibrante. Cela le surprenait. Jusqu'alors il n'avait ressenti pareille chose que dans les moments de haute tension dans son travail.

Car il n'y a pas d'arène plus excitante ni plus asservissante que celle d'une banque d'affaires, avec ses deadlines et ses drames. Avec son suspense quotidien de marchés d'actions déchaînés partout dans le monde.

« Va-t'en voir ailleurs si c'est mieux, mec ! Trouve-toi une place dans l'enseignement ! » C'était la réponse standard que lui et ses collègues s'envoyaient à la tête chaque fois que l'un d'eux menaçait de s'effondrer ou d'éclater en sanglots. La seule fois où ils ne l'avaient pas prononcée était le jour où un collègue avait sauté par la fenêtre pendant une réunion de crise. Ce personnage singulier et taciturne avait ouvert la fenêtre comme pour aller nourrir les moineaux, il était monté dignement sur le rebord et avait fait un pas en avant comme s'il se laissait tomber dans une piscine en plein air. Mais on n'entendit pas de « Plouf ! ».

Cette fois-là, personne n'avait rien dit. Durant des heures. Mais la plupart n'en pensaient pas moins. « Si au moins tu avais cherché un petit job dans l'enseignement, mec ! » Et pourquoi ne l'auraient-ils pas pensé ? Ils formaient un corps d'élite, pas une institution philanthropique. Ça supposait une sélection. Au sens figuré, bien entendu. Il n'y avait aucune intention de provoquer des burn-out, des crises de nerfs, des divorces ou des rixes, et encore moins des issues mortelles. Mais tout cela existait. Les burn-out et le reste. Cela renforçait les survivants dans leur motivation et leur fierté. Le malheur des uns fait le bonheur des autres.

Cette ligne de partage, le gouffre entre le fiasco et le succès, était impitoyable et infranchissable, quelles que fussent les jérémiades et les menaces de procès de ceux qui tombaient. Si, du moins, on les entendait. Le plus courant était le silence. Ils avaient traîné leurs journées à vos côtés des années durant, ils avaient dû supporter plus de choses de vous que de leur famille proche, ils avaient maudit ou loué vos avis plus souvent que ceux de la mafia d'analystes de Bloomberg ou Sky News Business, ils connaissaient votre boisson préférée et la senteur de vos pets – et brusquement ils avaient disparu. La seule chose qu'ils laissaient derrière eux, à part un souvenir de plus en plus vague, était une chaise vide qui, deux jours plus tard, était occupée par une nouvelle recrue.

Le bizutage de celui-ci consistait à entendre pendant une semaine combien il était facile et inodore de le virer. Les vieux rats, en ricanant, n'hésitaient pas à faire la comparaison avec les purges sous Staline. On vous convoque à l'improviste chez votre supérieur pour avoir une petite conversation d'une minute et demie, un type de la sécurité fauche d'un seul grand geste, derrière votre dos, toutes vos petites affaires de bureau et les fourre dans une boîte en carton, un autre gorille de la sécurité vous accompagne vers une sortie arrière et c'est là que vous récupérez solennellement votre boîte en carton en échange de votre badge d'entrée, votre carte de crédit, vos clés de voiture et votre portable professionnel. Vous restez planté là. Face à une porte qui se referme avec fracas, avec une boîte en carton entre les mains. Votre ordinateur portable est demeuré là-bas, votre compte mail est fermé, votre photo effacée, votre nom ôté de l'organigramme.

Si d'anciens collègues se manifestaient encore, c'était de l'autre côté de la rue, ils criaient votre nom en agitant le bras, comme s'ils vous connaissaient. Le mot d'ordre était de ne pas répondre. Les retrouvailles étaient trop embarrassantes. Pour les deux. Il arrivait, rarement, que l'un d'eux n'agite pas la main mais lève le poing, le regard furieux et la bave aux lèvres, prêt à vous contaminer avec son défaitisme et sa pitié de lui-même. C'étaient ceux-là qui entamaient des procédures judiciaires, d'ailleurs toutes condamnées à échouer. Ces types-là ne songeaient jamais que tout pouvait être de leur faute. Ils avaient signé le même contrat que les autres, ils s'étaient montrés, des années durant, souples et conciliants à l'égard du groupe et de sa gestion, ils avaient fait les mêmes blagues que tout le monde sur la naïveté des clients et l'incompétence des autorités de surveillance. Et maintenant ils se retournaient contre leur ancienne famille. Toujours avec les mêmes arguments : ils avaient été consumés jusqu'à l'os par « le Système ». Ou par le CEO, ce qui revenait au même.

Les survivants, eux, ne se faisaient pas tout ce cinéma. Ils n'avaient pas besoin d'un PDG, d'un Chief Executive Officer pour leur foutre le feu aux fesses, ils le faisaient eux-mêmes. Ils encaissaient les défis, les harcèlements, l'épuisement et tout le reste. Le confortable chèque à la fin du mois était évidemment accepté avec plaisir, mais la vraie récompense, c'était l'honneur ! Ils tenaient malgré tout, eux, tandis que les losers avaient lâché la rampe. Eux, ils avaient du talent, les autres avaient de la déveine. Dommage pour ceux-là mais tant pis, la compréhension s'arrêtait là. Tout de même, un joueur de foot amateur ne va pas faire un procès au FC Barcelone parce qu'il n'est pas repris dans l'équipe de base, non ?

Les nouvelles recrues se mettaient bien tous ces conseils dans la tête et montaient courageusement au front. À la première fête de Noël passée au bureau plutôt qu'à la maison, ils trouvaient cela excitant. Au deuxième Noël manqué, la moitié d'entre eux faisait déjà la gueule. Au troisième Noël, le bon grain était séparé de l'ivraie. L'un donnait sa démission, un autre prenait des pilules, le troisième exécutait un ordre qui représentait un bonus d'une année. Pas de meilleur moment que Noël pour frapper un coup inattendu, *à la hausse* ou *à la baisse*. Dans le monde, à ce moment-là, moins de la moitié de la racaille des investisseurs se trouvait devant son écran d'ordinateur. La rareté est une bonne chose.

Sauf quand il s'agissait de ce qu'on gagnait, évidemment. Là, la rareté était un scandale. Il s'agissait d'abondance et l'abondance vous guettait partout. Le monde était plein de bancs de poissons, il fallait juste lancer votre petit panier à la baille au bon moment et le relever plein à ras bords. Évidemment, il fallait dénicher les bancs de poissons. Et de préférence être le tout premier et le seul. Pour cela il fallait une étude permanente, une vigilance vingt-quatre heures sur vingt-quatre, une connaissance des plus récentes mises à jour des programmes informatiques les plus avancés, ainsi que l'acquisition du hardware de pointe avant même qu'il ne soit disponible en magasin. On soutirait les prototypes aux fabricants en échange d'un article vantant leur camelote sur un site pour fanatiques de l'investissement. Ou, au besoin, en échange d'informations économiques confidentielles sur leurs concurrents. Du moment qu'on mettait la main sur les nouveaux joujoux avant ses propres concurrents.

Tout était une course contre la montre. Certains bureaux, direction comprise, déménageaient dans un immeuble qui se trouvait à peine à vingt kilomètres de là, mais juste à côté du gratte-ciel du plus grand fournisseur Internet. Le raccourcissement de la distance physique entre les ordinateurs de ce dernier et les notebooks du bureau déplacé donnait en temps réel un gain informatique d'une fraction de seconde. Assez pour se mettre à vendre et acheter automatiquement un tout petit peu plus vite que les autres. Au bout d'un an, les frais du déménagement étaient amortis et oubliés.

Une année plus tard, tous les bureaux concurrents avaient également déménagé. Tous en rond autour du gratte-ciel comme des termites autour de leur reine. Et de nouveau, tous étaient égaux, la course pour gagner un avantage d'une fraction de seconde pouvait recommencer. Et tout le monde devait s'investir à fond. On ne s'épargnait aucune peine, nulle privation n'était trop difficile à supporter. Il fallait souffrir et sincèrement jouir de sa souffrance. Sinon on ne tenait pas le coup.

Tony leva sa hache à deux mains, haut au-dessus de la tête, calculant l'angle selon lequel il devait l'abattre pour séparer la petite corne de la tête du rhino, si possible du premier coup. La femelle rhino semblait bel et bien morte à présent. La plus grande corne gisait déjà à côté de sa tête, le boulot avait été fait par le géant noir. À la place de la corne béait une horrible blessure ovale aux rebords dentelés. Le sang n'y bouillonnait plus, mais il coulait encore lentement, mêlé de saletés.

Pendant un instant, Tony avait envisagé de faire à son tour usage de la tronçonneuse, mais il n'avait même pas essayé. Il craignait que le vacarme ne donne l'alarme et, de plus, il ne savait pas comment marchait un tel engin. Il se contenta donc de sa hache. D'une certaine manière, une hache était plus convenable, plus honnête. Du travail manuel, une façon de rendre honneur à l'animal. Juste avant de frapper, il jeta encore un coup d'œil circulaire. Craignant que le petit de cette femelle ne vienne l'attaquer, lui aussi, au moment du coup. Il ne vit rien, il n'entendit aucune galopade approchant dans la pénombre. Allons-y ! Il frappa de toutes ses forces.

La hache frôla le front allongé du rhino sans occasionner beaucoup de dégâts. La lame avait raté la petite corne d'au moins vingt centimètres. Tony ressentit une pointe de gêne et d'humiliation. Même ça, il était incapable de le faire. Et il avait tout juste réussi à descendre une simple pente en se brisant presque la nuque et la moitié des dents. Bon Dieu, mais qu'est-ce qu'il faisait là ? Il sentait la douleur lancinante dans sa lèvre inférieure, il sentait le devant de sa chemise trempé de sang et l'arrière qui collait de sueur. Il risquait sa peau ici pour dix kilos de corne au maximum. Ce n'était même pas de la corne, c'étaient des poils agglutinés et durcis. Une sorte de perruque pétrifiée, voilà ce que c'était. Une sorte de moustache postiche, un double faux nez. Voyez-moi là, prêt à trancher avec une authentique hache de bûcheron un faux nez fait de crin ! Ce n'était pas à crever de rire, ça ? Surtout qu'il n'y arrivait même pas. Il fut pris de rage contre lui-même. Fais-le, nom de Dieu ! Montre que tu es cap' ! Il leva la hache une seconde fois, loin au-dessus de la tête, les deux mains fermement agrippées au manche, tout près du bout pour profiter au maximum de la force de levier, le corps tendu comme un arc et un pied reposant sur l'épaule du rhinocéros pour assurer un meilleur équilibre et une plus grande précision. Il frappa avec toute la force qu'il put trouver en lui.

Caramba, encore raté ! Et de loin. Avec le craquement auquel Tony s'attendait, l'animal avait été touché juste au-dessus de l'orbite qui avait été épargnée. Le tranchant avait pénétré profondément dans l'épaisse peau grise caoutchouteuse. L'œil avait été à moitié éjecté de son orbite par le coup. Tony ne put retenir un juron de dégoût. Depuis quand était-il devenu un tel manche ? Encore heureux qu'il n'ait pas tranché son propre pied. Ça avait manqué de peu. La hache n'était pas en question. Elle était affûtée comme un rasoir, impitoyable comme une faux. Il dut la tordre en tous sens pour tenter de la détacher du crâne du rhino, tant elle s'y était enfoncée. Et s'il n'arrivait pas à la dégager ? Il aurait l'air d'un con encore plus pitoyable. Dans quelques minutes il ferait noir comme dans un four. Et que faire alors ? Taper à l'aveuglette et se faucher les deux pieds ? Impensable d'allumer les phares de son 4x4. Cela attirerait l'attention à des lieues à la ronde. Autant téléphoner lui-même à la police ! Il n'avait pas le choix. Il fallait absolument qu'il tranche cette foutue petite corne. Maintenant ! Et vite !

La hache fut enfin libérée. Tony alla se placer de l'autre côté du cadavre. L'angle de frappe était plus favorable de là. Vraiment ? Sa respiration s'était emballée comme celle d'un fou furieux, son cœur battait la chamade jusque dans sa gorge, sa lèvre inférieure le lancinait. Jamais auparavant il ne s'était senti à la fois aussi stressé et aussi enfermé. Les sites Internet ne lui avait jamais rien appris de ça : l'horreur pure de la nuit africaine qui tombe. Avec ses mouches qui bourdonnent, ses moustiques qui zonzonnent et le reste des armées d'insectes. Autour du point d'eau, les roseaux faisaient un bruissement traîtreusement aimable, dans le lointain il entendait des cris et des rugissements. Tout autour, c'était une vie entêtée qui frémissait, cachant un danger mortel. À quelques mètres de lui à peine, les gémissements du géant noir continuaient, lamentation exaspérante accompagnée des sporadiques bruits de frottements étouffés de ses convulsions d'agonie. Pourquoi cela durait-il aussi longtemps avant que ce pauvre bougre, de toute façon condamné, puisse enfin rendre l'âme ? Pourquoi la vie est-elle si horriblement entêtée ?

Et qu'est-ce qu'il venait faire là, lui, dans toute cette sauvagerie, à des milliers de kilomètres du lieu où il était né et où il était prédestiné à vivre ? Tout ici était angoissant et sale et impénétrable et tragique. Dans des contrées comme celle-ci on n'a jamais le contrôle de rien. Il n'aurait pas pu se sentir plus déplacé au fond de la mer. Et ça faisait si longtemps qu'il errait, ça faisait des mois qu'il se languissait de sa villa à Wolvertem, avec ses lignes claires et dures, son élégance architecturale parfaitement intégrée dans un cadre qui avait cessé d'être champêtre, mais où la vue portait encore loin. Sain et vert, mais jamais menaçant, ce paysage. En ce moment-ci il pourrait être assis là-bas, sur sa terrasse aux parois vitrées ouvertes sur la vue plein sud, dans un fauteuil dessiné par Maarten Van Severen, à côté d'une table de salon assortie, sur laquelle trôneraient un verre de bière Gouden Carolus et des raviers pleins de blocs de fromage La Vache Qui Rit et de petites tranches de saucisson. Eh bien non. C'était sa propre faute. Pourquoi était-il resté aussi longtemps dans cette banque ? Tous ceux qui avaient un peu de cervelle avaient vu venir le crash mondial et tous avaient joyeusement détourné la tête. Continuant à foncer sans ceinture, sans airbag, sans frein à main.

Pourquoi n'avait-il pas pris une retraite anticipée quelques années plus tôt, au sommet écumant de la vague ? Il aurait pu réaliser ses stock-options et fonder un modeste club d'investisseurs. Il aurait pu écrire des articles sur Internet et des chroniques provocantes dans les journaux. Les journaux en tant que tels n'existaient plus, le journalisme en avait disparu au profit d'un podium plein de commentaires provocateurs, un casino, une comédie pimentée d'insultes en série. Dans cette mêlée, les économistes étaient devenus à l'étonnement général les indispensables stars médiatiques, les Cassandre les plus recherchées, les pin-up intellectuelles de leur époque.

Si on examinait sérieusement ceux qui faisaient l'important là, et avec quel minime bagage, pourquoi Tony n'aurait-il pas pu être l'une de ces vedettes ? Il n'était pas un top modèle, mais tout de même, il pouvait se vanter de l'attention furtive que lui portaient, à la banque, les femmes et même les rares pédés déclarés. Mignon, ce *nerd*, chuchotait-on. Une eau dormante, Dieu sait quelle bête se cache là-dessous. C'était la sorte de pensée qu'il éveillait chez certains inconnus.

Et pourquoi le grand public n'aurait-il pas pensé de même ? Quel con il avait été. Il aurait pu faire son trou dans tous les studios de radio et de télé. Il aurait pu avoir un fan-club. Un compte Twitter avec cent mille acolytes. Son propre talk-show. Pourquoi pas ? Quand on voyait tous ceux qui disposaient d'un talk-show ! Lui au moins saurait de quoi il parle quand il s'agit d'économie. Et il s'agissait toujours d'économie. Les *equity derivatives*, mais aussi n'importe quoi, le pain de seigle ou autre chose.

Même Bruxelles lui manquait. La ville de Bruxelles. La réalité tout autour des immeubles de bureaux. Il avait trop peu joui de son chaos assourdissant et multicolore, sa cacophonie de langues, son éventail de personnalités marquantes venues de tous les coins de la terre. Un an plus tôt il aurait encore dit « Non, merci » à tout ça et voilà que maintenant il en avait la nostalgie. Bruxelles, la métropole et sa gigantesque confusion. Sa pléthore de fonctionnaires et de mendiants, ses tunnels irritants et son réseau de métro, si petit qu'il en devenait mignon. Sa grandeur potentielle, qu'elle bousillait régulièrement avec son émouvant talent pour la laideur et l'échec.

Malgré cela, elle possédait des parcs et des quartiers qui vous réjouissaient le cœur. Les Marolles, la place de l'hôtel de ville à Schaerbeek, le marché du Midi, le Marché aux Poissons et d'autres encore. Même ses musées étaient idéaux, petits mais de niveau mondial, ambitieux mais à la dimension humaine. On en sortait satisfait au lieu d'être bourrelé de remords parce qu'on n'avait même pas pu voir la moitié des collections. L'un de ses derniers actes avant son départ, la balade jusqu'à la place Fontainas pour acheter le sweater à capuche, le lui avait fait sentir péniblement : il s'était trompé durant des années. Bruxelles était rebelle mais fantastique. Il s'y sentait chez lui plus qu'il ne se l'était jamais avoué. Quand Klaartje aurait douze ans et serait prête pour « la grande école », ils devraient vendre la villa de Wolvertem et déménager à trois dans une grande maison restaurée du côté de la place Flagey. Et tant pis pour ce que ça coûterait.

Il avait encore tellement de choses à vivre ! À profusion ! Cette vie, il la passerait dans l'un des plus petits nombrils du monde, la glorieuse métropole bâtarde qui parvenait à faire tenir ensemble les morceaux de la Belgique, et de toute l'Europe, en fait. Il côtoierait les grands de ce monde mais, au coin de la rue, il y aurait toujours un café populaire, un marché aux puces et quatre petits restos abordables. *Brussels, here I come !*

Tony pensa avoir enfin trouvé un angle satisfaisant. Il se campa sur ses jambes écartées et posa le tranchant de sa hache à la racine de la petite corne. C'est là qu'il devait atterrir. Tendu, il promena son regard de la corne au tranchant et retour. Ici. Il se concentra. Son souffle s'affolait. Ici ! Il eut pendant une fraction de seconde l'envie de renoncer. Il réprima aussitôt cette pensée. Il n'avait tout de même pas fait tous ces efforts pour rien. Il avait menti, il s'était introduit frauduleusement ici, il avait dévasté la vie d'un inconnu. C'était tout simplement impensable de s'en retourner les mains vides ou avec une seule corne. Il fallait qu'il mène ce test à bonne fin.

Ici. Ici !

Et pourtant il hésitait encore, écrasé et paralysé par l'importance du moment. Pour se donner du courage, il évoqua de nouveau leur image, celle de ses sauveurs, ses repères, ses espérances. Klaartje et Martine, Martine et Klaartje. Voudraient-elles encore de lui après tout ça ? Quelle comédie il leur avait jouée. À elles et à lui-même. Pendant des années, un petit théâtre, un pastiche de la famille qu'ils pensaient être.

Tony avait manqué plus de jalons de la vie familiale qu'il n'en avait connu. Les premiers mots de Klaartje. Ses premiers pas, sa première fois au théâtre scolaire, dans le rôle de Chaperon Rouge. Il n'avait connu tout cela que par la vidéo. Ou par les répétitions orchestrées à table à son retour à la maison.

Martine, avec sa mine la plus caressante, à Klaartje qui boude dans sa chaise de bébé : « Allons. Applaudis encore avec tes mimines. Papa est là. Allons, montre-lui ! Fais-le ! Fais-le pour papa ! Klaartje, s'il te plaît. Ce n'est pas gentil. Maman va pleurer. »

Puis la même Martine, avec sa mine la plus pitoyable maintenant, s'adressant à Tony, l'homme-au-regard-narquois : « Elle le faisait si bien ce matin. Toute seule, sans qu'on ne le lui demande. Une dizaine de fois. Je n'y comprends rien. » Après quoi elle repoussait sur le côté le repas qu'elle venait de réchauffer pour Tony et se jetait sur lui pour le couvrir de baisers, voluptueusement. Les yeux fermés, elle déboutonnait déjà sa chemise et sa braguette. Comme si elle voulait qu'il lui fasse là, sur place, un autre enfant, un meilleur, malgré sa stérilisation.

Ils laissaient Klaartje dans son baby-box. (Tony : « Tu n'as pas peur qu'elle se mette à pleurer ? » Martine : « C'est bon pour ses petits poumons. ») Ils arrivaient à peine à atteindre la chambre à coucher. L'être humain est un animal d'habitudes, avec cependant un étonnant pouvoir d'adaptation. Ils avaient tous deux appris à faire l'amour rapidement et violemment pour tirer le maximum de chaque minute disponible. Ils baisaient plus vite que des lapins, craignant que le portable de Tony ne l'entraîne de nouveau au loin, parce que la bourse de Francfort ou de Kuala Lumpur avait un nouvel accès de fièvre. Ils baisaient contre la montre, contre les cours de bourse, ils copulaient contre le Nasdaq et le Nikkei.

« Chez nous aussi, au lit, ça va de la baisse à la hausse », avait dit Tony le lendemain, l'air fanfaron, dévoilant sournoisement sa vie amoureuse à un seul de ses collègues, le plus rasoir de tous les raseurs du *dealing room*.

Le raseur répondit par un petit rire, sournois lui aussi. Tony et lui : une conspiration à deux, dans un palais plein de rois d'un jour. « Tu te rends compte de ce que tu es ? dit-il derrière le dos de sa main en regardant autour de lui. Un éleveur de pigeons.

– Un éleveur de pigeons ? » Tony s'attendait à toutes sortes de comparaison, mais pas à celle-ci.

« Tu joues sur le veuvage.

– Je ne joue sur rien du tout, dit Tony, qui n'avait plus envie de plaisanter. Jouer c'est pour les losers, et ma femme et moi sommes en excellente santé.

– Avant un concours colombophile, poursuivit l'autre, imperturbable, on sépare pendant plusieurs jours la femelle de son mâle. Il revient d'autant plus vite à la maison pour pouvoir la sauter. Après cinq minutes il faut l'arracher à elle, sinon il la baise à mort. La séparation, ça fait bander, Tony ! » Le con se marra comme une baleine. « Et pour ta femelle, ce sera la même chose. La séparation, ça fait mouiller ! » Un mois plus tard, c'était lui qui disparaissait. Plus personne n'en avait entendu parler.

La seule chose que Tony avait retenue de lui était cette expression : « jouer sur le veuvage ». Il tournait et retournait souvent ces mots dans sa bouche. « Jouer sur le veuvage. » Il devait reconnaître qu'ils recelaient une bonne part de vérité. Une vérité qui le rendait un petit peu amer, mais aussi fier comme un paon. Oui, Martine et lui étaient, à travers les aléas de la vie, régulièrement le veuf et la veuve de l'autre. Et alors ? Cela avait aussi son côté favorable. Il était *the right man in the right place*. Il avait tellement sacrifié à sa passion, son métier lui coûtait tellement de temps et d'énergie, il avait tant aimé ça.

Il en admirait d'autant plus Martine d'avoir elle aussi apporté sa petite pierre à cet édifice de vie. Elle lui laissait toute liberté d'action, ne lui faisait jamais la moindre difficulté, au contraire de la plupart des petites connasses bourgeoises qu'ils connaissaient. Elle était comme lui, dure comme fer.

Fini le veuvage maintenant, se jura Tony en levant sa hache pour le coup décisif. Leur discipline spartiate n'avait pas été une vertu, mais un pitoyable aveuglement. Martine méritait tellement mieux que cela. Il ne s'agissait même pas de sexe, cette pauvre gymnastique de la pulsion érotique ! Dans le meilleur des cas, le sexe était un produit dérivé de l'affection, mais la plupart du temps, c'était un jeu d'enfants et une perte de temps. Le vrai amour demandait un investissement bien plus haut. Le désir, la confiance. La camaraderie entre homme et femme et leur lien indéfectible. Martine et lui ne s'étaient pas vus depuis plus d'un an – Tony pouvait à peine le croire, il y avait donc si longtemps qu'il était en cavale – mais quand il pensait à elle ce n'était sûrement pas son corps qui lui venait à l'esprit en premier.

Quoique. Il était impossible de ne pas penser du tout à ce corps sain et bien entretenu. Avec ce cul encore tendu et solide. Avec ces nichons, petits mais bien remplis, qui s'étaient mis à pendre un peu laidement pendant un an après la naissance de Klaartje – « deux gants de toilette usés », avait-elle sangloté un soir, nue devant le miroir de sa coiffeuse. Mais elle les avait fait renaître de leur léthargie avec une pratique fanatique du fitness et un régime impitoyable. Martine ! Sa Martine ! Son compagnon de route depuis leurs vingt ans, avec ses yeux noirs comme le charbon, sa longue chevelure lisse et cette bouche qui faisait penser à celle d'une chanteuse française. Ses mollets élégants, ses genoux qui étaient encore ceux d'une petite fille, ses jolies chevilles. Tony aurait donné tout l'or du monde pour pouvoir poser sa tête entre ses cuisses, la lécher jusqu'à ce qu'elle gémisse et que lui-même devienne ivre de son goût et de son odeur.

Mais l'émotion le gagnait vraiment quand il pensait à sa fidélité. Ses sacrifices pendant des années au service de son obsession à lui. Il avait vécu comme un parasite sur ce dévouement. Il n'était pas un amant et pas un mari, il avait été le cannibale de Martine. Il n'avait qu'une seule excuse. Elle s'était laissé dévorer par lui avec plaisir.

Il fallait mettre fin à cet abus honteux. Martine aussi avait droit à un nouveau départ. Plus jamais veuve et veuf à temps partiel ! Pour toujours côte à côte. Avec une joyeuse petite Klaartje dans les bras de son papa. (Elle et sa mère étaient comme deux gouttes d'eau de rose.) L'amour vient à bout de tout.

Tony détendit son corps et abattit la hache de toutes ses forces sur la tête du rhinocéros.

À en croire le bruit, cette fois au moins il n'avait pas frappé comme une mauviette. Le manche continuait à vibrer entre ses mains. Il se pencha pour regarder le résultat de plus près. Il était maintenant presque complètement entouré de ténèbres. Il faudrait faire sans la lune cette nuit. Il utilisa le petit écran de son téléphone comme lanterne faiblarde.

Son cœur bondit. Le tranchant avait touché là où il l'espérait. Il avait pénétré en oblique et très profondément. La petite corne était à moitié détachée. Encore un petit coup du côté opposé et le boulot serait achevé. Tony fut envahi par le soulagement et un brûlant sentiment de triomphe. En même temps il prit conscience de la chose à laquelle il s'attendait le moins en ces circonstances. Il bandait. Et pas un peu.

Ce n'était pas seulement en rapport avec Martine et son corps qui lui manquait si cruellement. Tony comprit qu'il s'agissait aussi d'un pur réflexe corporel. Son angoisse et sa colère s'étaient transformées en euphorie. Ajoutez à cela l'odeur troublante de sueur et de sang, d'excréments animaux et de boue liquide, la proximité de la mort et l'espoir d'être le seul à en réchapper. Toutes ces impressions avaient une traduction physique. Sa queue était à l'étroit dans son slip. On peut penser et faire tout ce qu'on veut, l'esprit n'a aucune défense contre le corps.

La question avait été abordée en profondeur par l'officier instructeur pendant le service militaire de Tony, celui qui avait vu en lui l'étoffe d'un tireur d'élite. Pendant leurs dernières manœuvres d'été en commun, la nuit dans un bois d'épineux en Ardenne, auprès de l'inévitable feu de camp, Tony et lui étaient restés les derniers à boire du whisky et à contempler comme une boule de cristal la braise qui couvait.

L'officier avait raconté, comme un avertissement, que les sensations les plus cachées et les plus déconcertantes sur un champ de bataille n'étaient pas la lâcheté, ni les larmes, ni la haine aveugle de l'inconnu d'en face. C'était l'inexplicable poussée de libido que pouvait provoquer un combat. Un poète allemand très controversé avait écrit un chef-d'œuvre là-dessus après la Première Guerre mondiale. Sur l'espèce d'ivresse qui avait fait jaillir de leurs tranchées ses camarades et lui-même. Entourés d'explosions de grenades, de pluies de balles, de mottes de terre, de morceaux de cadavres de chevaux et de restes humains. Une ivresse qui confinait à l'orgasme.

Quand ils envahissaient le territoire d'une nation, poursuivait l'officier, les cosaques arrachaient de terre les poteaux frontières et pénétraient ensuite au galop la terra incognita avec leur selle comme nouvelle frontière. Mètre par mètre, ils conquéraient le bien le plus cher de leur ennemi, la terre sur laquelle il était né. Ils en étaient récompensés par une gigantesque érection. Une pénétration au galop. Des viols guerriers en masse, expliqua aussi l'officier, pouvaient être commandés par leurs chefs pour terroriser et démoraliser la population civile ennemie. Mais il y a très peu de soldats qui ont besoin d'un ordre pour s'attaquer aux mères, jeunes filles ou bébés, comme fait un singe s'introduisant dans le territoire d'un autre singe. L'officier se versa le fond du whisky et conclut : « Tout ça vient de l'homme des cavernes qui subsiste en nous. Tu veux encore une petite goutte ? La dernière ? »

Tony avait acquiescé en silence. Fasciné, amusé, mais se demandant aussi si on ne se foutait pas de lui. Au moins, le whisky était-il de première qualité. « Santé ! » Ils avaient trinqué. À côté du campement murmurait un ruisseau de montagne.

Ensuite l'officier raconta en se roulant un joint l'histoire d'un de ses copains.

Ce type, un ancien militaire de carrière devenu mercenaire, avait été engagé comme sniper par des trafiquants d'armes belges dans l'ancienne Yougoslavie. C'était un as dans sa partie et il était en manque de fric après son second divorce et sa troisième faillite. L'officier dit, en tendant son joint à Tony : « Ce que mon copain trouvait le plus embêtant, ce n'était même pas de devoir abattre des civils sans défense. Celui qui ne supporte pas ça n'a qu'à pas devenir mercenaire. D'ailleurs, il les entendait à peine crier, puisqu'il les visait de très loin. Merci. »

Il reprit le joint de la main de Tony, qui n'avait aspiré qu'une toute petite bouffée.

« À chaque fois qu'il faisait mouche, mon pote attrapait une trique du tonnerre de Dieu le Père. Il disait que c'était seulement ça, cette érection, qui le rapprochait de ses victimes. Pas leurs faibles cris, pas le peu de sang qu'il pouvait voir dans son viseur. Sa trique. C'est ça qui les rendait tangibles. Et il s'en sentait comme souillé. Oui, c'était le mot qu'il employait. Souillé. » Il secoua la tête et jeta le mégot dans le feu.

« Et comment il a résolu son problème ? » Tony ne savait quelle autre question poser.

L'officier resta plongé dans la contemplation de la braise. « Il se branlait, puis il rechargeait son fusil. »

Après sa démobilisation, Tony n'avait plus jamais rencontré cet officier mais il n'avait jamais oublié cette conversation nocturne. Par la suite, il fut souvent titillé par la déplaisante idée que son mentor momentané avait été tenté de le draguer, à l'aide d'un bizarre rituel, un mélange de familiarité et de machisme. Toutes ces histoires d'« érections du tonnerre de Dieu le Père » ? De « pénétrations au galop » et de « gourdin long comme d'ici à Tokyo » ? Il n'avait jamais entendu ce type parler de sa femme ou de ses enfants. Il s'agissait toujours de ses copains, de ses camarades. « Nos petits gars. »

Mais si c'était un stratagème un peu biscornu pour le draguer, pourquoi n'avait-il jamais fait d'avances directes ? Il en avait eu suffisamment l'occasion, et pas seulement pendant les manœuvres. C'est précisément pour cela que la vie de caserne avait tellement déplu à Tony. Une baraque d'hommes sans femmes à l'atmosphère oppressante, où l'amour et la sensualité semblaient tellement éloignés que même l'acte sexuel stupide et animal, la jouissance pour la jouissance, aurait paru être une perspective agréable. Ne fût-ce que pour tuer l'ennui.

Tony n'avait rien contre les gays. Tout simplement, il ne comprenait pas ce qu'ils se trouvaient d'attirant, avec tous ces muscles et ces bourrelets, et ces poils partout, sans parler du reste du corps masculin. Mais à l'époque ? Vingt-deux ans, tout jeune et inexpérimenté ? Si l'occasion s'était présentée, il se serait peut-être bien laissé branler, sous la douche ou ailleurs, même s'il fréquentait déjà Martine. Et pourquoi pas ? Si l'ambiance était propice ? On ne veut tout de même pas vexer un supérieur qui se montre aussi bienveillant ? Il y a des choses pires dans la vie. Quand on est en chaleur, il faut bien le faire passer.

Sinon, pourquoi ce type lui aurait-il raconté toutes ces histoires tordues ?

À présent, à Mpumalanga, s'escrimant avec une hache qui semblait de nouveau impossible à arracher et avec une trique qui lui contractait le bas-ventre de façon de plus en plus douloureuse et agréable, à présent Tony connaissait la réponse. L'homme avait raison. Un combat est excitant, dans tous les sens de ce mot. On aurait dit que l'officier avait voulu, des années auparavant, le préparer à cette nuit épuisante. N'aie pas peur, Tony. Accepte ton angoisse et ta brutalité. Comprends que toi, le jongleur de chiffres, le seigneur des algorithmes, tu n'es aussi qu'un petit gars fait de chair et de sang. N'aie pas peur, laisse-toi aller, *go with the flow*. Enfin, la hache fut libérée.

Tony se prépara immédiatement pour le dernier coup, le coup décisif. Il ne voyait plus que les contours de la tête du rhino, mais c'était suffisant. Il savait, il sentait où et comment le tranchant devait tomber. Il était sur le point d'achever sa mission. Il se sentait plus fort, plus puissant que jamais. Son bas-ventre était plaisamment contracté. Il leva la hache pour la dernière fois, sûr de son triomphe, le corps élégamment arqué, un pied dans le sable et l'autre sur la tête de l'animal, juste derrière l'oreille duveteuse. Il était dommage qu'il n'y eût personne en ce moment pour faire une photo, pensa-t-il, à l'instant où il allait décharger toute son énergie. C'est alors qu'il eut la peur de sa vie.

Quelque chose agrippait sa cheville. Il hurla, ne réalisant qu'au bout de quelques secondes ce qui lui arrivait. C'était le géant noir.

L'homme s'était certainement traîné jusqu'à lui avec l'énergie du désespoir. Avec les forces qui lui restaient, il serrait la cheville de Tony dans son poing comme dans un étau. Tony beuglait et jurait, il se tortillait en tous sens, mais il ne parvenait pas à se débarrasser de l'homme à coups de pied.

Celui-ci gémissait et hoquetait encore. Mais il parlait aussi à présent. Par bribes et morceaux. Tony n'y comprenait pas grand-chose, dans sa panique il écoutait à peine. Il tentait encore de délivrer sa jambe, en donnant des coups de pied comme on ferait après un naufrage, debout sur le bord d'une chaloupe débordant de gens. Par instinct de survie.

En vain. L'homme ne lâchait pas sa prise. C'était étonnant, la force qu'il possédait encore, couché là, abattu par une balle et partiellement amputé. Il fixait Tony d'un regard farouche. Ses pupilles étaient redevenues visibles. Elles captaient le dernier rai de lumière, accusatrices. « *Please !* » Il gémit cela à plusieurs reprises. Il dit aussi des tas de choses dans une autre langue. Était-ce de l'afrikaans ? Cette belle langue sœur du néerlandais, qui faisait tellement rire Martine, et Klaartje aussi, parce qu'elle trouvait que ça ressemblait à une langue d'enfant. L'homme répéta aussi « *Hospitaal* » et « *Clinic* ». Tony continuait à donner des coups de pied, excité par le regard cuisant de son agresseur.

Puis l'homme prononça quelque chose qui le dégrisa. Tony le comprenait-il mal ? Était-ce de l'afrikaans ou de l'anglais ? « *Daughter* » ou « *Dogtertie* » ? Ce pouvait aussi être tout autre chose. « *Do it.* » Ou au contraire : « *Don't do it.* » Mais ce que Tony comprenait, c'était *daughter*, fille. Il en était certain. Puis lui vint l'idée que ce demi-cadavre, ce zombie à ses pieds, l'avait peut-être déjà vu avant cela. N'était-il pas l'un des gardiens du parc rencontrés lors de leurs heureuses vacances ? Ne se rappelait-il pas la petite fille, Klaartje ? Et il avait l'affreux courage d'impliquer cette innocente enfant dans tout ce bordel, ce désastre, cet inutile bain de sang ! Tony en devint bouillant de rage. Sans même y réfléchir, il brandit sa hache. D'une seule main. Le coup parfait. Il apprenait vite, depuis toujours. Le geste parfait, avec grâce et maestria. Le bras guidé par le chagrin et la fureur impitoyable. Le gémissement cessa brusquement.

Délivrés tous les deux. Et l'un d'eux l'était pour toujours.

5 .... *Buenos Aires / Mpumalanga*

QU'EST-CE QUE C'EST QUE ÇA ? DEMANDA TONY, encore à moitié endormi. Il était lui-même couché sur un lit de fer à présent. Il détesta sa voix faible. Combien de temps était-il resté inconscient ? Était-il encore dans le même hôpital ? Mme Mercedes l'avait doucement secoué pour le réveiller, elle avait placé sur la table de nuit un shaker de cocktail aux dimensions démesurées, à côté d'un vase avec des fleurs en plastique et un téléphone démodé – une nature morte insolite en quête d'un peintre. Le visage de Mme Mercedes était figé comme toujours, son regard et sa bouche mobile exprimaient d'autant plus sa préoccupation.

« Pourquoi vous m'apportez ça ? » Il s'assit dans son lit et regarda avec un certain respect le cylindre luisant. Un thermos en aluminium avec un petit renflement au milieu, sans poignée ni bec verseur, sans aucune ouverture. Il s'y voyait reflété, allongé vers le haut et vers le bas, gonflé au milieu, avec de grands yeux déments. Une chouette droguée, flanquée d'un téléphone psychédélique et d'un bouquet cocasse. Il vit une griffe déformée, sa propre main, qui se tendait vers la chouette comme pour la chasser à jamais.

Mme Mercedes retint la main de Tony. « Ça, c'est Mme Bo Xiang », dit-elle, d'une voix qui ne supportait ni doute ni réplique.

TONY REGARDA D'ABORD À GAUCHE, PUIS À DROITE. La piste de terre qui l'éloignait de l'ouverture pratiquée dans la clôture débouchait sur une autoroute, exactement comme Google Maps l'avait indiqué sur son smartphone. L'autoroute était là, sans aucune lumière. Il ne voyait nulle part des phares approcher à grande vitesse, ni des gyrophares bleus, il n'apercevait pas non plus de projecteurs accrochés sous des hélicoptères volant bas. Il avait réussi ! Et il avait toute la nuit pour s'échapper. « Ne pas oublier de tenir ma gauche », se dit-il.

L'obscurité lui serait propice. Seules les étoiles scintillaient au firmament, tellement plus nombreuses ici que dans l'hémisphère nord. Un poète aurait parlé de feu d'artifice immobile. Aussi loin que portait le regard, les vallées de Mpumalanga étaient figées sous une couche de verre laiteux. L'autoroute, noire comme l'encre, sautait par-dessus et oscillait d'un horizon à l'autre. Tony la suivait du regard, de gauche à droite, puis de droite à gauche. À l'arrière du 4x4 qui roulait à vitesse constante, les deux cornes et le fusil non encore démonté étaient négligemment dissimulés sous le tapis du coffre. Il avait abandonné la hache là-bas. Il s'était assez démené avec elle en cette seule soirée. Il avait fini par arracher la plus petite corne avec son talon droit. L'objet était déjà à moitié détaché. Deux coups de pied avaient suffi.

Tourner à droite ou à gauche ? Limpopo ou Mozambique ? Une fois de plus, il hésita. Son cœur battait encore en surmultipliée et sa tête bourdonnait d'excitation. Il avait vraiment réussi. Il tenta d'oublier le prix humain de cette victoire. Il était heureux de ne pas avoir vu le résultat de son dernier coup de hache. Un autre cadeau de l'obscurité favorable. Pour autant, cela ne lui pesait pas moins. Il s'accrochait à une certitude. Il n'était pas question d'un acte volontaire. Il n'avait pas cherché la mort du géant noir. Cela aurait pu tout aussi bien se passer autrement. Imaginons que Tony ait tiré le premier sur le rhino. Comment le géant aurait-il réagi ? Peut-être encore plus cruellement.

Mais il se rendait trop bien compte que cela n'effaçait pas sa faute. Malgré sa joie, il sentait qu'elle le rongeait. Horreur et remords. Il va falloir que tu vives avec ça, se disait-il en tentant de se redonner du courage. Ce qui est arrivé est sordide, mais irréparable. Il faudrait faire à cette idée une place dans ta tête. Cela aussi, c'était le lot des soldats. De la recrue rentrant du front, qui a laissé derrière elle l'enivrante excitation du combat et qui doit maintenant tâcher d'oublier l'horreur. Les atrocités qu'il a vues et celles qu'il a commises. L'un ne va pas sans l'autre, de même que la paix ne peut exister sans la guerre et qu'un faux pas va souvent de pair avec les regrets.

Et les regrets, Tony en avait. Inexprimables. Il avait pour toujours une dette inqualifiable envers un inconnu. Une dette dont personne ne saurait jamais rien – une mort anonyme qui disparaîtrait sans laisser de trace dans les plis du temps, tout comme celle de centaines de milliers d'autres sans nom, rien que sur ce continent-ci – mais une dette dont il se promit solennellement de porter le poids jusqu'à la fin de ses jours. Ensuite, il actionna son clignotant – un automatisme, même ici – tourna le volant dans la même direction, mit le pied au plancher et le 4x4 fonça derrière les deux faisceaux de lumière qui perçaient la nuit.

Il baissa la vitre de sa portière, laissa le vent tiède courir sur son visage exténué et alluma la radio. Du kwaito beuglant et heurté. Encore quelques secondes et la ligne en pointillés au milieu de la route ressemblerait à une ligne continue.

« ON PEUT DIRE QUE C'EST UNE CHANCE que vous m'ayez appelée », dit Mme Mercedes. Elle parlait comme si elle devait vider un grenier en présence de l'ancien propriétaire. Hâtivement, avec une certaine gêne. Elle étendit sur le lit, à côté de ses pieds, les vêtements qu'il avait portés en dernier lieu. Chemise, chaussettes, jeans, sous-vêtements, le tout lavé et repassé. L'odeur des vêtements propres était la seule chose qui paraissait à Tony familière et rassurante. Il était nu sous le drap. Il sentait que la migraine ne tarderait pas à remonter.

« L'expérience a fait de moi une experte, dit Mme Mercedes. L'an dernier, une grosse légume de Chicago débarque de l'avion avec un mollet gonflé comme un ballon. Il veut mordicus s'installer chez moi d'abord, puis il va à l'hôpital avec sa copine. Et une fois là, il meurt dans ses bras. Embolie. Et que fait la pauvre fille dans son affolement ? Elle confie le corps au premier venu qui vient le lui demander. Avec son passeport et un acompte astronomique. Exactement comme vous. » Elle secoua sa tête de granit, l'air incrédule.

Tony remarqua seulement alors que derrière elle contre le mur se trouvaient, toutes prêtes, sa valise et celle de Mme Bo Xiang. Mme Mercedes les avait-elle rentrées elle-même ou avait-elle reçu de l'aide ? De qui ? Le vrai entrepreneur des pompes funèbres, sa femme de chambre, les ambulanciers ? Qui encore était au courant ?

« Et cette fois-ci aussi, j'ai pu éviter la catastrophe, avec un peu d'aide de gens haut placés », dit Mme Mercedes en lui montrant le sac Vuitton de Mme Bo Xiang. D'une main, elle tenait fermement la lanière, de l'autre elle farfouillait dans la gueule ouverte de l'objet. « Passeport, portefeuille, portable. Boucles d'oreille, montre, bracelet. Plus tout l'argent, jusqu'au dernier euro. Vous pouvez compter. » Sans attendre la réponse, elle referma le sac d'un coup sec.

« M. Bo Xiang ! » Tony se redressa avec peine. Il était pris de vertige. La gorge lui faisait mal. « Il faut que je téléphone à M. Bo Xiang !

– On l'a fait depuis longtemps, l'ambassade et moi », le rassura Mme Mercedes en lui fourrant le sac dans les mains.

« Il ne me le pardonnera jamais », dit Tony. Il tenta d'ignorer le sac, mais il en montait ce parfum de violette et de thé vert… Tony sentait aussi les renflements des rouleaux d'euros. Il avala péniblement sa salive.

« M. Bo Xiang ne sait pas grand-chose de ce qui s'est vraiment passé, dit Mme Mercedes. Et vous et moi, on gardera ça pour nous. » Elle était venue s'asseoir sur le lit à côté de lui, le visage et le haut du corps tournés vers lui, les jambes croisées tournées dans l'autre sens. Une amazone d'âge mûr. Une *gaucha*. De son côté, le matelas pliait un peu sous elle.

« M. Bo Xiang, dit Tony en se redressant un peu plus pour éviter de rouler du côté de Mme Mercedes, M. Bo Xiang arrive toujours à tout savoir, il est connu pour ça. » Mais qu'est-ce qui se passait avec ce foutu sac ? De nouveau, il n'arrivait pas à prendre une contenance normale avec cette chose entre les mains. Il n'osait pas non plus le laisser glisser sur le sol. Cela lui semblait irrespectueux. Il le garda donc entre ses bras croisés. Et pendant tout ce temps, il évitait soigneusement de regarder l'urne. Il avait du mal à avaler sa salive.

« M. Bo Xiang sait ce qu'il doit savoir, rétorqua Mme Mercedes, et il est ému. Il est reconnaissant. Il vous attend. Il veut vous récompenser.

– Je les connais, ses récompenses. Pour ça aussi il est connu. » Pourtant le plus doux des remèdes commençait à travailler en lui : une étincelle d'espoir. Mme Mercedes pensait-elle vraiment ce qu'elle disait ? Dans ce cas, tout n'était peut-être pas perdu. Peut-être y avait-il une issue miraculeuse en vue ?

« J'ai dit de vous le plus grand bien, dit Mme Mercedes d'un ton rassurant. J'entendais M. Bo Xiang pleurer dans le fond quand j'ai raconté sur Skype à son interprète que vous aviez administré de vos propres mains un massage cardiaque à sa femme, et le bouche-à-bouche, jusque dans l'ambulance et même jusqu'à l'hôpital, sur son lit de mort. »

Tony la regarda avec stupéfaction. « Vous avez raconté à M. Bo Xiang que j'ai fait le bouche-à-bouche à sa femme ?

– Et un massage cardiaque à mains nues, confirma Mme Mercedes. J'ai bien souligné votre dévouement et votre chagrin. Ce n'était même pas nécessaire d'avoir de l'imagination. C'est vrai que vous avez fait tout ce qui était possible. Les ambulanciers et le chirurgien en chef ont confirmé mon récit avec chaleur à l'ambassadeur. Pour couper court aux rumeurs et, disons-le, à une enquête humiliante, nous avons décidé d'un commun accord qu'il fallait incinérer Mme Bo Xiang par procédure d'urgence. Nous avons donné une tournure culturelle à l'affaire. Les musulmans doivent être enterrés dans les vingt-quatre heures et les Chinois doivent être incinérés dans les quarante-huit heures. Personne dans notre administration n'a trouvé ça bizarre. Nous aurions pu tout aussi bien dire qu'il fallait les mettre sur orbite autour de la terre. Quand il s'agit des Chinois, personne ne pose de questions. Et certainement pas quand les factures sont payées si vite et si royalement.

– Et comment va-t-elle aller là-bas ? » demanda Tony. Il jeta tout de même un nouveau regard sur l'urne. En retour, la chouette droguée le contemplait avec de grands yeux. « Les procédures internationales prennent énormément de temps », expliqua-t-il. Est-ce qu'une urne telle que celle-ci est pleine ? pensait-il en même temps. Qu'est-ce qu'il reste d'un être humain ? Et dans le four, au bout d'un certain temps, est-ce que les cendres ne sont pas mélangées à celles d'inconnus ? Il frissonnait, tenant le sac serré contre lui comme un ado étreint le vieux doudou qu'il ne veut absolument pas jeter. Tony n'y avait jamais pensé avant, mais quand son propre temps serait venu ? Il ne voulait pas terminer dans un columbarium ou éparpillé sur une prairie. La prairie lui faisait penser à l'engrais et le columbarium à un bowling. Lui, il voulait une tombe de marin. Ou plutôt non ! Une vraie tombe. Avec tout le tremblement. Il sentit une méchante pointe de douleur à la poitrine en se rendant compte de cela. Il voulait une tombe classique dans le pays où il était né. De la pierre bleue et du marbre. Des lettres et des chiffres gravés. Dans le pays qu'il avait haï et qu'il avait fui durant sa vie. C'était une pensée humiliante, mais ses os n'appartenaient à aucune autre terre que celle-là. Un homme doit mourir là où il est né. Sinon tout n'aura servi à rien.

« On se moque des procédures internationales, dit Mme Mercedes avec dédain. M. Bo Xiang ne veut pas que ça s'ébruite. Jusqu'à présent, nous avons réussi à tenir la presse à l'écart. C'est pour cette raison qu'il ne viendra pas lui-même à Buenos Aires, cela pourrait faire des vagues. D'ailleurs, son interprète m'a dit qu'il y avait des années qu'il ne mettait plus un pied hors de Chine ou de Macao. » Elle eut un sourire ironique. « Ce n'est sûrement pas seulement à cause de sa crainte de la presse, qu'est-ce que vous en pensez ? » chuchota-t-elle.

Le matelas s'affaissa encore un peu. Tony dut de nouveau se redresser. « Et comment va-t-il la récupérer ? » demanda-t-il.

Mme Mercedes le regarda comme un enfant un peu dur à la comprenette. « C'est vous qui allez la lui apporter, Tony. Dans vos bagages. Ou dans les siens. »

C'est tout juste si elle ne disait pas « Unis à la vie, à la mort ».

TONY VOLAIT COMME UNE FLÈCHE dans la nuit africaine. Le vent s'engouffrait par la vitre ouverte, ses mains serraient le volant, le cognement rythmé du kwaito l'électrisait et dans sa tête il relisait sa petite liste. Les vêtements tachés de sang : les abandonner tout à l'heure au bord de la route, peut-être même les brûler. Ensuite, il pourrait tirer de sa valise quelque chose de plus neutre que cet uniforme d'explorateur raté. Le fusil : le démonter. Mais pas s'en débarrasser pièce après pièce, comme il en avait d'abord eu l'intention. Au Mozambique, il pourrait certainement en tirer un petit paquet de fric. Le marché noir existe partout, surtout dans les pays où l'on voit encore les cicatrices d'une guerre civile. Sa petite personne : s'arranger rapidement avant d'atteindre la frontière. Il pouvait laver le sang et la poussière avec l'eau potable dont il avait acheté, Dieu merci, un paquet de douze bouteilles d'un litre. Un petit coup de peigne et le tour est joué. Sa lèvre enflée, tant pis, il faudra s'en accommoder. Pour le reste : compter sur son talent d'improvisation. À chaque frontière, il y avait bien un douanier compréhensif en mal d'argent, ou alors une piste de terre non contrôlée, pour les contrebandiers. La presse sud-africaine en était pleine, de ces allusions aux frontières qui étaient comme des passoires. Dans le sens contraire, il est vrai. Le continent se vidait dans la pointe de sa poche méridionale. Cela jouait en faveur de Tony. Qui se soucierait d'un étranger solitaire qui, à contre-courant de l'afflux de chômeurs, d'aventuriers ou de parasites, voulait aller faire un petit tour vers l'ancienne colonie portugaise, dont il avait entendu dire tant de belles choses.

On l'accueillerait à bras ouverts. Les liasses de rands tout neufs dans sa boîte à gants balaieraient les derniers obstacles.

MALGRÉ SES JAMBES ENCORE UN PEU CHANCELANTES et sa tête vide, Tony se sentit renaître aussitôt qu'il eut enfilé ses vêtements propres. Avant de quitter la chambre, Mme Mercedes avait insisté pour qu'il se prépare en vitesse. Les fonctionnaires de l'ambassade de Chine pouvaient venir le chercher à tout moment pour l'escorter jusqu'à l'aéroport. Il ne devait se faire aucun souci, ils avaient tout réglé. Il pouvait faire son embarquement comme n'importe quel passager ordinaire, mais sa valise et celle de Mme Bo Xiang seraient pourvues d'une étiquette spéciale. Juste avant de le quitter, Mme Mercedes avait saisi son poignet. Elle était toujours assise sur le lit à côté de lui. « Il faut que vous me promettiez une chose.

– Ne vous en faites pas, dit Tony, tout s'est passé exactement comme vous l'avez décrit, je le confirmerai devant tout le monde, je vous le promets. » Il n'osait pas dégager son poignet. La prise était tout sauf légère.

Mme Mercedes secoua la tête. Même sa chevelure semblait sculptée au biseau. « Faites attention à ces gens. » Tony ne lui avait jamais entendu ce ton suppliant. « J'ai vu ces Américains quand ils m'ont aidé à me débarrasser du nabab de Chicago. C'était de la petite bière à côté de vos Chinois. Ils n'y vont certainement pas de main morte. Et ils iraient à travers le feu pour votre Bo Xiang. Par peur ou par respect, peut-être les deux.

– Je peux aussi vous demander quelque chose ? demanda Tony en tentant de se soustraire le plus respectueusement possible à sa poigne. Vous avez encore beaucoup de contacts avec vos parents ? » Il ne comprenait pas d'où lui venait inopinément cette question. Ce n'était pas quelque chose qui montait subitement en lui, c'était un aveu. Il eut envie de se frapper la tête contre le mur.

« Mes parents ? » Au moins, Mme Mercedes relâcha sa prise.

« Votre père était général, n'est-ce pas ? Avec de nombreux amis allemands ? » Bon, il s'était engagé sur cette voie-là, il fallait continuer. « Et votre mère, vous n'en avez rien dit ?

– Ils sont morts tous les deux.

– J'en suis désolé, dit Tony, mes condoléances. » Il massa son poignet douloureux en tâchant de passer inaperçu.

« C'est de l'histoire trop ancienne pour avoir encore des regrets », répondit Mme Mercedes. Son visage disait le contraire.

« Vous pensez encore beaucoup à eux ? » Il ne voulait pas continuer cette conversation. Elle aurait déjà dû être terminée. L'odeur du linge frais au pied de son lit l'attirait. Il ne pouvait y croire. Dans un instant il allait pouvoir sortir d'ici, sans que personne ne l'en empêche. Sortir en héros et non en suspect ou en criminel. Et on lui donnait une escorte. Et des récompenses l'attendaient.

Mme Mercedes dit en détournant le regard : « Mon père a disparu sans laisser de trace pendant nos Années Difficiles. Ma mère en est morte de chagrin. Elle aussi, elle aurait pu aller manifester chaque semaine, avec toutes les autres femmes. Mais ce n'était pas son style.

– Et vous ? » demanda Tony. Il fallait que la conversation se poursuive jusqu'au moment où il trouverait comment y mettre un point final. « Vous avez beaucoup pleuré ? »

Mme Mercedes le regarda comme s'il était devenu fou. « Je danse le tango toutes les nuits. Comme ma mère le faisait. Rien d'autre n'est nécessaire. Il n'y a rien d'autre. »

Puis elle se pencha vers Tony. Le matelas s'affaissa encore un peu plus tandis qu'elle embrassait Tony sur la joue, de ses lèvres mobiles et étonnamment chaudes. « Prenez bien soin de vous en Chine. C'est tout ce que je vous demande. »

Elle quitta la chambre sans se retourner.

À CAUSE DE L'ÉCLAIRAGE DU TABLEAU DE BORD, Tony semblait être assis en même temps de l'autre côté du pare-brise. Là également, il avait un volant entre les mains, mais il faisait face à Tony et il tournait le dos à l'asphalte qui défilait. Même si ce Tony reflété était à moitié transparent et même si l'autoroute noire avec ses lignes blanches le traversait en plein milieu, Tony le regardait avec admiration. Il ne s'était jamais vu aussi dur et aussi sûr de lui. Quelque chose en moi a basculé définitivement, pensa-t-il. J'ai mordu dans la vie. C'était amer, dur, désagréable et cela m'a magnifiquement plu. Cette chose en face, c'est moi. C'est ce que je suis. Ce que je suis vraiment. Dans l'Audi blindée, sur la route de l'aéroport de Buenos Aires, Tony jouissait pleinement de son bonheur. Il était traité comme s'il avait de nouveau gagné une fortune à une table de roulette entourée de monde. Avec tous les égards. Et même des gardes du corps. À travers la ville affairée, il fonçait non seulement vers le tarmac, mais surtout vers sa délivrance. Il devait se retenir pour ne pas faire signe de la main aux Porteños qui marchaient dans les larges *avenidas*. De toute façon, ils n'auraient pu l'apercevoir derrière sa vitre teintée. Le Mozambique, c'était bien mieux que le Limpopo, pensa-t-il avec satisfaction. Il serait ultradifficile de retrouver sa trace quand le braconnage serait découvert. Et grâce à l'ancienne administration communiste du Frelimo, il y aurait certainement à Maputo une grande ambassade de Chine, tout comme sur l'avenue de Tervueren à Bruxelles. À l'hôpital, en attendant sa garde d'honneur, il avait recompté les rouleaux d'euros. Il ne manquait pas un billet. Via Maputo, il espérait voler jusqu'à Madagascar, ou peut-être Zanzibar. Et de là vers l'est, en suivant l'ancienne route des moussons, le long de laquelle, pendant des siècles, des fortunes avaient été amassées grâce au commerce du safran et de l'encens, des esclaves musclés et de la porcelaine presque transparente. Sa lèvre était douloureuse. Il avait la tête qui tournait. Il s'en fichait. En sentant les roues de l'avion se détacher du tarmac argentin, il ne pouvait penser qu'à une chose. Au visage attristé et reconnaissant de M. Bo Xiang, quand il entrerait en possession de l'urne. En regardant complaisamment la rude face spectrale qu'il chassait devant lui dans la nuit africaine, il ne pouvait penser qu'à une chose – en dehors de Klaartje et Martine. Au visage approbateur et admiratif de M. Bo Xiang quand il lui remettrait les deux cornes de rhinocéros.

Deuxième partie

LA RÉUNION

1 .... *Guangzhou (cinquantième étage)*

NOUS RETROUVONS TONY HANSSEN sur un autre continent, au cœur d'un hiver que, dans son pays d'origine, on considérerait comme un printemps prometteur ou un automne clément. Peu d'intempéries, beau petit soleil, brise tiède. Rien ne laisserait supposer que les étés d'ici peuvent être impitoyables, avec leur chaleur accablante, leurs nuages bas et gras, leurs pluies de mousson étouffantes et leurs cyclones brutaux. Depuis des siècles, les ruptures de digues et les inondations ont coûté des milliers de vies, rançon à payer en échange de grandes étendues cultivables, de points d'accostage naturels pour les pêcheurs et marchands des quatre horizons, un niveau de civilisation en avance de plusieurs centaines d'années sur le reste du monde. La misère aiguise l'intelligence et l'inventivité. Surtout si elle revient chaque année.

À présent c'était surtout le smog qui revenait. Chaque jour. Cela ne gênait pas Tony. Il se trouvait au cinquantième étage d'un gratte-ciel au cœur de Canton, dans le perpétuel climat frais des grandes chaînes hôtelières internationales. Il avait vue sur le trafic chaotique et les nombreux bras de la Rivière des Perles. D'ici elle étirait ses méandres jusqu'à son embouchure dans la mer de Chine méridionale, qui, à son tour, s'étendait entre Taiwan et le détroit de Malacca. Jadis la route maritime la plus encombrée de la planète, et en passe de le redevenir.

Elle faisait honneur à son nom, la Rivière des Perles. Elle reflétait la lumière du soleil, pourtant filtrée par le smog, en des milliers de vaguelettes et petits tourbillons. Du verre brisé en mouvement. Elle roulait inlassablement sous les ponts et le ventre des navires, autour des vieilles petites îles et des polders récemment asséchés, entre de hautes berges aménagées qui, en s'élargissant, se ramifiaient en un imposant delta. Le bas-ventre en forme d'entonnoir d'une mégalopole sans pareille. Plus de cent millions d'habitants déjà, et chaque jour des dizaines de paysans quittaient leurs fermes lointaines pour venir commencer ici, dans cette moderne Babylone de l'Orient, une seconde vie, au besoin comme mendiants.

Juste avant d'arriver à sa destination finale – cette mer de Chine méridionale, antichambre du Pacifique, le plus grand de tous les océans, dans lequel se trouve le point le plus profond de la terre – la Rivière des Perles passe encore entre une double couronne. À gauche Hongkong, à droite Macao. À cet endroit du fleuve, les deux villes sont tellement éloignées l'une de l'autre que les habitants de l'une ne peuvent apercevoir la ligne d'horizon de l'autre. Même pas du haut de leurs tours d'appartements, ces basiliques de la modernité.

L'embouchure était trop loin pour que Tony pût la voir de son hôtel. Il devait se contenter du panorama qui s'offrait par les vastes baies vitrées. Un labyrinthe de viaducs et de boulevards pleins d'autos occidentales, de cyclistes, de tramways et de taxis, réunis en doubles fleuves de circulation, allant et venant, unis par un *zip* de rails de sécurité. Ils ne se détournaient quelque peu de leur route que pour des excavations de chantiers gigantesques et des grues. Le tout était entouré d'une forêt de gratte-ciel. Entre deux façades-miroirs d'immeubles de bureaux, on apercevait tout juste un parc avec des pagodes antiques, des saules, un étang plein de cygnes. Les *billboards* étaient rares. Sur l'un paradaient les dirigeants du parti communiste, vêtus de complets sobres et marchant d'un pas dynamique. Sur un autre, des top-modèles langoureuses offraient des parfums et des montres. Leurs sourires étaient aussi larges que ceux des apparatchiks, mais leurs logos étaient plus grands.

Sur ce fond, Tony voyait un fantôme reflété de lui-même, solitaire dans sa chambre brillamment éclairée. Une suite de luxe, avec de la moquette épaisse, des lustres de cristal et un plafond étonnamment bas. La petite table de salon sur laquelle, en défaisant ses bagages, il avait placé avec respect l'urne contenant les cendres de Mme Bo Xiang, était vide à présent. Quelque part dans la ville qui s'étendait devant lui avaient lieu ses funérailles, peut-être en ce moment même. Peut-être même dans ce parc, là, où il avait vu quelques minutes auparavant arriver un cortège de limousines noires, roulant au pas, toutes vitres teintées abaissées malgré le temps doux.

Que faisaient les Chinois de leurs défunts ? La même chose que tout le monde, sans doute. Ensevelir, éparpiller les cendres ou enterrer. Et jurer qu'ils ne les oublieront jamais.

C'était l'interprète qui était venu chercher l'urne. Discret dans ses attitudes – ses coups frappés à la porte étaient à peine audibles – mais arrogant et même hargneux dans les expressions de son visage. Il était du même âge que M. Bo Xiang, un peu plus petit et plus corpulent, mais portait comme lui un costume perpétuellement chiffonné et il avait sous les yeux les mêmes valises que son patron. À en croire la couleur de sa denture et la petite odeur qui l'entourait, lui aussi devait être un fumeur à la chaîne. Il n'y a pas que les chiens qui ressemblent à leurs maîtres. La loyauté portée comme un traumatisme.

Il transmit le message de son patron avec une répugnance visible. Il avait abandonné le ton presque insultant qu'il avait employé pour demander des nouvelles de Mme Bo Xiang à Buenos Aires. À peine la porte franchie, et même avec une petite courbette, il fit savoir d'abord que M. Bo Xiang était éternellement reconnaissant à Tony, mais que M. Bo Xiang le priait de comprendre qu'ils ne pouvaient pas encore se rencontrer en personne. C'est seulement alors qu'il entra. Il ferma soigneusement la porte et, raide comme un piquet, il poursuivit sa communication. Sa voix n'en devint pas plus aimable. Le peu de cheveux qu'il lui restait lui collaient au crâne, la peau de ses joues était grêlée.

Officiellement, dit-il, Mme Bo Xiang était décédée inopinément dans sa propre maison. M. Bo Xiang ne voulait pas alerter les carnassiers de la racaille journalistique internationale ni les vautours de son propre parti en invitant aux funérailles de son épouse un Occidental inconnu, un jeune étranger, dans les bras duquel il tomberait peut-être, ne pouvant dominer son chagrin. Car M. Bo Xiang était écrasé par la douleur. Tout comme Tony, certainement. En prononçant ces derniers mots, l'interprète leva les yeux au ciel en poussant un soupir moqueur. Tout cela sans interrompre son message. M. Bo Xiang, poursuivit-il, promettait solennellement d'inviter Tony aussitôt que possible à une cérémonie privée. Dans l'intimité, M. Bo Xiang ne serait pas gêné de montrer toute l'étendue de sa peine. Au contraire, il manifesterait à Tony toute la reconnaissance qu'il lui devait, en y ajoutant une récompense appropriée. À l'énoncé de ceci, l'interprète eut un reniflement de mépris, comme un homme indigné mais impuissant. M. Bo Xiang, dit-il encore, comprenait tout à fait les sentiments de malaise et d'abandon que Tony éprouvait. C'est pourquoi il était prié d'être l'invité de cet hôtel, le fleuron du consortium, le plus cher de Guangzhou, qui comptait dans son personnel un top chef cantonais et un sommelier de Genève. Quels que fussent ses désirs, Tony pouvait en faire part à la réception et ils seraient exaucés aussitôt. Ensuite l'interprète fit silence. Sans plus regarder Tony, il prit dans sa poche des gants blancs, les enfila, saisit l'urne à deux mains avec respect et se dirigea vers la porte.

« Et les autres choses, qu'est-ce que j'en fais ? » demanda Tony, qui osa seulement prendre la parole à ce moment. Cela l'angoissait de voir que, pour la seconde fois, quelqu'un menaçait de s'éclipser avec les restes de Mme Bo Xiang.

« Quelles autres choses ? » aboya l'interprète. Maintenant qu'il parlait en son propre nom, il n'avait plus besoin de sauver les apparences. Il s'arrêta sur le pas de la porte, dans une attitude de défi, tenant l'urne devant lui. Une pièce à conviction accusatrice, une relique profanée. « Qu'est-ce qu'il peut y avoir d'important hormis ceci, monsieur Hanssen ?

– Ses vêtements, dit Tony en allant se placer entre l'interprète et la porte. Ses cosmétiques, ses bagages.

– Il me semble que grâce à vous, Mme Bo Xiang n'en a plus besoin.

– Ses cartes de crédit, ses papiers, son passeport. Il faut tout de même que quelqu'un s'en occupe ?

– Je suppose que vous voulez surtout parler de son argent ? » grimaça l'interprète en découvrant sa denture de fumeur. Sa voix était voilée et triomphante à la fois. Un figurant qui pouvait enfin déclamer sur scène sa réplique d'une ligne.

« Quel argent ? demanda Tony.

– Celui qui est dans son sac », fit l'interprète, toujours avec le même sourire grimaçant. Un instant, l'urne trembla dans sa main. « Le cash qui était à côté de ses cartes de crédit, de son maquillage et de son passeport. »

Tony resta sans voix.

« Cette somme est intégralement pour vous, dit l'interprète, abandonnant le sourire. M. Bo Xiang a dit qu'il ne voudrait plus jamais toucher à cet argent du malheur. C'est votre premier cadeau. Pour les autres objets, ne vous faites pas de souci. Des personnes ayant plus de scrupules que vous s'en chargeront en temps utile. » Là-dessus, il aboya un ordre en chinois.

La porte fut ouverte de l'extérieur par un garde du corps en costume noir et cravate étroite, portant des lunettes solaires. Un colosse visiblement bien entraîné. Trois types tout semblables se tenaient derrière lui dans le couloir, tous trois jetant des regards circulaires, une main sur l'oreillette, jouant leur petit rôle dans un film d'action hollywoodien. Lentement et en silence, l'interprète sortit devant eux, l'air hautain, un cardinal portant un ciboire.

Juste avant de refermer la porte, le colosse fit un bref signe de tête à Tony. Un hochement timide, presque gêné. Celui d'un homme qui possède un cœur d'or mais une main de fer. La porte massive se referma avec un soupir, abandonnant Tony à son sort.

Cela, c'était plusieurs jours auparavant. Depuis lors, il n'avait plus aucune nouvelle de l'interprète. Les seuls êtres humains qu'il avait rencontrés étaient la femme de chambre et les employés du room service. À part quelques mots d'anglais haché, ils ne parlaient que le chinois. Les connaissances linguistiques des réceptionnistes n'étaient guère plus élevées.

Tony n'avait aucune envie d'aller à la piscine du dernier étage, la salle de gym du sous-sol l'attirait encore moins. La télévision l'ennuyait, malgré ses cent cinquante canaux, dont deux programmes « adultes » à péage. Un instant, il avait envisagé de répondre à cette offre, mais il y avait immédiatement renoncé. Louer une vidéo porno ? Pour stimuler un self-service sans entrain ? Et puis, cette commande pouvait tomber sous les yeux de M. Bo Xiang. Un magnat affligé, pleurant l'épouse dont lui, Tony, avait été le témoin des derniers instants. Vous parlez d'un tact ! Et peut-être le jour même de ses funérailles. Ce n'était pas le moment de froisser un créancier.

Mais que pouvait faire Tony pour consoler ou égayer un veuf ? Où restait-il, d'ailleurs, le veuf éploré avec ses belles promesses ? Le téléphone ne sonnait pas. D'heure en heure, Tony se sentait plus coincé et menacé dans cette cage dorée avec son affreuse moquette et son plafond bas. Il en avait marre de contempler le panorama du trafic urbain et il lui semblait que les murs se refermaient sur lui. Cependant, il n'osait pas quitter l'hôtel, même pour une courte promenade. On ne le lui avait pas explicitement défendu, mais pas explicitement permis non plus. Cela l'angoissait de se retrouver en quelque sorte prisonnier de cet endroit, mais par ailleurs un fait éveillait sa méfiance : pourquoi avait-il la possibilité de sortir sans même devoir en avertir quiconque ? Espérait-on qu'il file sans demander son reste ?

Mon Dieu, c'était peut-être cela, la généreuse récompense ! Pouvoir disparaître sans encombre, déguerpir avec un sac à mains plein de billets. Cela l'attristait. Se défiler comme un voleur dans la nuit, c'était tout ? D'autre part, c'était peut-être plus que suffisant. Peut-être devait-il tout simplement prendre la fuite.

Ou pas ?

Si je pouvais en discuter avec quelqu'un, soupirait Tony en se coupant les ongles des orteils. Il avait pris un bain dans l'espoir que le jacuzzi le calme. Peine perdue. Pas moyen de laver ce sentiment d'isolement. Ces vingt dernières années, il avait rarement ressenti le besoin de solitude, et maintenant ? Seul, déraciné, abandonné, toujours incertain de son avenir… Il aspirait à avoir un compagnon de route, un initié, un de ces amis de cœur avec qui on peut aborder sans gêne les questions les plus personnelles. Avoir au moins une oreille attentive. Il devait se retenir pour ne pas téléphoner à Mme Mercedes, faute de mieux. Mais que pouvait faire cette femme à Buenos Aires ? En supposant qu'elle veuille encore lui adresser la parole. Quel était encore le décalage horaire ? Il semblait qu'il y eût une éternité depuis le moment où elle lui avait recommandé de prendre garde à ces Chinois.

Elle n'avait pas tort, pensa Tony en rangeant les petits ciseaux à ongles. Voyez-moi là, dans mon aquarium, mon trou perdu, mon petit sanctuaire d'Occidental, au milieu d'une métropole où je ne comprends personne. Et si l'affliction du magnat se transformait en un aveugle désir de vengeance ?

Que valait la parole d'un satrape assoiffé de pouvoir ?

Au moins, Dieu merci, la bouffe n'était pas mauvaise. Il avait de nouveau commandé une petite chose par téléphone, laissant le chef choisir à sa guise. « *Surprise me, please !* » Dans quelques instants, à la télévision allait commencer son film favori, *Hable con ella*. Peut-être cela apporterait-il du soulagement ou, au moins, un peu de distraction. Surtout avec un vin de première qualité et un délicieux petit plat.

Et devinez ce que le room service venait d'apporter ? Un magret de canard, mais pas laqué à la cantonaise. Cuit à la française avec du chicon caramélisé à la belge. C'était surtout ce chicon qui lui donnait un choc. Rien que l'arôme, déjà. Littéralement doux-amer. Tous ces souvenirs.

Tony était assis en face de la télé, l'assiette pas encore entamée sur les genoux, tandis que s'élevait la chanson-titre de *Hable con ella*. Un morceau serein mais entraînant, avec des violons mélancoliques et une guitare aux rythmes mauresques, et des claquements de mains andalous à l'arrière-plan. Il avait déjà l'eau à la bouche, à présent c'étaient ses yeux qui devenaient humides. Et le lamento du chanteur de flamenco n'avait même pas encore commencé à dominer les violons ! Tony grinça des dents pour repousser la tentation facile de la nostalgie. En vain. Il sentit une larme ridicule trembloter sur son menton. On pouvait dire ce qu'on voulait de sa mamounette, mais elle cuisinait comme un chef. Ah, ses fameuses roulades de chicon au jambon. Le chicon dans son légendaire waterzooi à la gantoise. Le chicon associé à sa perdrix à la brabançonne.

On frappa à la porte. Pas vraiment avec douceur.

Tony plaça sur la table de salon l'assiette à laquelle il n'avait pas encore touché et baissa le son du téléviseur. Qui cela pouvait-il bien être ? À nouveau l'interprète ? Dans ce cas, la violence des coups frappés sur la porte ne présageait rien de bon. M. Bo Xiang en personne ? Ce pouvait être encore pire. Le room service ? Une femme de chambre ? Exclu. Un membre du personnel de cette sorte d'hôtel ne se permettrait pas de cogner ainsi sur la porte d'une suite de luxe. À moins d'un cas d'extrême urgence.

Mais si c'était une urgence, on aurait frappé énergiquement une seconde fois. Tony se rassura, c'était certainement une erreur. Il saisit la télécommande pour remonter le son. Mais on cogna une nouvelle fois à la porte. Plus fort et plus longuement que la première fois.

Tony éteignit aussi l'image, se leva, s'essuya les joues avec sa manche, rajusta ses vêtements – la braguette était encore ouverte, la chemise aussi – et alla finalement ouvrir la porte.

Il se trouva nez à nez avec un homme noir d'une cinquantaine d'années, vêtu d'un costume négligé et portant des lunettes bien trop grandes. On ne pouvait pas dire qu'il était maigre. Ses cheveux grisonnants étaient coupés court, son menton mal rasé, ses yeux bordés de rouge. On aurait juré qu'il était accablé par le manque de sommeil et la frustration. Et pourtant il souriait. Il examina Tony de la tête aux pieds. « Tu es Tony Hanssen ?

– C'est exact », fit Tony, mal à l'aise.

L'homme jeta un coup d'œil à gauche puis à droite dans le couloir, comme pour s'assurer qu'il était bien désert. « Belge de naissance ? » Il avait une voix de basse et parlait l'anglais avec un accent comique, que Tony n'arrivait pas à reconnaître.

« Oui, c'est ça, admit Tony.

– C'est tout ce que je voulais savoir », dit l'homme. Du poing gauche, qui dissimulait un objet dur, il porta à Tony un coup en pleine bouche.

« IL FAUT L'ADMETTRE, à première vue, c'était une astuce brillante de ta part », fit le noir. Tony et lui étaient assis face à face, chacun dans un fauteuil confortable, séparés par la petite table de salon sur laquelle avait trôné l'urne. À présent, à côté de l'assiette avec le magret de canard, se trouvait un pistolet. C'était avec la crosse qu'il avait frappé Tony sur la bouche.

« Génial comme fausse piste, continua le noir, hargneux et pourtant avec une nuance d'admiration. Tu scies la jambe de ton complice, tu lui enfonces le crâne avec une hache et tu l'abandonnes à côté de sa bagnole du Krugerpark. Pas un moment je n'ai pensé que l'auteur pouvait être un blanc. Et un *fucking* col-blanc venu de la *fucking* Belgique, en plus. » Il ricana. Un petit rire nerveux haut perché et content de soi. Du bout du majeur, il remonta sur le nez ses lunettes de hibou. « Le cadavre avait déjà été bouffé en partie. Tu le savais, ça ? On n'a même pas retrouvé le bas de sa jambe. Tu l'as jetée toi-même, pas vrai », dit-il en fixant Tony. Il se frappa dans les mains. Un mouvement large et un coup sonore. « Je le savais ! Tu l'as jetée toi-même aux crocodiles. » Certains de ses mots étaient accompagnés de petites exclamations. C'était « Eish ! » ou « Nè ? » Sa langue faisait parfois un clic bizarre.

Tony pressait contre sa lèvre inférieure enflée le mouchoir qu'il avait reçu de l'homme. Le sang semblait être coagulé, mais il restait un goût de fer un peu sucré. Goût de sang, arrière-goût d'angoisse. Il ne comprenait rien à ce que ce type lui racontait. Était-ce réel, ce qui arrivait là ? Ce devait être une hallucination, due au choc émotionnel. Le mouchoir sentait la sueur aigre et les chips au goût barbecue.

« Je ne veux pas avoir l'air d'un raciste, dit l'homme, mais les délinquants noirs n'emploient pas de haches neuves. Ils prennent une vieille hache. Et ce qu'ils ne font sûrement pas, c'est d'utiliser les deux, une hache et une tronçonneuse. Ça fait double emploi. Tu comprends ? Et si jamais ils le font quand même, les pauvres Cafres comme moi, ils ne les laissent certainement pas traîner. Nous ne sommes pas assez riches pour ça. La tronçonneuse, d'accord. Je l'aurais aussi laissée là. Elle était foutue. Du sable dans une tronçonneuse, c'est aussi grave que de l'eau dans un moteur diesel. Mais une hache toute neuve de bonne qualité ! D'une marque étrangère rare. Eish ! Même si elle est enfoncée dans le crâne de ton meilleur ami. Même si elle est coincée dans la chatte de ta mère. Un Cafre comme moi, il la tortillera dans tous les sens pour la décoincer et il la ramènera à la maison. Pour le boulot suivant. Tu comprends ? dit-il avec un regard insistant. Tu ne penses pas ça, toi ? Qu'un Cafre comme moi emmènerait une belle hache comme ça ? » Il sortit un petit papier qui ressemblait à un bon de caisse et le posa entre le canard et le pistolet. Il avait avalé le verre de vin d'un seul trait, puis l'avait posé sur la moquette de la chambre. « Tu reconnais ça ?

– Non », répondit Tony, et il disait la vérité. Sa lèvre inférieure était douloureuse. Mais il ne savait que faire. Collaborer ou au contraire... Du bout de la langue, il contrôla ses dents, pour sentir si l'une ou l'autre de ses couronnes de porcelaine était brisée ou détachée. Il tentait de ne pas penser à Rio de Janeiro et au martyre qu'il avait enduré là-bas. Dans une chambre d'hôtel pas très différente de celle-ci. Salles de transit, chambres de torture – identiques dans le monde entier.

« Ça ne te rappelle rien, cette adresse ? » L'homme appuya l'index sur le bon de caisse. La couleur de la chair sous ses ongles était plus claire que celle de la peau. L'ongle était rongé jusqu'au sang.

« Non », répondit Tony. Il ne se rappelait pas avoir jamais été dans une rue qui s'appelait Voortrekkersweg.

« Joli quartier, beau magasin », reprit l'homme en rangeant le papier dans son portefeuille et levant le cul pour le replacer dans sa poche revolver. « Bon matériel et personnel aimable. » De nouveau ce petit rire. Parfois il roulait des épaules en riant. Un pugiliste faisant du shadow-boxing à l'échauffement. « La description de la personne qu'a donnée le vendeur m'a fourni la première indication. Et à l'aéroport de Maputo aussi, ils ont du personnel serviable doté d'une bonne mémoire. Presque tous les braconniers étrangers passent par là. Ces idiots se croient en sûreté là-bas. Et ton nom était tout bêtement sur la liste des passagers. Un des rares billets aller simple. Et payé cash sur place. » Il sortit d'une poche intérieure une dizaine de photos qu'il étala l'une après l'autre sur la table basse. Comme un joueur de poker qui montre sa main gagnante. « Les archives d'Interpol ont fait le reste. Ça fait un bout de temps que tu es recherché. »

Tony n'écoutait plus. Pris de panique, il regardait les photos de format carte postale. Elles montraient un autre noir, mort et salement amoché. Close-up : le résultat d'une amputation grossière, juste au-dessus du genou. L'os fracassé était nettement visible, malgré le sang coagulé et les bords de la blessure où grouillait la vermine. Close-up : une blessure par balle dans une omoplate. Là aussi, les insectes s'en donnent à cœur joie. Close-up : un visage mutilé. Seule la mâchoire inférieure est entière. Le fer d'une hache est enfoncé profondément dans la figure. D'un côté, un œil pend sur la joue. Des insectes ici aussi. « Et il fallait voir le rhino, dit l'homme. Il n'était pas en meilleur état. » Son agressivité montait visiblement. Quelle était sa relation à la victime ? Était-il venu pour assouvir une vengeance ? Et pourquoi ici, au nom du ciel, pourquoi moi ?

« Écoutez », dit Tony en empilant les photos comme un jeu de cartes pour se protéger de la vue – il plaça sur le dessus une photo panoramique, un beau paysage avec une voiture tout terrain. « Écoutez, je ne sais absolument pas de quoi vous parlez. » Il se rendait compte que son visage devait être d'un blanc cireux. Sa lèvre inférieure enflée l'empêchait de bien articuler. Il avait posé le mouchoir souillé à côté de l'assiette au canard. « Je suis totalement dans le noir. Je regrette vraiment. Dites-moi ce que je peux faire pour vous aider. Je ferai tout ce que je pourrai.

– N'insultez pas mon intelligence. La plupart de mes collègues ont tout de suite abandonné l'investigation. Mais il reste deux malheureux qui sont train de passer l'Afrique du Sud au peigne fin.

– L'Afrique du Sud ? » fit Tony. Il y avait abordé deux ou trois fois avec le *Liberty Oasis*, chaque fois à Durban. Il y avait folichonné avec le fils d'un grossiste en tapis indien. D'ailleurs, ça n'avait pas été terrible, avec cet Indien. De grands yeux, un petit sexe, susceptible. Bambi avec un turban.

« Je suis venu de ma propre initiative et à mes propres frais, dit l'homme. Personne ne sait que je suis ici. Et en dehors de moi, personne ne sait que toi, tu es ici. » Il fouilla dans son autre poche intérieure et en tira un petit carnet de notes.

Il ne laisse aucune de ses poches inoccupées, pensa Tony en frissonnant. Les gens qui sont tellement méthodiques sont géniaux ou complètement cinglés. Mais un génie aurait depuis longtemps compris qu'il faisait erreur. Tony se trouvait face à l'unique autre possibilité : un mythomane. Un fou. Était-il bien seul ? Dans un instant, toute sa bande allait débouler, comme l'autre fois à Rio.

Du petit doigt, l'homme montra point par point ce qui se trouvait dans son carnet. « On ne peut pas dire que tu sois loyal. Tu as escroqué des millions à la banque qui t'a employé pendant des années.

– Moi, j'ai escroqué une banque ? » Tony s'était juré de ne plus dire un mot, mais la surprise avait été trop vive.

– Une banque d'affaires internationale, précisa l'homme. Elle a fait faillite à cause de tes magouilles. Elle t'appelle "trader voyou".

– Si une banque peut faire faillite à cause d'un type comme moi, on aurait mieux fait de ne jamais la fonder. » Tony savait bien qu'il serait plus intelligent de la fermer, mais il ne put se dominer. Il s'était laissé marcher sur les pieds et sur la tête trop souvent, et malgré cela il avait dû encaisser toutes les baffes. Alors, tant pis, on plonge en avant avec l'énergie du désespoir. « Et comment ai-je goupillé cette faillite, je vous le demande ? » Il avait une porte de sortie, confronter ces histoires farfelues avec leurs propres contradictions, leur manque de logique interne. « Hein ? Comment un type peut renverser une banque à lui tout seul ? »

L'homme, toujours avec le petit doigt sur la page : « Tu as falsifié la comptabilité en organisant une pyramide financière. »

Tony, étonné : « C'est quoi, une pyramide financière ? »

L'homme : « Un système de Ponzi. »

Tony, irrité : « Et c'est quoi, un système de Ponzi ? »

L'homme : « Une arnaque systématique de longue durée. »

Tony, éperdu : « Mais c'est moi qui me fais arnaquer ! Moi ! Tout le temps ! C'est moi la victime ! »

L'homme : « Les faits disent le contraire. Tu t'es planqué juste avant ton arrestation. »

Tony roule de grands yeux : « J'ai débarqué d'un bateau et je n'y suis plus jamais remonté. C'est se planquer, ça ? »

L'homme, lisant : « Tu as détourné illégalement des informations d'entreprise sur support de stockage amovible et la banque craint que tu ne veuilles les revendre à des journalistes mal intentionnés ou aux autorités lésées en échange de grosses sommes ou peut-être d'une nouvelle identité. »

Tony, ahuri : « C'est quoi, des supports de stockage amovibles ? »

L'homme : « Des CD-roms, des clés USB, des disques durs externes. »

Tony : « Fouillez-moi ! Fouillez toute la suite. Je vous en prie ! Vous ne les trouverez pas, parce que je ne les ai pas ! »

L'homme : « Naturellement qu'ils ne sont pas ici. Ils sont quelque part dans un coffre. Avec tes deux autres trésors. Ou alors tu les as déjà vendues ? »

Tony : « Quoi encore ? Qu'est-ce que j'ai vendu ? »

L'homme : « Les deux cornes. »

Tony : « Les cornes ? Quelles cornes ? »

L'homme : « Les cornes du rhino. »

Tony plongea la tête dans ses mains. Dans quel enfer avait-il atterri ? Alors que tout semblait enfin être en bonne voie. Sa lèvre le lancinait, sa tête tournait.

« Écoutez, reprit-il, découvrant son visage et prenant, du moins il l'espérait, l'expression la plus sincère. Je le regrette vraiment pour vous. Je vous aiderais très volontiers, mais je ne sais réellement pas de quoi vous parlez. Il s'agit d'un affreux malentendu. Je n'ai rien à voir avec tout ce que vous me reprochez. »

L'homme regarda Tony. Il se prit le menton entre le pouce et l'index, la tête penchée, les yeux mi-clos. Cela dura un petit temps. Finalement il éclata de rire. « Tu es un drôle de numéro, toi ! dit-il en menaçant Tony de l'index. Merde ! J'ai failli me laisser prendre. » Il se tapait dans les mains en secouant la tête, il riait à gorge déployée, en roulant des épaules. « Eish ! »

« Je vous en prie, gémit Tony. Vous vous trompez. » Le noir leva les deux mains, les paumes beiges tournées vers Tony. « Ok ! Ok ! Je me rends. Tu as gagné. Je laisse tomber toutes mes accusations. » Tout en riant, il jeta un regard autour de lui. « Où est le minibar ? »

Tony, désespéré, indiqua la petite commode dans laquelle le bar était encastré. Ricanant encore et secouant la tête, l'homme se dirigea vers le minibar, puis : « Il y a encore une question, une seule, que je dois régler avec toi, mister Hanssen. Si là aussi tu réponds en niant, je te laisse aller.

– Allez-y », dit Tony, soulagé à l'avance et pourtant de nouveau pris à la gorge dans l'éternel étau. Il respirait difficilement. Il voyait des taches devant les yeux. « Allez-y. Interrogez-moi, faites-moi griller à petit feu, je ne demande pas mieux. » Il remarqua qu'il avait joint les mains comme pour une prière. Il les fourra entre ses cuisses. Il devait se retenir pour ne pas balancer le haut du corps d'avant en arrière. L'angoisse faisait de lui un spastique. « Posez votre question. Allez-y. »

L'homme tira du minibar deux bouteilles miniatures de vodka. Il les vida tranquillement, l'une après l'autre, tout en fixant Tony à travers ses lunettes de hibou. Il était resté debout, sa panse pendait majestueusement par-dessus sa ceinture.

« Jure-moi, dit-il en s'essuyant la bouche du revers de la main, que tu ne sais pas qui est M. Bo Xiang. Jure-moi que tu ne lui as rendu aucun service. Jure-moi que tu ne sais pas qu'il est le propriétaire de cet immeuble, le fleuron architectural de son groupe. Et jure-moi que ce n'est pas lui, mais toi-même, qui paie cette chambre. »

Tony craqua. Ce type était au courant de tout. Cette histoire démente de haches et de rhinocéros, avec les photos horribles, tout ça n'était qu'une manœuvre de diversion. Des absurdités perfides pour déstabiliser sa proie. « Que voulez-vous de moi ? gémit Tony. Qu'est-ce que vous allez faire de moi ? » À présent, il se balançait vraiment d'avant en arrière. Il tenait les paupières convulsivement serrées. Le bout de sa langue comptait frénétiquement ses couronnes. Une douleur lancinante dans la lèvre. Il attendait le coup suivant.

Muni de minibouteilles de toutes sortes, l'homme revint vers le fauteuil, il se pencha paternellement sur Tony. « Il ne faut pas te faire de bile, dit-il en lui donnant une petite tape sur l'épaule. On va te sortir de là. Dis, tu as encore envie de ce magret de canard ? Il est en train de refroidir. »

Ouvrant à nouveau les yeux, Tony fit signe à l'homme de se servir.

Il ne se le fit pas dire deux fois, il enfonça les dents dans la viande. « Avant que j'oublie, dit-il, mon nom est Khumalo. » Au lieu de sa main graisseuse qui tenait le morceau de canard, il tendit le poignet. De l'autre main, il tenait une petite bouteille de vin rouge, déjà à moitié vide. « Inspecteur Vusi Khumalo. »

Tony secoua le poignet de l'inspecteur. Ils se dévisagèrent. L'inspecteur écroulé dans le fauteuil et mâchonnant. Tony, assis, droit comme un cierge, passif. De temps à autre, l'inspecteur Khumalo repoussait du poignet ses lunettes de chouette qui lui tombaient sur le nez.

Lorsqu'il eut terminé la viande – il n'avait goûté que du bout des lèvres aux chicons, avec une grimace de dégoût – il dit : « Est-ce que tu te rends compte dans quels sales draps tu t'es mis ? Même sans mon enquête. » Il s'essuya les mains à son mouchoir sale et le remit négligemment dans sa poche. « Ton commanditaire est attaqué de partout. Par son parti, son consortium, ses actionnaires, la presse mondiale. Son empire vacille, son règne touche à sa fin. Et voilà que juste en ce moment-ci, sa femme passe l'arme à gauche. Les rumeurs les plus folles circulent. Tu as des informations sur sa mort ? »

Tony leva les yeux sur l'inspecteur Khumalo. Quel nouveau jeu était-ce là ? Il vit que l'inspecteur, une main devant la bouche, s'était mis à se curer les dents avec l'index de l'autre main. L'index attrapa quelque chose. L'inspecteur l'inspecta de près et le remit tranquillement dans sa bouche, qui recommença à mâcher. C'est alors seulement qu'il tourna de nouveau les yeux vers Tony.

Tony eut un choc, il réalisa : ce n'est pas un jeu. Ce type ne sait pas tout. Il me prend vraiment pour un autre. Il ne sait rien de moi.

« Oui, j'ai aussi entendu ces bruits », acquiesça-t-il, de la façon la plus neutre possible. Il ne pouvait les laisser voir. Son soulagement et son espoir. Son tout petit grain, sa toute petite miette d'espoir. « Personne ne croit que la brave femme s'en est allée comme ça, tout simplement. Il y a certainement quelque chose de sordide là-dessous. » Il fallait qu'il gagne du temps. L'inspecteur Khumalo n'était pas à la tête d'une bande. Il était venu tout seul. En revanche, Tony avait des alliés. L'interprète et les gardes du corps. Ils allaient bien revenir à un moment ou l'autre.

« Tu veux que je te raconte ce qui est arrivé à cette femme ? dit l'inspecteur Khumalo avec un petit rire satisfait.

– Oui. Quoi ? dit Tony, en réprimant un sourire. Je suis terriblement curieux.

– Elle vit encore, fit Khumalo, hilare.

– Elle vit dans la mémoire de bien des gens, sourit Tony.

– Elle s'est tirée avec l'argent, et avec son *toyboy.*

– Son *toyboy* ? » Tony n'avait plus besoin de réprimer son sourire. Il ne rigolait plus.

« En fait, sans que ces pauvres types s'en rendent compte, ce sont des courriers, fit Khumalo, méprisant. Tous les x temps, Mme Bo Xiang change de favori. Elle se balade bras dessus bras dessous avec le gogo, comme un soi-disant couple amoureux, et ils vont dans tous les walhallas fiscaux et les paradis offshore du monde entier. Entre deux séances de baise, elle règle les petites affaires malodorantes de son mari. *Business and pleasure*, la couverture parfaite. Ne me dis pas que tu n'as jamais entendu de ragots là-dessus.

– Si, si, admit Tony nerveusement. Tout le monde en dit pis que pendre.

– Sois heureux de n'être tombé que dans ses griffes à lui, et pas dans celles de sa salope. » Il se leva et s'étira. « Les Chinois et le sexe ! Ils n'ont pas seulement inventé le feu d'artifice. Ça fait des milliers d'années qu'ils sont les maîtres de l'art de la guerre et les maîtres de la torture. Et leur vie amoureuse est à l'avenant. » Il était allé se planter devant l'une des hautes fenêtres et il contemplait la ville.

De sa place, Tony regardait le même spectacle. Un hélicoptère était suspendu au-dessus d'un grand carrefour, libellule au-dessus d'une mare. Dans le lointain, un avion descendait, reflétant le soleil en un éclair. Tony détourna le regard vers la table de salon. Le pistolet était là, à côté de l'assiette vide.

« Regarde-moi ce trafic, gémit l'inspecteur Khumalo en se massant la nuque de la main droite. New York, c'est rien à côté de ça. Et ce n'est qu'un des centres de la ville. Une minuscule partie du tableau. Il y en a des dizaines, des centaines dans ce genre-là. Et eux ? Ils sont combien de millions maintenant ? » De nouveau ce petit rire. « Je sais bien que l'homme noir a une réputation douteuse question libido. Mais ces Chinois ? Pour la baise, ils sont aussi un peu là. »

Tony fixait le pistolet. Paralysé, impuissant à agir, dégoûté de lui-même. Pourquoi ne prenait-il jamais le taureau par les cornes ?

« Évidemment, ils ont quelques milliers d'années d'avance, poursuivit Khumalo. Tout est facile dans ce cas-là. » Il posa les deux mains à plat sur la vitre, un peu plus haut que sa tête. Les deux jambes légèrement écartées, comme s'il s'appuyait contre un mur pour s'offrir à la fouille. « Tu aimes l'histoire, Tony ? Moi j'adore. » Sa tête se trouvait tout près de la vitre. Une tache de buée se forma. « Ils se foutent de moi pour ça, les jeunes de notre corps. Ils peuvent être *coloured* ou Xhosa, ils peuvent s'appeler Frikkie, Shabir ou Talieb. Leur sens de l'histoire ne remonte pas plus loin que le jour où ils ont acheté leurs dernières baskets. Nous avons même un juif. Eh bien, ce David, il préfère regarder le rugby plutôt que History Channel. Tu parles d'un foutu juif ! » Il frotta la tache de buée avec la manche de sa veste. « Moi, je n'aspire qu'à une chose. Atteindre la retraite sain et sauf. Et tu sais la seule chose que je vais faire alors ? Au lieu de chasser les toxicos et les braconniers ? Lire des livres d'histoire, des livres sur l'humanité, seul dans mon coin. » Le regard qu'il jetait sur le cœur de la métropole devenait de plus en plus rêveur. « Plus on lit, plus on a de l'admiration pour ces putains de Chinetoques. Tu crois, naturellement, que ce sont les Européens qui ont découvert l'Amérique et l'Australie et le cap de Bonne-Espérance. Oublie ça. » Il montra la ville. « Ce sont eux qui étaient les premiers. Mon livre préféré parle de ça. » Il changea de nouveau de position. Un avant-bras et le front appuyés contre la vitre, l'autre main dans la poche revolver : un morveux qui compte pendant une partie de cache-cache. Mais il trichait en épiant sous son avant-bras.

C'était une cible immanquable. Et pourtant Tony restait pétrifié. Il pouvait s'imaginer la scène. Il se décide à prendre le pistolet et le pointe sur l'autre. Il devient soudain un figurant dans un film d'action. Les genoux légèrement fléchis, les bras tendus devant lui, tenant à deux mains une arme qui ne tire pas, parce que le cran de sûreté est mis ou quelque chose de ce genre. Ou alors qui explose en lui arrachant quelques doigts. De sa vie il n'a tiré avec une arme.

« Tu sais ce que ces *motherfuckers* de Chinois faisaient en mer pour éviter le scorbut ? » demanda Khumalo. Le trafic se reflétait dans ses verres de lunettes. « Je veux dire, il y a mille ans. Ils cultivaient des pousses de soja et de la coriandre à bord. C'est tout juste s'ils ne cuisaient pas des rouleaux de printemps. Et tous les jours ils pêchaient du poisson frais pour toute leur flotte. Et tu sais comment ils rabattaient les bancs de poisson ?

– Des loutres », dit Tony d'une voix rauque. Il ne regardait plus la table. « Des loutres de mer dressées. » Il avait les paumes moites. Ce n'était pas le bon jour pour apprendre à tirer.

Khumalo lui jeta un regard admiratif. « Oui, des loutres. Avec des laisses de centaines de mètres de long. Comment tu sais ça ?

– Moi aussi j'ai lu ce livre, dit Tony, respirant avec peine. Ça ne tient pas debout. Je m'y connais un peu en bateaux et en courants marins. Leurs jonques ? Ces espèces de baquets à lessive lourdauds avec leurs voiles pas maniables ? Elles n'étaient pas faites pour naviguer sur les océans. Avec leur poupe carrée et leur gouvernail ridiculement grand. Parfois elles avaient deux gouvernails, un à bâbord, un à tribord. Va-t'en te débrouiller avec ça. »

Khumalo était perplexe. Il repoussa ses lunettes vers le haut. « Ils avaient des compartiments étanches.

– Le *Titanic* aussi, dit Tony. On voit où ça l'a mené. »

Khumalo éclata de rire – roulant des épaules, tapant dans ses mains. « *You son of a bitch !* s'écria-t-il. Plus cool que toi, y a pas. » Amusé, il s'appuya d'une épaule contre la vitre, le visage tourné vers Tony, les bras croisés, la jambe portante tendue et l'autre fléchie dans une posture coquette.

Mais qu'est-ce qu'il a, ce type, pensa Tony. Des fourmis rouges dans le cul ? Il prend une pose différente toutes les dix secondes. Où se croit-il ? À un casting photo ? Une audition ?

« Tu crèves de jalousie, dit Khumalo, parce que ces Chinois sont allés partout avant vous autres. » Son amusement semblait déjà avoir disparu.

« Il ne s'agit pas de qui est le premier, dit Tony en avalant sa salive, il s'agit de qui reste le plus longtemps.

– *Fuck, yeah !* s'écria Khumalo. Nous l'avons subi à notre corps défendant. Pas seulement au Cap. Dans toute l'Afrique, à commencer par le Congo, votre Congo. Mais même là, tu peux me croire, mister, vous avez fait votre temps. C'est du passé. » Il paraissait de nouveau profondément offensé.

On ne peut vraiment pas dire qu'il soit très stable, pensa Tony. Ou alors non. Peut-être que Khumalo n'était pas d'humeur tellement changeante. Il était rusé. Il jouait le plus ancien double rôle de l'humanité, à côté de celui de vierge et putain, de Faust et Méphisto : *good cop, bad cop*, bon flic, méchant flic. Docteur Jekyll et Mr. Hyde dans le même uniforme. Ne t'y laisse pas prendre, Tony. Tiens bon. Ils vont arriver bientôt. L'interprète et ses gardes du corps. Gagne du temps.

« Tu penses vraiment que vous, les Européens, allez pouvoir contenir ça encore longtemps ? » Khumalo montrait du doigt le paysage urbain. « Ces masses ? Cette énergie ? Cette violence ? » Ses yeux crachaient le feu. « Tout ce qu'on peut se payer chez nous, ils l'ont déjà acheté ou escroqué. Nous sommes à sec. Tu comprends ? Nous sommes finis, foutus. Et dans quelques années, ce sera votre tour. Ne te fais pas d'illusions. Tu connais l'histoire de ce journaliste français à l'époque de la diplomatie du ping-pong, non ?

– Je ne connais rien au sport et un journaliste français n'y connaît rien en diplomatie. »

L'inspecteur Khumalo, immobile, le regarda fixement. « Tu te fous de moi, ou quoi ?

– Je n'oserais pas, fit Tony en croisant les bras.

– Richard Nixon et Henry Kissinger ? Le début des années quatre-vingt ?

– Je ne vois pas du tout », mentit Tony.

Khumalo eut un claquement de langue méprisant, mais raconta quand même son histoire. « Un journaliste parisien était autorisé à suivre Kissinger pendant sa visite à Mao. Le président Mao ! » Khumalo prit une petite voix efféminée et imita un accent français. « Président Mao ! Quels sont selon vous les effets de notre

Révolution française dans l'histoire de l'humanité après 1789 ? » L'inspecteur reprit sa propre voix et son gros accent. « Et que crois-tu que Mao Tsé-toung, l'héritier de la plus ancienne civilisation de l'humanité, a répondu à ce crâneur de Parisien ? » Il ricana à l'avance de la conclusion de son récit.

« Je n'en ai aucune idée, dit Tony, vraiment curieux cette fois.

– Il a dit à ce connard de Français, sourit Khumalo, qu'il était encore bien trop tôt pour observer les effets de toute leur révolution à la noix. » Et de nouveau cette façon de se taper dans les mains. Un *high five* fait avec lui-même. « Le camarade Mao, ça, c'était un mec !

– Par contre, les effets de sa révolution ont été rapidement visibles, dit Tony. La famine, les épurations, la révolution culturelle qui tourne en guerre civile, la corruption, la pollution.

– Tu te focalises sur les mauvais côtés, grommela Khumalo avec un geste du bras comme pour balayer les objections. Parfois une main de fer est indispensable. Mais regarde leurs résultats aujourd'hui. On aurait bien besoin de quelques Mao en Afrique.

– À mon avis, vous en avez déjà essayé une ou deux douzaines, dit Tony, et vous en avez encore une ou deux douzaines en devenir.

– Qu'ils arrivent ! s'écria Khumalo. Et les vrais Chinois par-dessus le marché. On vous a essayés, vous, pendant quelques siècles et ça ne nous a pas plu. Il est grand temps de changer de cap. » Il se dirigea à nouveau vers le minibar. « Et pour toi ? Une limonade ou une petite bière ?

– Va pour un vin blanc », dit Tony. De toute façon, il était deux fois otage ici. D'un veuf chinois et d'un inspecteur africain. Il pouvait tout aussi bien se soûler. Il faut rendre son impuissance supportable – sinon, pourquoi l'homme chercherait-il refuge dans l'opium et l'alcool, dans Dieu et dans le sirop pour la toux ? « Je vais même en prendre deux, dit-il à Khumalo, accroupi devant le minibar. « Au besoin j'en commanderai une caisse de grandes bouteilles au room service. Sur le compte de M. Bo Xiang. Lui aussi est un camarade. »

Le sarcasme échappa à l'inspecteur Khumalo. Il était maintenant à genoux devant le minibar et il vidait une petite bouteille de Mandarine Napoléon. Un instant plus tard, il vint apporter deux minibouteilles de vin blanc à Tony. Il en avait une autre, de rouge, pour lui-même. Son pas était manifestement moins assuré qu'à son arrivée.

Assis face à face, ils trinquèrent. « Évidemment, admit Khumalo après un silence, il y a aussi des choses que je ne comprends pas chez les Chinois.

– Vous m'en direz tant. Et pas seulement chez les Chinois.

– Ils possèdent absolument tout maintenant, dit Khumalo en ignorant ou ne captant pas l'ironie de Tony. Tout ce qui est up to date et hip. Les plus hauts immeubles. Le plus grand parc automobile. Les vins les plus chers. De plus en plus de chefs-d'œuvre internationaux. Ils ont tout ça. Il y a cinquante ans régnaient ici la censure et la famine. Et maintenant c'est la censure et l'abondance. Il n'y a pas un seul produit qui ne soit pas en vente, et même en deux versions. *The real thing* et une contrefaçon passable. Ces types sont capables d'imiter n'importe quoi.

– On ne peut pas leur donner tort », fit Tony pour dire quelque chose. Il entama sa seconde bouteille.

« Tu vois ce pistolet, là ? dit Khumalo. Au marché, au coin de la rue. Deux dollars. C'est effrayant ce qu'il a l'air vrai, seulement il n'y a pas moyen de tirer une balle. Du toc magnifique. On en trouve des milliers comme ça, à côté des fausses Rolex et des soi-disant iPhones et tout le reste. La plupart de ces camelotes ne sont même pas obligées de fonctionner. L'apparence, l'illusion, l'idée de possession, ça suffit pour les Chinois. Ils peuvent bien avoir plus de millionnaires que de maisons de thé, et ils peuvent sur toute la planète pomper sans arrêt plus de pétrole et de matières premières au nez et à la barbe des autres, en fait, ils sont avant tout accros aux symboles. Tu comprends ? Les petites images d'aujourd'hui de leur avenir radieux. En même temps, ils ne peuvent pas se détacher de leur histoire. Ils sont accrochés comme des moules aux brise-lames de leur glorieux passé. » Il contempla sa minibouteille vide. « Et si on commandait ces grandes bouteilles ? Et encore quelque chose à manger ? »

Avant que Tony ait pu dire quoi que soit, Khumalo s'était levé. Il tituba vers le téléphone posé sur une commode et commanda deux club-sandwiches et quatre bouteilles de vin blanc. Tony l'entendit dire : « Ce que vous avez de plus cher sur la carte. Et surtout qu'il ne vienne pas de France. Nous les soutenons déjà beaucoup trop, ces prétentieux. Ils ont niqué l'Algérie et ils ont fait un massacre à Madagascar. »

Il revint en souriant. « Où en étais-je resté ?

– Aux moules du passé, dit Tony.

– Eish ! rit Khumalo. Le passé ! L'histoire ! J'adore, mais parfois j'ai peur que ce soit un boulet à notre jambe. Trop de connaissances sur nous-mêmes et sur nos ancêtres, ce n'est pas bon non plus. Ça nous empêche de progresser de façon autonome. Tu comprends, Tony ? De choisir notre propre voie. La liberté, quoi. En fin de compte, c'est ça la question. Libre comme un aigle, libre comme un pélican. » Il ouvrit les bras et fit de lents moulinets comme si, de son fauteuil, il était prêt à prendre son envol. Sans avoir une bague ou une meule accrochée aux pieds. « Sans le poids mort de tous ces couillons qui se nomment nos ancêtres. » Il rugit : « Voler de nos propres ailes ! »

Tony replaça sur la table sa seconde minibouteille vide. Quelque chose de terrible menaçait. Tony le sentait venir.

« Dis-le-moi sincèrement, Tony, dit Khumalo, toujours moulinant au ralenti, si tu pouvais recommencer ta vie, hein ? Sans poids mort à tes chevilles. Tu oserais t'envoler ? *High in the sky.* Tu voudrais atteindre les étoiles ? Ou bien tu resterais tranquillement à te balancer sur ton perchoir dans ta volière. Hein ? » Il fixa Tony droit dans les yeux tout en moulinant. « Alors ? Hein ? Dis-le ! Tu aurais appris quelque chose de tes erreurs ou pas ? » Il se mit à émettre des roucoulements.

« Moi ? dit Tony pour gagner du temps.

– Qui d'autre ? cria Khumalo, avant de se remettre à roucouler.

– J'aurais une approche tout à fait différente de la vie, dit Tony à voix basse. Au moins, je ferais d'autres erreurs. »

Khumalo arrêta ses moulinets. « Faux ! beugla-t-il. Faux ! Faux ! Complètement faux ! » Il frappa du poing sur la table. Sous le choc, l'assiette sauta et tomba de la table, sans se briser, grâce à l'épaisse moquette. Khumalo n'eut même pas un regard pour l'incident. « Nous pouvons avoir n'importe quelle autre approche de la vie, n'importe laquelle, cria-t-il en pointant l'index dans le visage de Tony, nous ferons toujours les mêmes fautes ! Nous tous ! Exactement les mêmes fautes ! Mais, dit-il en ouvrant de nouveau les bras comme les ailes d'un albatros, au moins nous les ferons sans l'intervention des autres. » Il se remit à battre des ailes au ralenti sans quitter sa chaise. Sa voix était calme. « Au moins, nous ne pourrons pas rejeter la faute sur les autres, les étrangers. » Il planait au-dessus de l'une ou l'autre savane. « Tu comprends ?

– Non, dit Tony difficilement. Honnêtement, je n'y comprends rien, monsieur Khumalo. » Sa cage thoracique lui parut se refermer comme une fleur carnivore. Rien d'autre à faire qu'attendre l'arrivée des serveurs. Peut-être qu'eux pourraient entreprendre quelque chose.

Khumalo interrompit son vol pour sortir, d'une autre poche intérieure encore, un paquet de cigarettes et un briquet. « Ce que je veux dire, c'est que ces *motherfuckers* de Chinois viennent faire main basse sur les matières premières de mon pays et de mon continent. Et qu'en échange ils nous engloutissent sous un tsunami de produits bon marché qui nous submergent et nous étouffent. Nous nous laissons faire avec plaisir, d'ailleurs. » Il alluma une cigarette. « Nous sommes ainsi. Nous sommes des Cafres, et cafre ça veut dire crétin chez vous, non ? Nous n'avons pas peur de l'asphyxie. Nous avons l'habitude de nous contenter de peu. Pas d'air ou un air pourri, quelle différence ? » Il inhala profondément. « Les t-shirts gratuits que notre grand parti de la libération distribue à ses congrès, hein ? Des congrès où nos ministres proclament les uns et les autres que nos frères et sœurs de l'industrie textile méritent de plus hauts salaires. Ces t-shirts viennent d'ici, ils ont été fabriqués ici pour une poignée de cacahuètes. Tout vient d'ici. Avec l'aide d'un homme fort local pour amadouer nos marionnettes, là-bas chez nous. » Il cueillit un brin de tabac sur sa lèvre inférieure. « Il faut construire une autoroute sur notre continent ? D'une mine d'or à la côte, d'une mine de diamant à la côte, d'un puits de pétrole à la côte ? Il faut faire sortir de terre un tout nouveau port, qui ne sera évidemment qu'une filiale de Shanghai ? Les Chinois viennent construire ça eux-mêmes. Les Chinois amènent leurs propres ingénieurs. Les Chinois amènent leurs propres camions. Ils amènent leurs propres signaux de circulation et feux clignotants, ils amènent leurs ouvriers, ils amènent leurs putes. Mais merde ! Je n'en ai rien à foutre, Tony. C'est le progrès. On ne le freine pas, le progrès. Ce n'est pas ça, la question.

– Et c'est quoi, la question ? » demanda Tony du ton le plus neutre possible. Il n'y a pas de question, pensa-t-il, il n'y a que la terreur. Et celui qui en souffre et celui qui en jouit. À part ça, rien. Et pas seulement dans cette chambre.

« Où je veux en venir, dit Khumalo en soufflant la fumée, c'est que ces Chinetoques, avec toutes leurs exportations et tous leurs gratte-ciel, avec leur expertise et leur espionnage hautement technologique, ces mêmes Chinetoques croient en même temps aux lignes de la main et aux vieilles femmes qui lisent l'avenir dans les feuilles de thé. Exactement comme nos sagomas qui prédisent le temps qu'il fera avec des tripes de mouton et des os de poulet. » Il tira une grande bouffée. « Au marché, dans la rue d'à côté, où j'ai acheté ce semblant de pistolet. Eh bien ils y vendent aussi des remèdes traditionnels. Putain ! » Encore ce petit rire. « C'est pas de l'imitation cette fois. *The real thing*, Tony. On n'en croit pas ses yeux. Du vaudou chinois ! Des fœtus de rat marinés dans l'alcool. Des pénis de serpents dans le vinaigre, contre les fausses couches ou la rougeole. Des méduses et des hippocampes séchés, contre les verrues et les hémorroïdes. Il y avait aussi des dizaines de petites échoppes qui ne vendaient que des aphrodisiaques. Quel mot, hein ? » Il savoura les sons. « Afro ! Dizzy ! Yack ! » Il se tapa sur les cuisses mais se calma aussitôt. « Ils font copuler des salamandres et au moment où les bestioles atteignent l'orgasme, dans cette fraction de seconde d'égarement et d'euphorie que nous connaissons tous si bien, ils les aplatissent et ils les pressent entre deux planches. Ce qui en sort, les os, le sang, le sperme et tout le reste est mis à tremper dans de l'alcool de riz. Pour qu'un centenaire puisse faire un gosse à sa concubine de seize ans. » Il tira furieusement sur sa cigarette et utilisa une des petites bouteilles du minibar comme cendrier.

Tony espérait que s'il continuait à fumer ainsi, il finirait par déclencher l'alarme incendie. Il y avait des détecteurs partout. La fumée lui piquait les yeux et la gorge. Sa lèvre brûlait encore.

« Mais sais-tu, *dear* Tony, que leur remède le plus efficace est celui qui soigne les ennuis de prostate ? » Il écarquilla les yeux derrière ses gros verres de lunettes. « Ça ne se vend que sous le comptoir. Devine, tu as trois chances. » On entendit des coups polis frappés à la porte.

« Ce doit être le room service », dit Tony en se levant.

Khumalo le repoussa brutalement dans son fauteuil. « C'est un produit hors de prix, continua-t-il, même s'il est cent pour cent naturel. Un flacon de parfum contrefait coûte moins qu'un lumpia, mais deux grammes de ce truc miracle coûte plus cher qu'une voiture de sport. » De nouveaux coups furent frappés. Khumalo cria aux serveurs de poser la nourriture et la boisson sur le sol devant la porte. On entendit un bref remue-ménage à l'extérieur, puis plus rien.

« Ils le réduisent en poudre devant toi avec leurs magnifiques petites râpes anciennes en argent, dit Khumalo en se renfonçant dans son siège. Ils le râpent et ils le diluent dans leur thé vert. Les plus riches en saupoudrent leurs nouilles, comme on fait chez nous avec la noix de muscade sur le saucisson de campagne au barbecue. » Il laissa glisser son mégot dans le col de la petite bouteille et se leva. « Tu comprends maintenant où je veux en venir ?

– Plus ou moins, mentit Tony. Mais qu'est-ce que vous voulez y changer ?

– Rien, dit Khumalo en se dirigeant vers la porte. Je veux seulement ma part du gâteau. » Il heurta du genou la table basse, mais il poursuivit malgré tout sa marche chancelante. « Il ne faut pas être un génie, Tony, pour calculer combien une de tes cornes peut rapporter. Et les deux alors ! » Il entrouvrit la porte, jeta un coup d'œil à gauche et à droite, se pencha puis se redressa avec un gémissement, un plateau à la main. Il y avait déjà placé une des bouteilles. « Tu es mon investissement, mon placement à terme », dit-il en se déplaçant avec une prudence exagérée, parvenant cette fois à éviter la petite table. La bouteille vacilla. « Tu es la chance de ma vie.

– La chance ? Pourquoi ? » demanda Tony, qui regardait venir Khumalo avec son plateau comme s'il était un assaillant muni d'un lance-flammes.

– Le vrai début de ma vie, le dernier début. Ma retraite bien méritée », dit Khumalo, mortellement sérieux.

Il posa précautionneusement le plateau sur la table de salon. Les sandwiches étaient à trois étages comme il convenait, avec de la dinde et du lard, de la tomate et de la salade romaine, une poignée de crudités et une abondante portion de frites. Khumalo prit le tire-bouchon sur le plateau, il regarda par-dessus ses lunettes l'étiquette de la bouteille. « Ces connards ont quand même amené une saloperie française, grommela-t-il. Puligny-Montrachet. » Il haussa les épaules et enfonça le tire-bouchon dans le goulot sans même ôter la capsule de plomb. Le bouchon sauta avec bruit, Khumalo emplit les deux verres et reprit place. « *Bon appétit.* »

Tony était incapable de boire ou de manger. Il regarda Khumalo vider deux sachets de ketchup sur ses frites.

« Tu es en quelque sorte mon sauveur, Tony, dit-il tout en se léchant le bout des doigts, l'un après l'autre. Tu comprends ce que cela implique ? » Il ouvrit une grande bouche et enfourna un énorme morceau de son triple sandwich. Du poignet, il repoussa les lunettes sur son front. « Un rédempteur court le risque de devoir souffrir. Ne prends pas cet air idiot. Tu as travaillé dans une banque, tu sais ce que c'est. J'ai investi dans ce voyage. J'ai droit à un retour sur investissement. » Il engouffra une deuxième bouchée.

« Je vous en prie, dit Tony à voix basse, je n'ai rien à voir avec tout ça. Vous me prenez pour un autre.

– Nous savons tous les deux que c'est un mensonge.

– Ne faites rien que vous puissiez regretter plus tard.

– Qu'est-ce que tu dis ? Je ne te comprends pas. »

Tony le répéta, un peu plus haut.

« Mon regret dépendra de toi, dit Khumalo en haussant les épaules. C'est toi qui décides de ce qui va se passer. Mais je vais te dire une chose. » Il s'essuya la bouche avec la serviette qu'il venait de retirer d'entre l'assiette de sandwiches et le plateau. « Tu ne peux rien faire contre la douleur. Tu penses peut-être que oui, mais moi je sais que non. Je sais ce que c'est que la douleur, moi. Je l'ai ressentie dans mon corps. Je pensais aussi que je serais assez fort. Quelques heures ont suffi. Depuis lors j'ai mal tous les jours. La douleur est mon chien de compagnie. La douleur est ma meilleure amie. Je me lève avec elle, je fais le coup de poing contre elle et pourtant elle est là chaque fois que je me réveille. » De nouveau le petit rire. Mais il sonnait de plus en plus différemment, désespéré. Parfois il ressemblait plutôt à un sanglot. « Mon amie amène aussi ses propres copains. M. Calmants, M. Alcool. Le premier te donne des ulcères d'estomac, le second des divorces. Et les deux ensemble te donnent le délire de persécution. » Il reprit une bouchée. « Pourquoi infligerais-je un tel cercle d'amis à mon prochain ? » Il mâchonna. « Tu comprends, Tony ? » Il se tut.

« Je comprends, marmonna Tony après un long silence. Je comprends ce que vous voulez. » Il se leva. Lui aussi chancelait, mais ce n'était pas la boisson.

Cette fois, Khumalo ne le retint pas. Il se reversa un verre et entama le reste de son sandwich.

Quelques instants plus tard, Tony reprit place, le Louis Vuitton de Mme Bo Xiang sur les genoux.

À la vue du sac, Khumalo ricana. « Joli sac. Il vient aussi du marché du coin ? »

Sans répondre, Tony ouvrit le sac et posa les quatorze rouleaux de billets sur la table.

Khumalo cessa de mâcher. Il s'essuya les mains, ôta l'élastique qui maintenait l'un des rouleaux et agita les billets en éventail en sifflant entre les dents. « Tu gardes ça ici, sans les cacher ? » Son visage ne trahissait ni joie ni stupéfaction. Il tint un billet face à la lumière.

« Tout est pour vous, marmonna Tony.

– Excellent, fit l'autre en hochant la tête. Ça me semble amplement suffisant.

– Vraiment ? » demanda Tony. Avec de nouveau, malgré tout, cette étincelle d'espoir, le plus trompeur de tous les remèdes.

« C'est certain, dit Khumalo en replaçant l'élastique autour des billets. Avec ça, sa petite fille sera tirée d'affaire pendant des années.

– Une fille ? Quelle fille ? » Le sol se dérobait de nouveau sous Tony.

Khumalo montra la poche dans laquelle il avait remis les photos de l'homme mort. « Sa petite fille infirme. La gamine dont il essaie de s'occuper depuis la naissance. Le père est un connard, évidemment, il n'aurait jamais dû t'aider, il avait mérité une punition. Mais est-ce qu'il devait mourir ? D'une façon aussi bestiale ? » Il reprit son verre en main. « Cette enfant ne doit pas être la victime. Ce ne serait pas juste.

– OK, dit Tony après un silence. Si c'est pour sa petite fille. Soit. Alors tout est réglé et réparé.

– Je ne pense pas », dit Khumalo. Il pressa le reste des sachets de ketchup au-dessus des frites. Celles de Tony, cette fois. Il avait fini les siennes. « Et qu'est-ce que je deviens, moi ? »

Tony ne sut que répondre.

« Tu n'es pas le premier qui vient flinguer un rhinocéros sur une commande de M. Bo Xiang. Visiblement, lui aussi, il aime l'histoire, ce Bo Xiang. L'histoire antique. Les Grecs, les Romains, les Huns. Toujours la même chanson. Même la Bible n'y échappe pas. » Il entama la portion de frites de Tony. « Un héros se voit confié une tâche insurmontable par une personne puissante. Le héros succombe ou bien il se hausse au-dessus de lui-même. Jason et Hercule, pour n'en citer que deux. Tu n'as pas appris ça à l'école ?

– Naturellement, dit Tony. Ça va de soi. » Il n'avait plus envie de toucher à ses frites. Il buvait d'autant plus.

« Pas moi, fit Khumalo pensivement. J'ai dû apprendre ça tout seul, et il y avait longtemps que je n'étais plus un enfant. » Il semblait prêt à sombrer dans une rêverie, mais il se ressaisit. « Une mission de ce genre, dans l'Antiquité, ça rapportait beaucoup tout de suite. Un troupeau de bétail, une toison d'or, une ceinture d'amazone, une nuit de noces torride. Mais le véritable gain venait plus tard. » Il saisit la bouteille et en versa le fond dans le verre de Tony. « M. Bo Xiang aussi impose un test à ses proches collaborateurs avant de leur confier les secrets de son empire. Plus haut est le poste à atteindre, plus dure est l'épreuve. Plus cruelle est l'épreuve, plus le lien avec M. Bo Xiang sera fort. » Il se leva et se redirigea en titubant vers la porte. « Vous n'en êtes encore qu'au début d'une collaboration spectaculaire. Je me trompe ?

– J'espère que non, marmonna Tony. J'espère fermement que M. Bo Xiang ne m'oubliera pas. »

Khumalo revint avec les bouteilles restantes, qu'il portait dans ses bras comme de jeunes chiots. « Il ne faut pas que tu me voies comme un mendiant qui vient tendre la main, Tony. Ce temps-là est révolu. Cette espèce de cafres est morte. Il faut me voir comme le principal détenteur d'actions de ta carrière. Le gâteau ? Ce ne sont pas ces cornes, mais ce qu'elles représentent dans ton parcours actuel. Et c'est de ce gâteau-là que tu vas me donner une bonne petite part ici et maintenant. » Il fit sauter un autre bouchon sans ôter la capsule. « Appelle ça répartition, Tony. Appelle ça warrants ou Black Economic Empowerment, appelle ça comme tu voudras. Mais j'y ai droit. » Il emplit les deux verres jusqu'au bord.

« Comment voulez-vous que je la crache, cette petite part ? » demanda Tony. La boisson ne le libérait pas de son angoisse. Il voyait des taches devant les yeux. « Je viens de vous donner tout l'argent que je possède. Vous allez l'offrir à la gamine infirme d'un type que vous et moi ne connaissons ni d'Ève ni d'Adam. C'est aussi de la justice, ça ?

– C'est de l'ubuntu. L'humanisme noir, rit Khumalo. Tu n'y comprends que dalle. Et ça ne change rien. Tu as une dette envers moi.

– Et pourquoi donc ? dit Tony à voix à peine audible.

– Tous ces jours-ci, j'ai joué le larbin zélé pour toi, expliqua Khumalo. J'ai effacé toutes les traces derrière ton cul. Le témoignage écrit du vendeur de ta hache. Le témoignage du personnel de l'aéroport de Maputo. La liste des passagers de ton vol. J'ai rangé tout ça dans un petit dossier. Il ne tient qu'à toi de faire disparaître ce petit dossier.

– Comment ça ? » Tony savait très bien ce qui allait suivre. Il ne voulait pas l'entendre.

« Tu ne vas pas me raconter que tu n'as pas une petite cagnotte sur une île exotique ? J'ai lu ton dossier, j'ai été pris de vertige devant les sommes. Je connais les types de ton acabit. Un petit coup de téléphone plus quelques mots de passe et l'affaire est dans le sac. Fais-le. Je ne suis pas un mauvais bougre. Crois-moi, Tony.

La violence, c'est pas mon truc. Tiens ! Je vais même mettre de côté ce pistolet de carnaval. » Il jeta la fausse arme dans un coin de la chambre. « Donne ce coup de téléphone. Je n'ai pas besoin de la totalité. On va faire un arrangement honnête. » Il rit. « Allez, elle est où, ta tirelire ? Les Îles Cook ? Chypre ? Dis-le. Jersey ? Les Bahamas ? » Il se pencha vers Tony comme vers un ami cher. « Dis oui ! Dis oui au larbin qui a traversé le feu pour toi. »

Et Tony dit oui. Paralysé par l'angoisse et plus tout à fait sobre. Lui qui s'était juré de ne jamais révéler son secret, même sous la torture, il le lâcha avant même qu'on lui inflige la moindre souffrance. Il craqua parce qu'il savait qu'il allait craquer.

Sur l'ordre de Khumalo, il donna quelques coups de téléphone – avec son propre smartphone. Les numéros, les codes, les mots de passe, il connaissait tout par cœur, il les récita bien sagement. Ce qui devait être dans ses vieux jours une poire pour la soif devint ainsi la rançon pour un meurtre qu'il n'avait pas commis.

Mais, comme le décalage horaire avec les Bahamas était d'une demi-journée, le calvaire de Tony allait durer plus longtemps encore qu'il ne l'avait craint. Bien plus longtemps que la fois où, avec feu Mme Bo Xiang, il avait dû attendre dans la *casa de turistas* que Mme Mercedes reçoive des Îles Vierges une confirmation de paiement.

Et pendant ces longues heures passées à languir au centre d'une mégalopole chinoise, ni la fatigue ni la boisson n'empêchèrent Khumalo de discourir à perdre haleine. En partie pour tuer le temps, en partie pour tenter de se justifier, il fit en long et en large le récit de sa jeunesse et des péripéties ultérieures de son existence.

Si l'inspecteur avait été menaçant et brutal au début de sa rencontre avec Tony, son ton devenait de plus en plus amène à mesure que le soir faisait place à la nuit apaisante. Ensuite Khumalo, tout aussi soûl que son otage, commença à s'excuser pour ce qu'il lui faisait.

Et au moment où, à l'aube, le coup de téléphone libérateur arriva enfin des Bahamas, l'inspecteur avait même acquis le sentiment qu'entre Tony et lui avait été plantée la graine de l'herbe forte et miraculeuse qui se nomme amitié. Parce qu'il s'était trouvé enfin quelqu'un qui avait écouté en silence et apparemment avec sympathie l'amer récit de sa vie.

Lui, Vusi Khumalo. Combattant de la liberté, trahi par ses camarades.

2...... *Afrique australe (années quatre-vingt et plus tard)*

« DANS LA BIBLE, TONY, C'ÉTAIT SAINT PAUL qui était jeté à bas de son cheval par un éclair de Dieu. Moi, l'éclair qui m'a terrassé, c'était une BMW. Pas la bagnole en elle-même, blanche comme neige, avec des jantes en alu, un spoiler et des vitres teintées. C'est une inscription qui m'a frappé de stupeur et a été la révélation. Elle s'étendait de chaque côté sur les deux portières, dans les couleurs de lutte du parti dont j'ai été membre depuis ma jeunesse.

Je suis toujours partisan de la lutte. Mais ce parti n'est plus le mien.

Je savais déjà jouer aux échecs quand j'ai atterri en prison pour la première fois. C'est seulement plus tard que j'ai appris à lire. Et que j'ai aussi appris la tactique et la géographie. Et l'anglais. Même un peu de Shakespeare. *Jules César*. La pièce était populaire chez nos leaders. "Le lâche meurt plusieurs fois avant de mourir, un héros n'éprouve qu'une fois le goût de la mort." Les vers de ce genre, je les connaissais par cœur.

C'est en taule que j'ai appris à calculer et à faire des plans. La discussion ? Jamais. Je me fâchais, même quand il ne s'agissait que d'un exercice. Sparring-partner comme boxeur ? Pas de problème. Mais un jeu de rôles dans une dispute ? Au bout de dix minutes j'étais de nouveau en train de boxer, pour de vrai, soudainement et sans raison précise. À la longue, plus personne ne voulait débattre avec moi. Ce qui a augmenté mon retard. Je m'en rendais bien compte, mais je ne pouvais rien y faire. J'aurais pu aller beaucoup plus loin dans la vie, peut-être même au parlement ou au gouvernement, comme tant d'autres dont la taule a été l'école.

Mais il aurait fallu que j'apprenne à mieux me dominer.

Déjà, le type qui m'a vendu ma première carte du parti m'avait dit ça. Il ne me l'avait pas vendue. Je n'avais pas d'argent, il me l'a donnée. Pas par compassion. Il avait remarqué le talent. Mais il m'a dit aussi : "Vusi, domine-toi. Celui qui n'arrive pas à se maîtriser ne peut pas devenir un leader. Et un mouvement sans leaders, qu'est-ce que c'est ? Une tragédie."

Et le temps lui a donné raison. Au sujet du parti. Et de moi. J'ai été arrêté inutilement, une première fois. Parce que, déjà, j'étais trop stupide et trop vaniteux pour me taire. J'ai même été trop arrogant pour m'enfuir.

Ce que je disais était apprécié. Et puis j'étais futé. Et rapide. Nos agents de police n'étaient pas habitués à ça. Certainement pas à cette époque. Tu te les imagines, Tony ? Oncle Koos et Oncle Kees. Des lourdauds de Boers en uniforme. Ils ont le nez écrasé et les épaules d'un rugbyman à la retraite. Ils essuient leur large cou rouge avec un mouchoir blanc qui est aussi grand qu'une demi-serviette de bain. Ils se grattent derrière l'oreille en chou-fleur et ils se lancent des jurons, dans leur langue rocailleuse comme un hennissement.

Ils sont contrariés. Toute leur unité est contrariée. Nous sommes au début des années quatre-vingt. Devant eux, une école bantoue est en flammes. La fumée monte, la circulation est arrêtée, un groupe d'émeutiers est là, à fêter la chose avec des cris de défi.

L'un d'entre eux, un gamin noir, ne s'enfuit pas. Même après que les manifestants ont commencé à lancer des bâtons et des pierres. Pas non plus quand les Boers répondent avec des lacrymogènes et des balles en caoutchouc. Ce morveux reste même tout seul sur place quand Oncle Koos et Oncle Kees se décident à charger avec leurs matraques et leurs sjamboks. Tu sais ce que c'est, un sjambok, Tony ? Un fouet fait de cuir d'hippopotame. Inusable. Ces bêtes passent toute leur vie dans l'eau sale et leur propre merde. Ça leur donne une bonne peau.

Les premiers ne m'ont même pas frappé. Ils sont passés en courant à côté de moi. Étonnamment rapides, comme si, malgré leur surpoids, ils voulaient encore marquer un dernier essai. Ce n'est qu'au cinquième que j'ai morflé. Heureusement que je ne me suis même pas baissé, sinon il aurait touché ma figure et j'y aurais peut-être perdu un œil, ou le nez. Il m'a seulement cassé une clavicule.

Je m'étais persuadé que je n'aurais pas mal, parce que je ne voulais pas avoir mal. Mais ce n'est qu'une heure plus tard, quand ils en ont eu fini avec moi et que je me suis retrouvé en taule, que je n'ai plus rien senti. J'étais tombé dans les pommes. Oui, là aussi je n'avais pas pu fermer ma gueule, clavicule cassée ou pas. Ç'a été ma première rencontre avec Oncle Torture et Oncle Douleur. Avec le temps, ils sont devenus mes meilleurs copains. Mon club d'échecs *from hell*.

Je tiens ma grande gueule de mon père. Pas directement de lui, mais de son absence. C'est du moins ce que disait ma mère. Elle le disait souvent. Elle n'a jamais voulu me révéler qui il était, mon père, ou s'il vivait encore, ou s'il savait que j'existais.

Alors je m'imaginais qu'il travaillait dans les mines d'or comme chef d'équipe, et qu'on ne le voyait jamais parce que les Boers ne voulaient pas nous donner de laissez-passer, à ma mère et à moi, pour qu'on puisse aller le rejoindre, même pas pour un week-end. Et lui non plus ne pouvait pas se déplacer, il ne pouvait pas quitter le compound de la mine, parce qu'il était trop dangereux. Un rebelle, voilà ce que j'en avais fait. Jusqu'au jour où j'ai entendu une voisine de notre township gueuler qu'il était un ivrogne débile qui avait violé ma mère et qui s'était enfui. Et que ma mère avait joui, a aussi dit cette salope. J'ai rossé ses deux fils sans que ces malheureux sachent pourquoi. J'étais grand et fort pour mon âge. D'ailleurs, eux non plus n'avaient pas de père. Il était mort empoisonné. Trop d'alcool à brûler, parce qu'il trouvait la bière trop chère.

Je préférais encore un père absent.

J'ai tenté de compenser le sentiment de manque avec ma grande gueule. Ma mère m'a toujours dit : “Tu ne pleurais jamais, tu as roulé hors de mon ventre en jurant et depuis tu n'as plus cessé.” Je lui faisais penser à mon père. C'est ce qu'elle disait. Très rarement. Je ne pouvais pas voir à son air si cet aveu lui faisait plaisir ou si c'était le contraire.

Quoi qu'il en soit, j'ai commencé à l'insulter. J'étais furieux contre elle. Parce que moi-même j'étais la seule chose qui restait de mon père et qu'elle était la seule à pouvoir le remarquer. Je lui ai lancé les pires injures à la tête. Je lui ai crié que moi aussi, après avoir tiré un seul coup raté avec elle, je me serais enfui. Que je serais aussi devenu pochard, si j'avais été obligé de coucher avec elle – une truie avachie qui puait la bière et la bouillie de mil. Au début elle me battait. Puis elle a cessé. Surtout quand j'ai commencé à frapper en retour.

Mon Dieu, quand je repense à tout ça, Tony ! À mes années d'adolescence et à ma mère grassouillette. J'en deviens cafardeux. Et à ce moment-là j'ai besoin d'une pilule, et pas seulement à cause des cicatrices sur mon dos et la plante des pieds. Pourquoi ai-je injurié ainsi cette pauvre femme ? Pourquoi ne l'ai-je pas soutenue ? Pourquoi personne ne l'a soutenue ? Le plus grand scandale de notre continent est le sort de nos femmes.

Pas que j'aie fait mieux plus tard. J'ai été marié trois fois et j'ai traité mes trois femmes d'une manière scandaleuse. Je les ai trompées, je les ai engueulées comme du poisson pourri, il y en a une que je battais régulièrement et je les ai quittées toutes les trois avant qu'elles ne me larguent. Je n'en suis pas fier. J'avais pourtant la ferme intention de faire beaucoup mieux. Mieux que les autres types, mieux que mon père. Mais à ce moment-là j'avais déjà fait la connaissance de mes meilleurs amis, mon club d'échecs. Oncle Torture, Oncle J'peuxpasdormir. Ils venaient s'interposer entre chaque femme et moi.

La quatrième fois, je ne me suis pas marié. J'avais pourtant l'occasion. Pamela. Elle était assez belle et maligne. Elle me comprenait, elle allait me consoler, m'offrir une nouvelle vie. Je me suis enfui comme fiancé avant de pouvoir la larguer comme mari.

La première fois que je suis sorti de taule, encore tout étourdi par les coups de matraque et les coups de pied, ma clavicule à peine guérie – j'avais treize ou quatorze ans – je n'ai plus retrouvé notre cahute, notre *shack,* dans le township. Il y en avait une autre à notre emplacement. J'ai reconnu une des tôles ondulées, ils s'en étaient servis comme mur. Mon nom était gravé dessus. J'ai gueulé, les poings déjà serrés : "C'est à nous, cette tôle ! Où est le reste ? Où est ma mère ?"

Les quelques personnes qui se risquaient à parler m'ont dit qu'elle était morte. On n'a pas pu me montrer de tombe. D'autres m'ont dit qu'elle était morte dans son sommeil et qu'elle avait ensuite été enlevée par les autorités et enterrée comme un chien. Après ça, on avait pillé notre *shack* et on y avait foutu le feu. C'est ce que tout le monde disait.

J'ai tout de suite soupçonné les deux fils de la commère d'à côté. Je les ai de nouveau rossés. Mais ils juraient qu'ils n'étaient au courant de rien. J'ai continué à les tabasser. Ce n'est que plus tard que j'ai appris que ma mère avait déménagé de son plein gré. Qu'elle avait eu un accident, en route vers son village natal sur la Wild Coast. Dans un taxi-bus pour dix personnes avec seize passagers à bord et quatre pneus usés. Virage manqué. Ça arrive souvent. Maintenant encore. On l'a enterrée au bord de la route, même pas dans son village natal. Ses papiers n'étaient pas en règle, ou bien il n'y avait pas assez d'argent pour le reste de la course, qui le saura jamais ? Et qu'est-ce que ça changeait ? Elle était morte, j'étais seul.

Je me suis donc choisi une autre famille. Nous étions des dizaines de milliers. Mon parti. Il m'a donné plus que je n'ai reçu de n'importe qui. Et je n'étais pas le seul dans ce cas. Jusqu'aujourd'hui. Quoi que nos adversaires aient pu raconter comme calomnies et comme mensonges.

Les premières années ont été les plus belles. Pour moi, en tout cas. Malgré tout. La lutte était simple et juste. Il fallait que nous brisions nos chaînes et après cela tout irait mieux.

Le combat contre moi-même était plus compliqué. La confusion, c'est ce qui me reste le plus en mémoire. Pas l'angoisse, pas la fierté, pas l'espérance. Elles y étaient, pleinement. Mais mon incertitude était la plus forte. Je la cachais derrière la dureté, l'audace. Personne ne chantait et ne dansait et ne scandait plus fort et avec plus de conviction que moi. Toujours au premier rang. C'est comme ça que je me suis retrouvé en taule des tas de fois. *No problem.* C'était mon école, mon instruction, et mes camarades étaient mes professeurs. Je leur en serai reconnaissant jusqu'au dernier soupir.

Mais ce qu'ils me faisaient faire dehors ? Dans la réalité sans barreaux ? C'était parfois l'exact contraire de ce qu'ils m'avaient inculqué comme idéaux. Je ne rouspétais pas. J'étais fier de leur confiance, j'étais la recrue rêvée. J'étais seul dans la vie, j'étais un costaud, je me contentais de peu et quand je me foutais en rogne je n'avais peur de rien ni de personne. En plus, j'étais heureux de la moindre tape sur l'épaule, de chaque mot amical, de chaque cigarette partagée. Le soldat parfait.

Je me sentais tout-puissant. Mon devoir avait une utilité, les morts et les blessés étaient inévitables. Nous n'avions pas choisi la violence. On nous l'avait imposée, nous avions épuisé tous les autres moyens. Mais l'ennui avec la violence, Tony, c'est que c'est un cafard. Il n'y a pas une bête qui se reproduise aussi frénétiquement, dans chaque trou, dans chaque crevasse. Tu en vois un et tu sais déjà que cent autres vont suivre. Moi, j'ai commencé comme gardien et comme courrier. Quatre mois plus tard, je combattais déjà dans les États voisins, les *Frontstaten*. Une sale guerre, comme toutes les guerres. C'est aussi vieux que le monde, aussi vieux que le soleil. On parlait de Jason et d'Hercule tout à l'heure, eh bien, en Namibie et en Rhodésie j'ai souvent pensé à Troie. Il y avait un des Boers là-bas. Son nom était Eugene de Kock. Ça ne te dit rien, Tony ? Non ! C'est tout de même étrange, tu ne trouves pas, que nous soyons obligés de savoir tant de choses de vous et vous rien de nous ? C'est peut-être l'essence de toute domination. Celui qui subit doit faire des efforts pour rattraper l'autre, la vie durant. Celui qui domine peut rester indifférent à tout. Il ne se rend même pas compte qu'il se régale de cette indifférence. C'est ça, le pouvoir.

Eugene de Kock était un garçon tranquille dans sa jeunesse. Il avait été refusé par l'armée de son Peuple. Parce qu'il bégayait, ont dit les psychiatres plus tard, à son procès. C'est possible. Les Boers ont une sorte de lien sacré à leur langue. Mais Eugene avait envie de se battre. Il se voyait en officier. Son père, membre du Broederbond, lui avait mis ça dans la tête. Tu deviendras officier, mon fils ! Et voilà que son fils ne pouvait même pas être soldat de première classe, à cause d'un défaut de langage ? Donc, on a fait de lui le leader d'un escadron de la mort clandestin. L'un des nombreux de ce genre. Le sien est devenu légendaire.

J'ai vu de mes yeux l'un de ses travaux d'Hercule. Il avait capturé quatre de nos camarades. Il leur a fait briser quelques os et les a fait attacher sur le capot de ses *casspirs*. Les véhicules blindés derrière lesquels ses hommes suivaient à pied dans le bush, armés jusqu'aux dents. Pour nous pourchasser, nous les communistes, les antéchrists, les cafres arrogants. Cafre, c'est un mot du Coran. *Kaffir*, incroyant, infidèle. Amené par les esclaves malais et adopté par les descendants des Hollandais. Ils n'ont même pas voulu inventer un nom pour nous. Ils ont préféré singer des demi-Arabes.

Quand tu vois arriver sur toi un énorme véhicule blindé, Tony, avec un bouclier humain ? Un de tes copains, qui gueule et qui saigne, qui essaie de se libérer de ses cordes ? Hurlant de douleur à chaque cahot parce qu'il a les bras et les jambes brisés ? Eh bien ? Nous avons tiré dessus de loin et nous les avons tués. Même s'ils ne nous suppliaient pas de le faire. Pour leur éviter encore plus de souffrance. Chacun de nous le savait : on pouvait très bien se retrouver soi-même sur le capot d'un casspir. Ligoté comme un agneau. Et on se ferait tirer dessus par notre meilleur ami. Moi-même j'ai pressé plusieurs fois la détente. Oui, à cette époque, j'avais encore des camarades. Ou ce qui en tenait lieu. Quand tu combats, tout type à côté de toi est un camarade. Quand la lutte est finie, tu préfères ne plus jamais les revoir. Tous les souvenirs ne font pas plaisir.

Je ne dirai pas que la cruauté était moins grande dans notre camp. Personne ne peut prétendre ça, parmi ceux qui ont combattu sur cette sorte de front. Davantage une guérilla qu'un champ de bataille.

Les Boers savaient bien cela. Ils avaient eux-mêmes dû lutter de cette façon-là contre les Anglais, dans le temps. Des commandos, encore à cheval à cette époque. Parfois j'avais l'impression qu'ils nous en voulaient pour ça. Qu'ils étaient vexés, les Boers, parce que nous osions les combattre avec les tactiques qu'eux-mêmes avaient employées contre leurs oppresseurs. Il faut dire que ces connards d'Anglais ne s'étaient pas montrés sous leur meilleur jour. Les camps de concentration ? Ils ont été inventés chez nous, les Britanniques contre les Boers, blancs contre blancs. Il suffit de lire quelques livres là-dessus. Des dizaines de femmes et d'enfants rassemblés derrière des barbelés, et leurs fermes qui brûlaient dans le lointain, des panaches de fumée à l'horizon. Et eux, ces femmes, ces enfants, y compris les nourrissons, mourant de faim, déshydratés, fauchés par les maladies. Je ne vais pas justifier les Boers, mais quand on voit par où ils sont passés… L'oppression, c'est une roue. Celui qui est écrasé par elle sera d'autant plus acharné quand il s'agira de la faire rouler sur quelqu'un d'autre. Le criminel le plus dangereux est une victime.

C'est sans doute à cause de ça que, dans notre camp, ça ne s'est pas toujours fait de la façon la plus propre. Je le reconnais honnêtement. J'en suis une victime, moi aussi. À un certain moment on m'a accusé d'être un traître. Notre destin ne pouvait être pire, plus affreux. *Umkhonto we Sizwe*, c'était le nom de la branche armée de notre parti : La Lance de la Nation. Je l'ai sentie, la lance de la nation. Pas seulement dans mon dos.

Il y avait une taupe dans nos rangs, ou alors c'est que les techniques d'espionnage des Boers étaient meilleures – ils avaient le soutien des Américains, des Anglais, encore et toujours les Anglais, et puis aussi d'Israël. Nous, on avait qui ? Les Russes et les Cubains. On pouvait s'estimer heureux si leurs lampes de poche duraient plus d'un an. Mais leurs fusils mitrailleurs, ils étaient géniaux. L'AK-47. Ça, c'est une authentique arme communiste, Tony. Ça tire avec n'importe quelle munition, sans distinction. À la longue, on avait l'impression qu'on pouvait y fourrer des noyaux de cerise, dans l'AK-47, et que malgré tout on pouvait semer la mort et la destruction.

Je m'égare. Sans doute parce que je n'aime pas trop raconter les heures les plus noires de ma vie. Cette semaine-là on était sous le feu tous les jours. On tombait d'embuscade en embuscade, on était bombardés avec la plus grande précision. Nos communications étaient interceptées, tout le monde en était certain.

Et voilà que brusquement, la taupe, le rat, c'était moi.

Je ne sais pas qui a décidé ça, ni sur la base de quoi. On disait que l'un des agneaux du sacrifice attaché sur le capot d'un casspir s'était mis à gueuler qu'il avait été trahi et que je l'avais achevé avant qu'il puisse terminer ce qu'il avait à dire. C'était suffisant pour que le destin vous frappe en ces temps-là. Un soupçon et une anecdote en guise de preuves.

Je ne sais plus combien de temps ça a duré, ni ce qu'ils m'ont fait précisément. Ma peau peut raconter une partie de l'histoire, si je te montre les cicatrices sur mon dos, mes plantes de pied, ma poitrine, mon bas-ventre. Mes cauchemars racontent l'autre partie. La plus pénible. Il n'y a aucune pilule pour remédier à ça, aucun thé d'herbes, aucune salamandre écrabouillée.

J'étais à demi mort quand on a découvert le vrai rat. Ce pauvre idiot joue même un rôle dans mes mauvais rêves. Chaque nuit, ses bras sont attachés derrière le dos, il est à genoux et à son cou pend un pneu rempli d'essence. Il prie et supplie et malgré ça, chaque fois, quelqu'un y jette une allumette enflammée.

J'étais prié de considérer qu'assister à l'exécution était une consolation pour moi. Mais j'ai toujours pensé que cela devait me servir de dernier avertissement. Ça, c'est le pire dans la trahison. Elle te colle à la peau pour toujours, le napalm n'est rien en comparaison. La suspicion de ta faute t'environne comme une odeur corporelle, tout le monde se pince le nez. Je ne crois même pas qu'il s'agisse de la méfiance qui continue. C'est plutôt la honte de ce qu'on t'a fait endurer. Dans leur for intérieur, ils souhaitent qu'on découvre tout de même le rat qu'on avait vu en toi. Ça atténuerait leurs remords. D'ailleurs, après moi, pas mal sont vraiment devenus des rats après une torture injuste. Si on répète assez souvent à quelqu'un qu'il est un voyou, il finira par se comporter comme un voyou.

Pas moi. Jamais. Je trouvais horrible et injuste ce qu'on m'avait fait, mais je l'acceptais. Je me disais tous les jours que c'était normal que des drames arrivent en temps de guerre. La Lutte était tellement plus grande et plus importante que mes propres ennuis et tourments. Au moins, j'étais encore en vie, tellement d'autres l'avaient perdue, alors pourquoi se plaindre ? Personne ne m'avait soufflé ça, je m'en étais convaincu tout seul. Je trouvais même compréhensible, bien que ce fût douloureux, que l'on ne m'ait plus jamais vraiment fait confiance après mon interrogatoire. Quand j'entrais quelque part, les types chuchotaient, ou se taisaient, ou alors ils riaient trop fort pour une bêtise quelconque. Je ne recevais plus jamais de véritables informations. J'en étais content. Celui qui ne sait rien ne peut pas passer pour un rat. Et ça me laissait beaucoup de temps pour lire.

Mais comme je ne savais pas grand-chose, à la longue on m'ignora de plus en plus. Pour les promotions ou les déplacements. On demandait de moins en moins mon avis. Jusqu'à ce qu'on finisse par considérer que je n'avais d'avis sur rien.

Ça aussi, je l'acceptais. J'étais un rouage insignifiant. Du moment que nous allions vers la victoire. Un jour.

Et la victoire est finalement venue, Tony. J'ai cru jusqu'au dernier moment qu'on allait échouer, c'étaient mes mauvais rêves qui me faisaient penser ça. J'ai cru qu'on nous arnaquait, qu'on nous attendrait avec de nouveaux escadrons de la mort, de nouvelles armes lourdes. Qu'on nous faisait sortir de nos refuges sûrs soi-disant pour négocier la paix, mais qu'on concoctait en même temps des plans pour nous exterminer une bonne fois pour toutes. Et il est vrai que dans ces années de transition, il y a eu étonnamment beaucoup d'attaques, c'était suspect. Des raids sur des trains, des taxi-bus, des attentats et des règlements de compte, la violence pour la violence. Beaucoup de ces incidents-là étaient mis en scène par un État dans l'État, j'en suis encore convaincu. Un vieux crocodile fait le mort, mais il te saute dessus aussitôt que tu t'approches trop. C'est pour ça que j'étais contre les négociations. J'avais accumulé trop de douleur et de colère pour croire en un avenir sans guerre civile. Je ne savais même pas si je préférais un tel avenir.

Et puis tout de même, le jour est venu où j'ai bien dû y croire, Tony. Je ne peux dire qu'une chose. Je souhaite à chacun de connaître un jour comme celui-là dans sa vie. Un seul jour. Savoir et sentir que tu peux être libre. Que tu n'as pas existé pour rien.

Je me trouvais au Cap, sur la Parade, la place centrale près de la gare. De cette gare étaient sortis pendant des heures des masses de gens, chantant, scandant des slogans, dansant le toy-toy par dizaines de milliers. Le bruit des chants et des pas lourds roulait à travers la Ville-mère, à travers tout le City Bowl, entre Lion's Head et Devil's Peak jusqu'au flanc du Tafelberg, puis redescendait, revenait à la Parade. Une interminable vague triomphale. Cela se passait peu après nos premières élections démocratiques.

Sur le balcon de notre ancien hôtel de ville colonial – qui deviendrait plus tard la bibliothèque que je connaissais si bien, où j'empruntais les chefs-d'œuvre du comte Tolstoï et de Chinua Achebe – sur ce balcon est apparu d'abord un poète lauréat. Pieds nus et enveloppé dans ses traditionnelles et ridicules peaux de bête. Mais aussi disant ses vers magnifiques de son impressionnante voix rauque venue des temps lointains, des temps où les poètes n'avaient pas besoin de livres pour faire de la poésie. Shakespeare aurait pu y prendre une leçon. Puis est venu notre archevêque. Notre clown nain sacré, dans sa tout aussi traditionnelle robe sac, une sorte de tente violette avec des manches et puis cette petite kippa comique sur le crâne. Je ne vois pas d'autres mots pour ça, une kippa, même s'il est anglican. Lui aussi s'est mis à réciter ses propres poèmes de joie, son hymne, avec son nez de travers et ses yeux de Popeye, son rire communicatif, sa voix aiguë et ses bras en ailes de moulin. "*We're free ! We're free at last !*"

Et puis il est venu. Lui. Madiba, notre leader, notre père, notre Nelson. Avec son costume modeste, sa vieille tête grise et sa voix sèche, disons-le carrément, sa voix terriblement monotone. Mais alors il a commencé son discours ! Pour la première fois en tant que président élu !

Tous les chœurs, tous les groupes se sont tus. Les dizaines de milliers de voix sont restées muettes, la vague qui roulait à travers le City Bowl s'est arrêtée. Et dans ce silence surhumain on n'entendait pas seulement sa voix. On entendait la terre tourner. Je te le jure, Tony. Je ne crois pas en Dieu, plus depuis mes épreuves en Rhodésie, et l'humanité j'ai cessé d'y croire aussi. Mais je te jure que j'ai entendu la terre tourner quand Mandela a pris la parole ce jour-là. Les montagnes autour du City Bowl retenaient leur souffle, les deux océans, comme deux bras entourant la presqu'île du Cap nous berçaient doucement sur la cadence de notre cœur commun. Il y a encore du vin ? Prends-en encore un peu, Tony. À Madiba ! À ses épreuves ! À sa force ! *Amandla ! Viva !*

Mais, bien sûr, ça reste un homme. Lui aussi a fait des fautes. Il n'a pas vendu notre peau assez cher. C'est ce que je pense. Il était tellement conciliant qu'il est devenu le noir le plus populaire de l'histoire parmi les Boers et bien au-delà. C'est comme ça que les blancs aiment bien voir leurs nègres : modérés et bien élevés et sans trop d'idées de revanche. Pour un autre que Mandela, je ne me serais jamais résigné à la réconciliation nationale. Pourtant je l'ai fait. Je ne le regrette pas. Il le vaut bien. Il n'y a pas d'homme qui ait jamais foulé le sol de notre planète que j'admire plus que lui. Mais il y a une chose que je n'ai jamais comprise : comment un aussi grand homme peut faire des discours aussi barbants et pourtant aussi irrésistibles.

Eish ! Tu aurais dû voir ça, Tony. Sur la Parade. Cette foule, cette atmosphère ! Quelle journée !

En même temps on est conscient, à ce moment-là déjà, qu'un jour pareil ne reviendra plus jamais. Au contraire. Tu sais qu'un autre jour viendra, des années plus tard, où tu seras de nouveau jeté à bas de ton cheval par un éclair. Parce que tu te rends compte que ta vie sera trop courte, et celles de tes imaginaires enfants et petits-enfants aussi, pour vivre le moment où tout sera définitivement rentré dans l'ordre. Les libérateurs ne sont pas nécessairement de bons dirigeants. C'est peu dire. Et un gouvernement sans dirigeants ? Ce n'est même plus un drame. C'est une catastrophe.

Je n'aime pas dire ça. Il y en a beaucoup qui prétendent que chez nous rien n'a changé, rien ne va mieux. Ceux qui disent ça sont surtout les lâches qui ont émigré et les connards qui ont soutenu les Boers jusqu'à la fin. Ils estiment qu'au contraire tout s'effondre, comme au Zimbabwe et en Sierra Leone. Ces couillons-là, je les prendrais volontiers par la peau du cou pour les traîner jusqu'au township où se trouvait la cabane de ma mère, au village où elle est née et où elle aurait dû être enterrée. Je leur mettrais le nez dessus, sur les centaines de milliers de maisons qui ont été construites, et qui ont des sanitaires, même sommaires. Je voudrais les faire avancer à coups de pied au cul sur les routes qui ont été aménagées. Je les ferais entrer de force dans les bâtiments de justice, tous les lieux où, avant cela, il n'y avait jamais que l'impunité. Je leur montrerais les terrains de jeu, et même parfois une piscine publique, aux endroits où dans le temps des gosses jouaient au foot sur les dépôts d'ordures. Dans la bibliothèque flambant neuve de la Cour de Justice de Jo'burg, je voudrais leur montrer les chiffres de notre croissance économique et les comparer aux tableaux de crise des pays où ils ont fui, la queue entre les jambes. Les pays où ces déserteurs sont perpétuellement en train de râler et de regretter leur piscine du temps d'avant, leur statut de privilégiés, leurs servantes sous-payées, leurs gin-tonics quotidiens et leurs barbecues de fainéants avec de la viande bon marché.

Ah, qu'ils pourrissent dans les averses de Londres, nos expats aigris ! Qu'ils se pulvérisent d'ennui dans leur *fucking* Australie !

Ce qui est dommage, Tony, c'est qu'eux aussi pourraient me prendre par la peau du cou et me traîner dans les trop nombreux townships où la situation reste scandaleuse. Où les sans-espoir ne trouvent pas d'issue. Excuse-moi, je ne vais pas t'en faire un tableau détaillé. C'est lâche, mais ça me fait trop de peine. Comment est-il possible que nous ayons été si peu à la hauteur ?

Celui qui fait des gaffes par incompétence, je peux lui pardonner. Qu'est-ce qu'il fallait faire de tous ces libérateurs après la libération ? Ils exigeaient tous qu'on leur donne un boulot. La récompense pour le passé était plus importante que les compétences dans le présent. Tout ça est très humain et très compréhensible. Mais ce n'est pas ainsi qu'on gagne la paix après la guerre. Et c'est comme ça que des centaines de milliers de maisons n'ont *pas* été construites. Alors que tout était prêt, les briques, le mortier, les cuvettes de w.-c. Toutes ces choses à des endroits différents, malheureusement. Parfois je me demande comment notre Lutte a fini par aboutir, avec tous ces bras cassés dans nos rangs. Moi-même je n'ai pas de quoi me vanter. En fin de compte, ils m'ont bombardé successeur d'Oncle Koos et Oncle Kees, préposé à la surveillance de mes concitoyens. Je n'avais pas d'expérience. Mais pour tout le reste, c'était pire, j'étais totalement inapte.

Mais j'ai conscience de toutes les choses auxquelles je suis inapte. Et je ne me suis jamais enrichi personnellement. On ne peut pas en dire autant de nos nouveaux rats. La vraie calamité ? Ce sont nos camarades qui sont arrivés en haut de l'échelle et qui remplissent délibérément leurs poches comme s'ils étaient nos nouveaux colonisateurs. Une poignée de rongeurs de cette sorte est suffisante pour saper un tout nouveau bâtiment. Et il y en a bien plus qu'une poignée.

Le rat qui m'a torturé en Rhodésie ? Il était l'un des fondateurs de la Lance de notre Nation. Un salopard fini, mais La Lutte a blanchi tous les noms, toutes les réputations, tous les casiers judiciaires. Tout à coup, voilà qu'on chante ses louanges, et pourquoi ? Pour la main de fer qui le faisait craindre de tout le monde quand il était encore simple chauffeur de poids lourds et trafiquant. Il y en a qui disent qu'à cause de lui notre pays n'a jamais été vraiment libéré. Il ne s'est jamais personnellement excusé auprès de moi. Je doute qu'il se souvienne de moi.

Il est devenu ministre de la Défense. Il y a des poursuites judiciaires contre lui depuis des années. On l'accuse de corruption sur une grande échelle dans la livraison d'armes. Le gangster est redevenu gangster, la guerre n'a été qu'une phase passagère, une opération temporaire de blanchiment. Aucun de ses procès n'est allé jusqu'au bout. Trop d'autres grands noms étaient impliqués. Ça ne fait jamais avancer la justice.

Oui, ça aussi, c'est une histoire vieille comme le soleil.

Pendant longtemps je n'ai pas voulu me soucier de ça. Je suis resté aveugle. Je défendais mon parti bec et ongles. Des pommes pourries, il y en a partout, non ? C'est le genre de chose que je disais, je ne voulais pas savoir. Je minimisais leurs villas pompeuses, leurs parcs de voitures avec les SUV et Toyota de luxe, leurs escapades aux frais de l'État, aux dépens de tous nos miséreux. Je qualifiais de calomnies les reportages révélateurs, je parlais de frustration de blancs, de libéraux et d'opposants politiques. Un des jeunes leaders a donné une fête avec pouffiasses et boissons fortes. Ses amis et lui ont sniffé de la cocaïne dans le nombril de leurs copines. Ils ont mangé sans les mains des sushis qui étaient posés sur les fesses et le ventre de stripteaseuses grassement payées.

J'ai ri de cette révélation. Tout le monde a été jeune, pas vrai ? J'avalais tout sans broncher.

Jusqu'au jour où je me suis trouvé face à face avec cette BMW toute blanche.

Notre parti fêtait son anniversaire dans un stade de Jo'burg. L'une des tâches de la sécurité reposait sur mes épaules. Le parking ! Une chaise entre les véhicules : c'était ma place pendant notre fête grandiose.

Et les hommes avec qui j'avais été en taule, mes professeurs ? Les femmes que j'avais essayé de draguer pendant les congrès au temps de mes débuts ? Les camarades qui m'avaient soutenus en Namibie et au Zim ? Eux, ils étaient dans les tribunes et moi, je gardais leurs bagnoles. J'étais tout seul dans mon coin et eux étaient assis à côté de ceux qui se taisaient, de ceux qui riaient trop fort et de ceux qui, honteux, ne m'avaient plus jamais regardé en face depuis ma torture.

Certains d'entre eux étaient même sur le terrain. Dans le rond de sorcières du pouvoir, le *golden circle* du foot autour du point central, le nombril des festivités. Sur un moniteur noir et blanc, je pouvais suivre ce qui se passait, là-bas dans ce stade plein à ras bords d'une foule mouvante. On a amené sur un chariot une tarte géante et on l'a posée sur le point central dans le *golden circle*. On a aussi apporté quelques centaines de bouteilles de bulles et on les a débouchées. Au milieu de cette farce mal mise en scène, notre ex-président par intérim, pas le mauvais gars du reste, a pris un micro pour parler à la foule. Il y avait aussi des masses de gens à l'extérieur qui regardaient tout ce luxe, bouche bée, sur de grands écrans vidéo. La plupart avaient reçu un T-shirt gratuit, une de ces fripes qui est fabriquée ici, dans les environs d'une ville chinoise, pour une poignée de cacahuètes. Et tu sais ce qu'il a dit, Tony ? Notre peut-être futur président ? Avec une pelle à tarte et un verre de champagne entre les pattes. Il s'est excusé auprès du populo parce qu'il n'y avait pas assez de tarte et de champagne pour tout le monde. Mais nous mangerons et boirons en votre nom ! On ne l'a même pas hué. Ça s'est perdu dans le brouhaha de la fête. *We'll eat and drink on your behalf !*

J'ai détourné la tête, dégoûté. Et puis je l'ai aperçue. La bagnole. Blanche comme un frigo. Sur les deux flancs, en jaune, vert et noir, le logo de mon parti. Et dessous un double slogan. *Cent ans de lutte pour l'émancipation ! Enfin libres !*

Je suis rentré à la maison sans rien dire à personne. On m'a sanctionné après ça. Quelqu'un avait fait un acte de vandalisme. Sur une seule voiture. Rétroviseurs arrachés, phares défoncés, essuie-glace tordus, pneus crevés. On n'a jamais trouvé le coupable. La caméra de sécurité avait été débranchée ou démolie, on ne l'a jamais su exactement. C'était l'auto du Premier ministre de la province du Limpopo. Ça ne l'a pas fait rire. Il n'avait cette bagnole que depuis un mois.

On m'a déplacé dans les brigades les plus pourries. D'abord les narcotiques. Puis le braconnage du gros gibier. Les éléphants et les rhinos. La suite, tu la devines, Tony. La suite m'a amené ici, chez toi.

Je veux insister sur une chose. Je ne suis pas comme eux. Les rats bien repus d'aujourd'hui. Oui, OK, un petit peu tout de même. Je ne suis pas fou, je ne suis pas aveugle. Ce qu'on fait ici, toi et moi, ça n'est pas tout à fait légal.

Mais je ne cause de tort à personne. Tu comprends ? Je ne lèse pas mes compatriotes. Au contraire, j'aide quelqu'un. La petite fille de l'autre bonhomme. Son père est mort, on n'y changera rien, cette crapule l'a bien mérité. Mais un enfant ne doit pas payer pour les fautes de ses parents. Moi, je garantirai son avenir. Directement, personnellement. Ce qu'on peut fournir comme aide soi-même ne doit pas être laissé à une ONG étrangère.

En fait, l'affaire est réglée. Cette enfant justifie tout. Le rhino ? Personne ne va le ressusciter. Les deux cornes ? Si je les rapporte, elles seront détruites. Alors, il vaut mieux les vendre à un Chinois. Pour lui ce sera peanuts et pour d'autres une bouée de sauvetage. Grâce à ma démarche il y a tout de même un peu de cet argent souillé de sang qui retourne dans mon pays. C'est très mal ?

Je peux comprendre que toi, tu ne danses pas de joie. Mais les hommes comme toi survivent facilement à une saignée de ce genre. C'est l'essence de vos privilèges. Un échec ne vous est jamais fatal. Plus haut on se situe, plus il y a de filets pour vous rattraper. Les types comme toi se refont toujours.

Il y a tout de même une chose qui changera. Tes traces sinistres seront effacées. Ce sera comme si tu n'avais jamais mis le pied dans cette réserve d'animaux.

Comme si tu n'avais jamais acheté une hache, jamais tranché quelqu'un en deux, jamais pris cet avion à Maputo. Un sale coup de plus qui est neutralisé ! Considère la chose comme ça et compte tes bénédictions.

En échange de cela je demande une petite chose. Des vieux jours assurés, bien mérités, qui ne coûteront rien à mon pays. Je ne demanderai pas ma pension officielle. Je ne veux plus recevoir un centime de nos rats du haut de l'échelle. Et pourquoi le ferais-je ? Je t'ai, toi. Ce que tu me donnes est une subvention, pas quelque chose de négatif : tu épargnes au moins une allocation à un pays qui compte des centaines de milliers de nécessiteux. Considère la chose comme ça et dis-moi : qu'est-ce qu'il y a de mal à ça ?

Il me reste encore quinze ou même peut-être vingt ans. Je tiendrai facilement, malgré tous les médicaments et ce que me coûte la boisson. Je vis seul, j'ai déjà une auto et je n'ai plus besoin de slogans. Je veux seulement pouvoir encore acheter des livres. Qui parlent de l'humanité. Je veux les lire dans mon coin. En remâchant ma désillusion.

Et sans plus jamais devoir pourchasser un braconnier. »

« IL Y A ENCORE UNE CHOSE dont je dois t'avertir », dit Khumalo. Il était déjà à la porte. Sa voix n'était plus très ferme et il ne tenait plus très bien sur ses jambes. Il payait le prix de la boisson et de la fatigue. Il voulut remonter ses lunettes sur le front du bout de l'index. Il lui fallut s'y reprendre à deux fois. Il regardait Tony avec une sorte de mélancolie. À l'extérieur, l'heure de pointe commençait déjà sous un soleil prudent. La Rivière des Perles scintillait, verre brisé en mouvement.

Tony se taisait. Furieux, épuisé. Quoi qu'il advienne maintenant, pensait-il – gardes du corps, room service, M. Bo Xiang en personne – ils arriveraient trop tard. Il avait perdu sa cagnotte. Son secret, sa ligne de vie, son plan B. C'était comme s'il se retrouvait tout nu.

« Fais bien attention à ta femme, bredouilla Khumalo, un index levé.

– Merci pour l'avertissement », fit Tony. Il écoutait à peine. Il tendit la main vers la poignée de la porte. Plus vite cet homme serait sorti de la chambre, mieux ce serait.

« J'ai lu ton dossier », dit Khumalo en maintenant d'une main la porte fermée. Il ne semblait pas encore avoir l'intention de partir. « Toutes les accusations contre toi ont été confirmées par ta Martine, sous serment. Elle dit que tu as abusé de sa confiance. Elle veut divorcer. Elle est folle ou quoi, cette *bitch* ? Et elle couche avec un de tes patrons. Depuis des années. Il y a des rats partout. »

Tony restait muet, les yeux fermés, désespéré. Mais qu'est-ce qu'il lui fallait pour qu'il foute le camp, ce type ? Il avait cédé à ses exigences, il avait écouté ses conneries pendant des heures, il avait vidé avec lui toutes les bouteilles disponibles. Qu'est-ce qu'il voulait de plus ?

« Et la gamine, elle est bien de toi ? » demanda Khumalo. Sa lèvre inférieure tremblait. « Ne laisse jamais tomber cette gosse. »

Tony ouvrit les yeux. Il vit la situation avec une lucidité surprenante. « Inspecteur Khumalo, dit-il, avec la fermeté qui lui avait manqué jusque-là, vous avez reçu ce que vous êtes venu chercher. Je vous souhaite un excellent retour chez vous. Et je souhaite ne plus jamais vous revoir. » Il repoussa l'inspecteur sur le côté et ouvrit la porte toute grande.

« Tu as raison », soupira Khumalo. Il vérifia son paquet de cigarettes. Il était vide. « Il faut vraiment que je rentre à la maison. » Dans l'ouverture de la porte, il se retourna encore une fois pour saisir la main de Tony. « Je n'avais pas l'intention de te révéler ça, chuchota-t-il, mais je trouve que tu es un sympathique *son of a bitch.* » De nouveau, il paraissait ému.

« Merci », fit Tony. Il préférait tomber mort plutôt que de retourner le compliment. Il ne parvenait pas à libérer sa main.

Khumalo attira Tony plus près de lui. « Fiche le camp en vitesse aussitôt que tu auras vendu ces cornes. Il y avait un projet expérimental au Krokodilspruit. Il a échoué en beauté.

– Pourquoi ne suis-je pas étonné ? dit Tony en dégageant sa main.

– Pour décourager les braconniers on a injecté un poison ultrarapide dans les cornes d'une demi-douzaine de rhinos. Quatre sont morts. Le poison a filtré à travers les cornes dans le circuit sanguin. » Il marcha d'un pas prudent vers l'ascenseur et dit une dernière chose, le dos tourné vers Tony. En bafouillant, mais compréhensible.

« Tu as tué un des survivants. »

3......................*Guangzhou (quatre-vingt-unième étage)*

NOUS RETROUVONS TONY HANSSEN au quatre-vingt-unième étage d'un gratte-ciel au cœur de Guangzhou, dans l'immuable climat frais des chaînes d'hôtels internationales. Il a fermé les rideaux la veille au soir, la lumière qui filtre sur les bords annonce l'arrivée du jour nouveau. Le trafic aussi est en train de redémarrer, on l'entend un peu à cette hauteur malgré le double vitrage.

Tony est assis dans un fauteuil, son pantalon et son slip sur les chevilles. Le film porno qu'il a commandé tire à sa fin, à en croire l'orgie de groupe qui se déroule avec les acteurs des différentes scènes précédentes.

Mais lui n'arrive pas à jouir.

Est-ce dû au décalage horaire ou aux acteurs japonais ? Tailler les poils pubiens n'est pas populaire au pays du soleil levant. Même pas chez les femmes. Elles ont toutes le teint blême et le corps frêle d'éternelles adolescentes avec la poitrine modeste de cet âge. Elles arborent leurs tignasses ébouriffées comme un maçon exhibe ses tatouages. Il faut aimer ça.

Tony n'aime pas. Dans le film porno qu'il avait commandé précédemment, c'était exactement la même chose. Là aussi il avait coupé le son. Si l'on en croit les cris, les Japonais cherchent dans le sexe davantage la douleur que la jouissance. Tony se dispense avec plaisir de la cacophonie que doit émettre une telle orgie. De toute façon, il abomine les scènes de groupe. Il se concentre donc sur le plus joli petit couple, heureux que le silence ne soit troublé que par ses propres halètements. Mais pas moyen de jouir.

Peut-être aussi est-ce dû à sa propre silhouette qu'il voit reflétée sur l'écran large au milieu de toute l'agitation. Ce n'est plus le fier et rude chasseur dont il contemplait encore quelques jours auparavant le reflet sur une autoroute dans la nuit africaine, un chasseur avec un volant entre les mains. Ici c'est un mollasson qui lui fait honte, un empoté que Tony ne veut pas être, contre lequel il se rebiffera jusqu'à son dernier sanglot. Ce n'est que dans les moments les plus intimes qu'il laisse libre cours au ramollo qui est en lui. C'est donc de ça qu'il a l'air, ce con. Affalé, veule, les genoux nus comiquement écartés, le poing remuant sans énergie, la figure s'éclairant un tout petit peu chaque fois qu'un close-up de fesses nues blanchit l'écran. De temps en temps apparaissent derrière l'image du mollasson les contours d'une suite de luxe.

Entre Tony et la télé, sous une table basse de salon, une assiette avec des couverts, une serviette sale et les restes rongés d'une double portion de spare ribs. Sur la table se trouvent quatre boîtes de bière vides et écrasées. À côté trône sa fierté : la grande et la petite corne.

Tony – le chasseur, pas le mollasson – a une première fois nettoyé les cornes d'une manière rudimentaire juste avant de franchir la frontière du Mozambique. Il a utilisé pour cela sa dernière bouteille d'eau minérale, son couteau de poche et sa chemise déjà souillée. Ensuite, il a déchiré en lambeaux la chemise et les restes de son équipement de safari et a abandonné le tout dans une poubelle, un fût rouillé au bord de la route. Il a arrosé d'essence et jeté une allumette enflammée. Quant au couteau, il l'a lancé par la vitre quelques kilomètres plus loin, comptant sur un amateur avide pour le ramasser. C'était un geste totalement superflu, mais il aimait le pathos qu'il comportait. Dans son rétroviseur, il a vu le couteau rouge rebondir sur l'asphalte puis disparaître quelque part sur le bord de la route.

Il aurait pu y avoir un dernier moment de tension à la frontière, mais son coup de téléphone à l'ambassade de Chine avait porté ses fruits. Un douanier l'attendait, le long de la route, quelques centaines de mètres avant la barrière. Tony lui a payé le visa touristique, le péage pour la route, l'assurance temporaire obligatoire, le tout dix fois le prix normal. Ce n'était que broutille en comparaison de la valeur de son chargement.

À Maputo, il a nettoyé les cornes une seconde fois, dans un hôtel non loin de l'aéroport. À l'aide des tessons d'un verre du minibar qu'il a cassé, il a gratté les derniers restes de chair, de sang et de saleté – patiemment, prudemment, prenant bien garde de ne pas endommager les cornes plus qu'elles ne l'étaient, surtout à la base. Cela lui a pris un certain temps.

Entre-temps, l'homme de Bo Xiang à l'ambassade a préparé le voyage en avion. Les bagages de Tony passeraient la douane de l'aéroport de Lourenço Marques en tant que valise diplomatique, sans aucun contrôle. Le matin même, Tony a abandonné le 4x4 sur l'Avenida Patrice Lumumba, pas loin du populaire Museu de

História Natural. Portières non verrouillées, clés sur le contact, réservoir plein. Le voleur dégourdi recevrait en prime le fusil et les munitions. Il était garanti que le jour suivant déjà la voiture et l'arme entreprendraient en fraude, mais séparément, une expédition à travers tout le continent, jusqu'à Dakar ou Mogadiscio. Bien malin celui qui pourrait ensuite faire le lien entre eux. Et qui pourrait découvrir que le début de chacune des deux pistes se rattachait à un certain Tony Hanssen.

Il a lavé une troisième fois les cornes à Guangzhou, c'est la première chose qu'il a faite après son long voyage en avion, avant même de prendre une douche. Il a utilisé de l'eau tiède, pas de savon, pas de shampooing. Il s'était littéralement amouraché de la texture de ses cornes, de leur odeur de terre, leur poids surprenant, bref de leur simple présence. Voilà le travail ! Il a vraiment accompli ça tout seul !

Après le double décrassage – d'abord les cornes, ensuite lui-même – il s'est payé les deux petites bouteilles de Veuve Cliquot de son minibar. Soulagé et heureux de pouvoir reprendre haleine dans ce cocon de cristal et d'épaisse moquette avant que ne débute le grand travail. La scène mondiale n'attendait que lui. Bientôt Tony Hanssen ferait sa rentrée.

Au grand dépit de ceux qui l'envieraient.

Cela, c'était plusieurs jours auparavant. Depuis lors ses soupçons se sont enflammés et sa méfiance couve. La nuit précédente il n'a pas fermé l'œil. Combien de temps M. Bo Xiang et ses sbires vont-ils le faire lanterner ? Il n'a plus aucune nouvelle d'eux. On dirait qu'ils regrettent qu'il soit revenu, mission accomplie. Lui a-t-on fait de fausses promesses ou s'agit-il de tromperie sans vergogne ? Il a eu l'occasion de l'expérimenter durant toute cette année : les Orientaux aiment ridiculiser les Occidentaux. Ceci ressemble à des représailles.

Une sorte de *practical joke*, une farce cruelle ? Tony y a-t-il été un figurant ? Cette pensée est trop pénible pour la mettre en mots. Il a tué un homme, mutilé un cadavre, fait des faux en écriture, corrompu et acheté des fonctionnaires. Sa lèvre n'est pas encore guérie, sa nuque lui fait mal à chaque mouvement, il aurait pu se casser le cou ou la mâchoire. Il aurait même pu être descendu par des braconniers, et si la police l'avait coincé, il ne s'en serait certainement pas tiré avec une petite année derrière les barreaux. Dans certains pays, cela lui vaudrait perpète, dans d'autres tout simplement la corde.

Blague barbare ou pas, le jeu a assez duré. Tony est fier de ses cornes, mais il doit s'en débarrasser. Le plus tôt serait le mieux. Mais tout de même pas à n'importe quel prix. Il a l'intention de vendre chèrement sa peau. À lui tout seul contre tous, M. Bo Xiang et sa petite armée d'assistants, il va négocier pas à pas, durement. Tout seul – brusquement cette pensée le taraude. Pas une fois depuis qu'il a piétiné son Blackberry à la Gare Centrale de Bruxelles, il ne s'en est soucié ; il se fichait pas mal d'être un solitaire, une fourmi parmi les millions d'habitants d'une ville. Mais maintenant oui, avec la perspective de cette transaction. On est si faible quand on est seul. La seule présence de quelqu'un du même bord est suffisante pour conforter la position de départ et renforcer la détermination si on court le risque d'être roulé.

Mais où trouver un acolyte compétent ? Un allié avec qui on peut réfléchir aux stratégies fiscales, établir des scénarios d'évasion de fonds, lire les textes en petites lettres des contrats. Le raseur qu'il a connu dans le temps à la banque, un type de ce genre tomberait à pic ici. Le vrai raseur, celui qui avait comparé Tony avec un éleveur de pigeons dans la *trading-room*, le pauvre mec qui avait été viré tout de suite après et qui, comme tant d'autres, avait disparu de tous les écrans radars. Il serait un *sparring-partner* idéal, lui. Bourré d'expérience, peu de hobbies, plus d'illusions. C'était quoi, son nom, encore ? Est-ce qu'il serait possible de le dénicher via Google ou Facebook ?

Mais d'autre part, ça prendrait combien de temps avant qu'un type de ce genre puisse arriver ici ? À supposer qu'il dise oui. Ah, oublions ça. Tony ne doit pas se faire d'illusions. Il est bien seul. C'est sa force, c'est sa malédiction.

Mais où restent-ils, les hommes de main de Bo Xiang, avec leurs exigences ?

Ce n'est qu'à l'atterrissage à Guangzhou que Tony a appris que de possibles complications se présenteraient. Le sinistre interprète l'a appelé au moment où lui, Tony, était escorté par quatre bodyguards jusqu'à l'hôtel.

Aucun de ces colosses ne parlait anglais, ils portaient tous les quatre des lunettes noires et un costume voyant. Ils le traitaient de manière si indifférente qu'il avait l'impression d'être un colis postal. Bien sûr, ils l'avaient débarrassé de ses bagages et ils l'entouraient et le guidaient vers la sortie dans le hall bruyant de l'aéroport. Mais ils ont continué à jeter autour d'eux des regards ridiculement agressifs, même quand, dans un parking quasiment vide, ils ont encerclé Tony pour l'embarquer dans une Porsche Cayenne jaune sable.

Une star de cinéma sur la Croisette, mais sans fans ni journalistes. Sans personne, du reste.

Au moment même, cette escorte quadricéphale a donné à Tony une sensation d'importance, la confirmation de la grandeur de la tâche, du test qu'il avait passé avec succès. Maintenant, quelques jours plus tard, il y voit plutôt un mauvais présage. Pourquoi l'interprète n'est-il pas venu l'accueillir en personne ? Et pourquoi ces malabars ? Est-il un hôte ou un prisonnier ?

Il était assis sur la banquette arrière, flanqué de deux des gardes du corps, lorsque son téléphone a sonné. La Porsche Cayenne est connue pour son vaste volume intérieur, mais Tony se sentait coincé, comprimé qu'il était entre deux gros culs et deux dos de gorille. Les colosses regardaient à l'extérieur, le torse tordu, chacun devant sa petite vitre, ils scrutaient d'autres voitures de luxe, des motos qui passaient en un éclair, des murs et des bannières pleins de caractères chinois, des hommes d'affaires en costume sur mesure qui crachaient par terre sans gêne, des mendiants édentés, des rickshaws motorisés, des cyclistes léthargiques dont la bécane disparaissait sous un échafaudage de trois mètres de caisses en polystyrène, toutes vides, attachées par des cordes, penchées, en proie aux coups de vent. La Cayenne passa aussi devant une masse de grues, de marteaux-pilons, de bulldozers. Le vacarme à l'extérieur devait être monstrueux.

À l'intérieur retentissait une musique de Michael Jackson. Pour faire plaisir à l'hôte d'honneur, supposait Tony. Il ne pouvait s'imaginer que des gardes du corps de cette sorte s'enthousiasment pour des chansons comme *The Girl Is Mine* ou *We Are The World*. Il a donc été heureux que son iPhone sonne. Il a saisi l'appareil en faisant, de sa main libre, signe au chauffeur d'éteindre la musique.

L'homme a baissé de moitié le volume, avec une répugnance visible.

Pour un Chinois qui avait probablement grandi sous le règne de Mao Tsé-toung, l'anglais de l'interprète était remarquablement bon. Il parlait aussi le français, avait-il un jour confié à Tony, mais l'utilisait rarement. M. Bo Xiang n'aimait pas. Cela lui faisait penser au Cambodge et au Vietnam et à des investissements là-bas qui s'étaient soldés par des pertes catastrophiques. Avec un clin d'œil, l'interprète avait indiqué que son patron préférait maintenant s'allier à des Japonais. Cette remarque devait contenir une excellente blague, l'interprète avait failli s'étouffer de rire.

L'interprète faisait assez souvent des confidences à Tony. Parfois, sans qu'on ne lui demande rien, il déclarait qu'il aimait bien Tony. *Much more than others of your kind !* Plus que les autres ? Quels autres ? Il parlait même d'amitié. Son sourire devait en faire foi. Il découvrait des dents nicotinées, dont certaines étaient plus noires que brunes.

Tony avait compris l'allusion et l'intention. Il s'était mis à festoyer avec l'homme davantage qu'il ne l'avait fait auparavant. Il se donnait régulièrement la peine de se soûler avec lui, avec des quantités importantes d'eau-de-vie, jusque tard dans la nuit. Ils aboutissaient le plus souvent dans une maison qui contenait seize petites salles de karaoké, chacune pour dix amateurs de chant au maximum. Mais la plupart servaient de cabinet privé pour des couples.

C'est dans l'une de ces petites salles que Tony et l'interprète s'étaient attaqués au répertoire international de musique légère, s'égosillant et hurlant à la lueur d'un téléviseur hors d'âge. Tony avait jeté la moitié de son alcool sous la table sans que l'interprète ne le remarque. Lorsqu'étaient apparues les premières petites putes, il avait quitté l'endroit en toute discrétion, à reculons, en se référant, avec beaucoup de regrets, à sa religion. L'interprète n'avait jamais demandé de quelle religion il s'agissait. Il s'était montré compréhensif et s'était laissé longuement serrer la main par Tony, de façon à recevoir, sans perdre la face, les billets nécessaires. Il avait immédiatement commandé par l'intercom une nouvelle bouteille d'alcool pour lui-même et deux des filles. En sortant, Tony les avait aperçus par l'entrebâillement de la porte, ils trinquaient à trois et entonnaient un morceau de Whitney Houston. Il fallait cultiver l'amitié de cet homme. Sa ligne directe avec M. Bo Xiang. Le bras droit du tyran.

Mais même sans les petits cadeaux, l'interprète était étrangement attaché à Tony. « Tu es l'un de nous ! » Il l'avait dit bien des fois, même quand ses dents nicotinées ne baignaient pas dans la gnôle. « Tu es mon frère. Tu es un Chinois. »

Toutefois, dans la Cayenne, à l'iPhone, la voix de l'interprète avait semblé affligée et distante. Pas de trace d'amitié ni de fraternité. Tony aurait déjà dû se rendre compte à ce moment-là que quelque chose clochait.

Le sinistre individu lui avait d'abord présenté ses félicitations, de la part de M. Bo Xiang et de la sienne propre, mais ensuite il avait prié Tony de comprendre que M. Bo Xiang ne pouvait pas l'accueillir en personne.

Un regrettable contretemps s'était produit, quelque chose de dramatique qui touchait M. Bo Xiang personnellement, il donnerait les détails à Tony plus tard, entre quatre yeux. Pour le moment, Tony était l'hôte de M. Bo Xiang dans la perle de son consortium, l'hôtel le plus cher de Guangzhou, qui possédait un top chef cantonais et un sommelier venu de Genève. Il pouvait faire part de n'importe lequel de ses desiderata à la réception, il y serait donné droit immédiatement. Cependant, l'interprète lui demanda aussi de se tenir prêt. Aussitôt que le regrettable contretemps serait dissipé, il rappellerait Tony pour organiser une rencontre avec M. Bo Xiang et régler avec lui tous les problèmes. Des décisions de haute importance seraient prises. Il avait coupé la communication sans que Tony ait eu le temps de demander plus d'explications.

À peine Tony avait-il rangé son iPhone, que le chauffeur avait tourné le bouton de la radio. *Beat It.* Encore plus fort qu'avant.

Le film porno est terminé, le générique défile, Tony n'a toujours pas joui. Cela l'irrite. Il a l'habitude de réaliser ses désirs, quoi qu'il arrive. Serait-ce les nerfs qui lui jouent des tours ? Ou son mauvais pressentiment ?

Mais arrête d'être pessimiste, se dit-il en éteignant la télé avec la commande à distance. Avant tu n'étais pas homme à te ronger les sangs, ne commence pas maintenant. Quelle menace peut encore t'atteindre ? Après tout ce que tu as accompli – et au fin fond de l'Afrique, en plus ! Peut-être que tu décompresses tout simplement après cette ébouriffante aventure.

Ou peut-être que l'érection qui lui est advenue si inopinément à Mpumalanga fait sentir son effet. Il a découvert le chasseur en lui. Ce chasseur a besoin d'action. De la tension, des situations de vie ou de mort dans un crépuscule dangereux et inquiétant. Pas une masturbation bébête dans une cage dorée mal occultée. Il sourit. Après le Krokodilspruit, un chasseur a besoin d'autres excitants qu'un petit porno japonais et une bière en boîte.

Pourtant, il recommence tout de suite à se faire du souci. Comment ça va-t-il se passer quand il sera rentré à la maison ? Comment va-t-il pouvoir concilier son nouvel appétit d'excitants extrêmes avec sa nostalgie d'une vie plutôt sédentaire, et même carrément bourgeoise ? Avec son banal désir de retrouver une petite fille et sa maman ? Car ce désir et cette nostalgie n'ont pas diminué.

Surtout maintenant que la réunion est si proche. Tout ça grâce à ces deux malabars, là ! Ses cornes. Son brevet, son ticket d'entrée, ses trophées. Il se penche vers la table basse sans remonter son slip ni son pantalon.

Ses cornes ! Ses précieuses, ses fabuleuses cornes. Il les prend, chacune au creux d'un bras comme une mère allaitant ses enfants. Leur base rugueuse repose sur ses cuisses. Au milieu, sa queue encore à moitié gonflée pend honteusement et se ratatine à vue d'œil.

Ces deux merveilles, là, c'est la question primordiale. Elles garantissent sa participation au tout nouveau consortium international qu'il aidera à mettre sur pied. M. Bo Xiang apportera le capital de départ et le personnel. Tony y apportera ses tripes et sa connaissance des algorithmes. Grâce à ces deux objets, là, il va prouver définitivement au magnat qu'il est un homme, un vrai, fiable à la vie à la mort, qui n'a peur de rien et est prêt à tout. Et grâce à ses clés de mémoire il possède assez de dossiers confidentiels pour percer sur le terrain de la concurrence. En outre, si elles sont bien employées, les clés peuvent permettre d'exercer des pressions, légères, mais assez efficaces pour éviter de recourir au vrai chantage.

Le savoir et le savoir-faire, il les a toujours possédés, mais ses cornes vont enfin lui procurer le pouvoir. Elles vont lui permettre de réfuter les accusations, il engagera les avocats les plus chers afin de laver son honneur à jamais, il exigera de retrouver sa place parmi ses semblables. Il les caresse de la joue. Malgré les nettoyages successifs, elles ont encore leur odeur et leur force primitives. Serait-ce donc vrai ? Ce qu'il a lu sur tant de sites web ? Qu'en dépit de toutes les preuves scientifiques, elles ont un pouvoir aphrodisiaque ?

Il grimace un sourire. Pourquoi ne pas essayer ? Puisqu'il a tant de mal à parvenir à jouir. Dans un minibar, il y a tout sauf du Viagra, même dans cette ville. Pourquoi ne grignoterait-il pas un petit bout de corne de rhino ? Si ça ne marche pas, ça ne peut pas faire de mal.

Et qui s'apercevrait qu'il manque une miette, une rognure, sur un ensemble de… combien ? Dix kilos ? Douze ? Au marché noir elles valent trois cent mille dollars la paire.

Il examine de tout près la plus petite corne. De très légères entailles et des coups. On pourrait gratter un petit peu avec un couteau sans que cela se remarque.

En même temps il est de nouveau pris d'une hésitation. Les petites dégradations qu'il constate ne l'encouragent pas dans son désir d'expérimenter, elles lui rappellent l'histoire de l'infortuné animal. Comment il a dû depuis l'enfance se maintenir en vie dans le bush en dépit de Dieu sait quels ennemis et quels dangers. Et comment, plus tard, il a été abattu impitoyablement, d'un lâche tir à distance. Et ce petit rhino qui a pris la fuite, où peut-il être en ce moment ? Est-ce qu'on l'a retrouvé ? D'autres femelles rhino ont peut-être pris soin de lui ? Tony a bien conscience qu'il y a bien plus de chances qu'il ne soit plus en vie. Un si charmant petit animal.

Inévitablement, ses pensées dévient vers Klaartje. Pas seulement parce qu'elle est son enfant, évidemment, et que lui aussi a été obligé de la laisser tomber. Mais aussi et surtout parce qu'il ne sait pas comment il pourrait un jour avouer à Klaartje ce qu'il a commis dans ce parc d'animaux. C'est pourtant pour la retrouver, la regagner, qu'il a fait cela. Pour pouvoir revenir la tête haute devant elle et lui garantir l'avenir auquel sa fille a droit. Et voilà que son papa est devenu, en plus d'un cinglé de l'informatique, un véritable chasseur. Un assassin. Il ne sait même pas comment il pourrait un jour l'avouer à la mère de Klaartje.

Martine. Ah, sa Martine ! Après la session interrompue dans le cybercafé d'Istanbul, il n'a plus jamais osé l'appeler sur Skype. Il craignait d'être découvert au moment où il était enfin sur le point de tout remettre en ordre. Martine ! Qu'elle avait l'air triste, juste avant qu'il doive couper la communication. Désemparée, sans son habituel sang-froid. Mais toujours aussi belle. Elle lui manque si fort que ça lui fait mal. Une douce douleur qu'il cultive. Plus il est loin de la maison, plus il a un regard aigu sur lui-même : ses sentiments pour Martine sont un repère d'authenticité dans le marigot de tromperie et de belles apparences où il a si longtemps dû gagner son pain. C'est grâce à elle qu'il a tenu si longtemps. Il le voit clairement maintenant. Elle a été son contrepoison.

Et elle le restera toujours. Il ne peut pas vivre sans elle. Il l'a rarement ressenti aussi fort. Seul l'amour qui fait mal est le vrai amour. Il peut bien être devenu un chasseur depuis peu, et, foncièrement, il est peut-être toujours resté un rebelle rock, mais il est avant tout un éternel ado. Un quadra immature qui mendie de l'attention. Désespérant, doutant, souffrant. Car l'amour ne fait pas seulement mal à cause de la beauté de la femme que tu aimes, se dit-il. Il fait aussi mal parce qu'il est trop grand, trop grandiose pour un nullard bien masqué comme toi. Il t'écrase, il te rabaisse, il te crache dessus, parce que, au fond de toi, tu es trop lâche et trop vil, trop insignifiant dans son aura. Et malgré tout, tu as constamment désiré cette délicieuse pénitence, ta douce défaite face à lui, cette souffrance déchirante de l'amour. Oh, mon Dieu, pouvoir de nouveau être couché entre les bras de Martine ! Pouvoir de nouveau l'embrasser ! Quand est-ce que cela arrivera enfin ? Après tout ce foutu temps perdu.

Il ferme les yeux pour ne pas laisser perturber son imagination par des images de cette déprimante chambre trop luxueuse.

En se retrouvant à Wolvertem, ils se lanceront dans une embrassade folle. Encore habillés, encore dans la petite entrée de leur villa, ses bagages encore dans la voiture. Des baisers. Des baisers. Puis il insistera pour qu'elle prenne une longue douche relaxante, avec beaucoup d'eau chaude, pendant qu'il préparera tout dans la chambre.

Elle obéira avec une réticence bien jouée. Son petit truc de séduction favori. Pendant qu'elle se douchera, il allumera les petits bâtons d'encens et mettra la musique d'ambiance. Il fermera à moitié les rideaux, il étendra sur le lit la plus moelleuse de leurs serviettes de bain. Il aura d'abord placé le petit flacon d'huile de massage sur le radiateur pour le réchauffer. Cette fois-ci, Martine et lui prendront leur temps, tout leur temps. Leurs deux portables en mode avion.

Tout sera enfin prêt – il aura même préparé du thé au jasmin, accompagné de biscuits aux amandes de Jules Destrooper – mais elle se fera attendre, petite garce délicieuse qu'elle est. Qu'elle était et est restée, Dieu merci. Même sans lui, son repère et son refuge. Et malgré tous les soucis que donne Klaartje et qui reposent depuis un an sur ses seules frêles épaules.

Elle finira soudain par se glisser dans la chambre, muette, les pieds nus, vêtue seulement d'un peignoir de bain entrouvert, d'un string blanc et d'un petit nuage de Chanel. Elle laissera tomber le peignoir sur le sol, tournera deux fois lentement sur elle-même, comme un mannequin, pour prouver qu'elle aussi, en son absence, s'est donné du mal au club de sport, puis elle ira s'étendre doucement. Sur le ventre. Les jambes très légèrement écartées, le string à peine visible, agaçante, aguichante, provocante.

Lui aussi se mettra à l'agacer, il commencera par son dos. Un quart d'heure plus tard seulement il passera aux jambes. Elle les écartera un peu plus, puis encore un peu plus. Pour laisser le champ libre aux doigts de Tony, puis encore plus tard, quand même, enfin, à sa langue. En plus de sa salive, il utilisera aussi quelques gouttes d'huile pour la préparer. Il la prendra deux fois. Elle le sait et elle gémit doucement à l'avance.

Tony ouvre les yeux et constate avec satisfaction que son imagination a réalisé ce que deux films japonais n'ont pu faire. Son membre s'est redressé, plein d'attente, dur comme la pierre et battant au rythme de son cœur. Il pose les deux cornes et se touche, ronronnant de plaisir anticipé, les paupières frénétiquement serrées pour que son imagination ne soit pas troublée par la vue de son reflet dans l'écran large.

Il sent venir le climax, plus vite qu'il ne l'attendait, plus intense que jamais grâce à ces heures de préliminaires non intentionnels. Il ralentit cependant le rythme pour se taquiner, pour faire durer le plaisir, pour intensifier l'explosion. Le sprint final est proche. Encore un instant ! Il tend les muscles de ses cuisses. Maintenant !

On frappe à la porte.

Son sperme s'écoule en un risible goutte-à-goutte, sans beaucoup de plaisir, tandis que, jurant intérieurement, il se demande à qui est venue l'idée de le déranger en ce moment. Une femme de chambre ? Impossible, si tôt le matin. En se penchant pour prendre la serviette sale sur l'assiette de petites côtes de porc, il voit au bas de l'écran de la télé qu'il est déjà neuf heures. Ce pourrait donc bien être le room service avec un petit déjeuner qu'il n'a pas commandé. C'est déjà arrivé la veille. C'était pourtant bien son nom qui figurait sur le bon. Des erreurs peuvent se produire, même dans les palaces, même deux jours de suite. Cette fois, qu'ils aillent se faire voir avec leurs croissants et leur café. Il déjeunera plus tard au restaurant ou ailleurs, dans un bar, la ville est assez grande. Il ne fait donc aucun mouvement pour se lever.

On frappe de nouveau. Plus longtemps, plus fort, plus nerveusement.

Ce ne peut pas être le room service. Le serveur remporterait le plateau ou le laisserait devant la porte.

L'interprète, peut-être ? Ou les gardes du corps ! Pour la rencontre avec M. Bo Xiang !

« Attendez ! crie Tony en vitesse. *Give me a minute !* » Il a déjà essuyé son membre et ses mains à la serviette et a rejeté celle-ci sur l'assiette. Il se lève, enfile d'un seul mouvement son pantalon et son slip, referme sa braguette, boucle sa ceinture, se passe une main rapide dans les cheveux et se prépare à courir vers la porte. Son œil tombe sur les cornes.

« *I'm coming !* » crie-t-il en rangeant ses trophées dans la commode. Elles y trouvent tout juste place.

« *Here I am* », dit-il un instant plus tard en ouvrant la porte.

Il se trouve nez à nez avec un Européen à l'œil hagard, qui a comme lui la lèvre inférieure tuméfiée. L'homme paraît un peu plus âgé que lui, il est environ de la même taille mais un peu plus corpulent. La lèvre supérieure est plus mince, le visage plus empâté, le cheveu plus lisse et plus clair. Les poches sous les yeux indiquent qu'il n'a pas dormi davantage que Tony.

« Vous parlez néerlandais ? demande l'homme, qui n'a pas tendu la main pour dire bonjour.

– Oui, en effet », répond Tony, étonné. Sa propre main droite, encore moite, est restée dans sa poche.

« Et vous êtes Tony Hanssen ? » Le ton n'est pas celui d'une question.

« Je suis Tony Hanssen », confirme Tony, de plus en plus suspicieux.

Alors l'homme dit quelque chose de stupéfiant. Il dit : « Moi aussi. »

Pendant une minute, Tony ne sait quoi répliquer. Puis il demande : « Et votre lèvre, qu'est-ce qui lui est arrivé ? »

« MAINTENANT JE COMPRENDS POURQUOI M. Bo Xiang n'a pas encore pu me recevoir, fait Tony, soulagé mais encore soucieux. Mais toi, comment as-tu pu savoir que sa femme était morte, et pas moi ?

– J'étais présent quand le pauvre homme a appris la nouvelle, ment Tony. Il était effondré. Il ne veut voir personne pour le moment. Sa femme était sa muse.

– Je peux savoir pourquoi tu étais avec M. Bo Xiang à ce moment-là ? » demande Tony. Il tente de cacher ses soupçons. Il ressent aussi une bizarre pointe de jalousie. « Quel genre de travail tu fais pour lui ?

– Plus ou moins la même chose que toi, répond Tony au bluff. Appelons un chat un chat, on ne travaille pas avec quelqu'un comme M. Bo Xiang pour ses beaux yeux. »

Ils s'entreregardent. Pas inamicalement, semble-t-il. Mais ils se mesurent encore. Tous deux trouvent l'ambiance légèrement tendue et un peu irréelle.

C'est peut-être dû à leur manque de sommeil.

Un certain temps a passé depuis que Tony a été invité par l'autre à entrer dans la chambre et à raconter son histoire. Ils ont même décidé de prendre le petit déjeuner ensemble. En attendant le room service, ils ont fait la causette en se jaugeant mutuellement.

Deux ans de plus que moi ? On ne le dirait pas. Allons, allons, pas de flatteries. Et tu es né où ? Pas vrai ? J'y suis passé souvent en voiture. Et quand tu étais étudiant, tu logeais où ? Louvain, c'est mieux pour les études de droit. Le Caire et Bangkok ? Moi, j'ai toujours habité là où je suis né. Je t'envie. Moi je t'envie aussi. Qui peut affirmer aujourd'hui qu'il a fait un mariage heureux ? Moi, je n'ai pas encore rencontré l'âme sœur. Ça peut encore venir. Etcetera.

Aucun des deux ne se découvre vraiment et ils concluent – soulagés sans le laisser voir – qu'ils n'ont aucun lien de famille. Même pas lointain. C'est alors qu'on apporte le petit déjeuner. Continental, deux personnes. Avec une cafetière pleine en supplément.

Tony se verse immédiatement une grande tasse. Il se rend compte, mais il n'en dit rien, que son propre petit déjeuner a sans doute été servi dans cette chambre la veille. Il avait pensé que sa commande s'était perdue dans l'affairement du service – des centaines de chambres dans une seule tour d'hôtel. Mais maintenant il sait. Cet autre, ce connard, lui a même piqué son petit déj'. Heureusement, le café est amer et fort. Tony s'en verse tout de suite une deuxième tasse. Il veut être dispos et alerte. Cet usurpateur, cet assassin qui porte son nom, il va payer pour tout ce qu'il a subi cette nuit.

« Tu veux aussi une seconde tasse ? » demande-t-il. Avec un sourire.

« Oui, merci », répond l'autre. Avec un sourire, lui aussi.

Immédiatement après que l'inspecteur Khumalo eut disparu derrière les portes coulissantes de l'ascenseur, Tony, esquinté, éreinté, s'était traîné jusqu'à la salle de bains. Nu sous le jet froid de la douche, il s'était repris en main. Oui, il était à sec, oui, à part quelques vagues promesses d'un criminel chinois de grande envergure, il ne possédait plus un rond. Mais il devait y avoir un moyen de s'en sortir. Coûte que coûte.

En claquant des dents, les yeux fermés, il avait passé en revue tous les événements de la nuit précédente. Tous les récits de Khumalo, tous les détails. Tony avait tourné et retourné tout cela dans sa tête jusqu'à ce que la conclusion se présente, tout bêtement. Il avait brusquement fermé le robinet d'eau froide. Son homonyme résidait dans l'hôtel. À la réception, on avait donné à Khumalo un mauvais numéro de chambre. Un coup de téléphone avait suffi pour qu'il déniche ce numéro.

Tony avait rarement été aussi sûr de son affaire. Il était sorti de la douche. Gagner à la table de roulette ? À la première mise et sur un seul numéro ? Ça peut arriver. Une chance sur quelques millions, mais pourquoi pas ? C'est ainsi qu'il avait rencontré M. Bo Xiang à Macao. Mais que le même heureux gagnant ait un homonyme dans son pays, et qu'un inspecteur d'un autre pays sur un autre continent fasse des dizaines de milliers de kilomètres pour venir déterrer ici un certain Tony Hanssen, combien de chances ? Et que cet inspecteur, parmi toutes les possibilités dans le plus grand pays de la planète, ait choisi cette ville et cet hôtel ? Là, les chances devaient se calculer avec un nombre incroyable de zéros derrière la virgule. Le type en question existait vraiment, lui aussi avait un lien avec M. Bo Xiang, il devait donc être dans ce bâtiment en ce moment. C'est lui qui aurait dû être menacé et plumé.

Une autre conclusion s'impose, avait pensé Tony en se séchant. Il ne claquait plus des dents, au contraire il les serrait avec fureur. L'histoire de Khumalo était vraie de a à z. L'assassinat, les cornes, la mission commandée par M. Bo Xiang. Pourquoi un inspecteur comme Khumalo se tromperait-il ? Et il avait eu raison pour tout le reste. Il avait enfin ouvert les yeux de Tony, il lui avait révélé le rôle qu'il avait joué. Gigolo, courrier pour le fric, couillon ! Et dire qu'il avait cru que cette vieille peau voulait visiter Monaco et le Liechtenstein pour le shopping et pour un peu de radada.

Il sentait monter la rage en y pensant. Il n'avait plus une once de pitié pour la vieille taupe. Elle avait mérité sa mort. La seule chose qu'il regrettait, c'est qu'elle avait pu claquer dans la béatitude. Son cadavre heureux, qu'il aille au diable ! Et son mec ? Qu'il crève dans sa douleur ! Envoyer sa propre femme autour du monde faire la vieille pute. Bravo. Même Papounet et Mamounette n'auraient pas pensé à ce scénario pour planquer leur fric en toute sécurité. Amateurs ! Ils pouvaient venir prendre la leçon chez les Chinois.

Encore une conclusion, avait-il pensé – entre-temps il s'était habillé et il nouait ses lacets, il les tirait avec une telle rage qu'il faillit les casser – le traître à qui il devait les terreurs de la nuit précédente était, selon Khumalo, sur le point de conclure un méga-deal avec Bo Xiang. Il y avait là – comment appellent-ils ça dans le business et la politique ? – une opportunité. Tony allait exiger une chaise à cette table. C'était son tour. Lui aussi avait droit à quelques miettes du gâteau. Ce pouvait même être un large morceau de tarte, pourquoi pas ?

Comment ? On verrait bien. Ses épreuves de la nuit lui avaient même donné un avantage. Lui, il connaissait toute l'histoire, l'autre pas. La connaissance, c'est la puissance. Et un homme prévenu est un homme armé.

« Tu veux vraiment dire, demande Tony surpris, que toi aussi, tu as de l'expérience dans le secteur financier ? » Il sent enfin s'éveiller un intérêt pour le couillon qu'il a devant lui. Il a hésité avant de le laisser entrer. Ce type ne payait pas de mine, il avait quelque chose de trop crispé. Mais qu'est-ce que cela pouvait faire d'écouter son histoire, pour passer le temps ? Ce n'est pas si souvent qu'on rencontre un homonyme. Et à l'étranger, en plus.

Et voilà que maintenant ce couillon paraît intéressant et qui sait s'il ne peut pas aussi être utile ? C'est un familier de la maison Bo Xiang et il a de l'expérience dans le métier. Pas mauvais comme début. Peut-être devraient-ils commander encore un café. Le couillon descend le café comme si c'était de l'eau. Il a dû passer une nuit rude. Ecstasy ? Coke ? Si c'est ça, la dope n'a visiblement pas fini de faire son effet. Et il est mort de faim. Les viennoiseries et les petits pains ont déjà été engloutis. Seuls les fruits restent.

« Bah, l'expérience, qu'est-ce que c'est ? » demande Tony, buvant, bouffant, mâchant. Il espère combattre sa migraine par la nourriture. Le premier café lui est tombé sur l'estomac vide avec un goût amer. Il n'aurait pas dû laisser Khumalo bouffer tout le canard hier soir. « Et qu'est-ce qu'on entend précisément par "le secteur financier" ? Ce sont des concepts foutrement larges. Pour ne pas dire des concepts-containers. »

Tony regarda le couillon d'un air amusé : « Je n'avais encore jamais regardé la chose ainsi. Le secteur financier en tant que concept-container. Tu as un certain sens de l'humour.

– On me l'a déjà dit, fait Tony, avec un sourire, lui aussi.

– Sans déconner, dit Tony en piquant rapidement un grain de raisin dans le plat – avant que ce camé ne bouffe aussi tous les fruits – où as-tu acquis assez d'expérience pour que M. Bo Xiang te prenne en confiance ? Moi, j'ai dû en faire beaucoup pour en arriver là. »

Je sais, faillit laisser échapper Tony, mais il dit : « Je ne possède pas ce qu'on peut appeler une spécialité. Je travaille large. La philosophie du bon sens.

– Laisse-moi deviner, sourit Tony après un silence. Tu travailles aux *public relations*. Les types qui font le beau temps. Beaucoup de mots, peu de travail.

– Exact, c'est tout à fait moi, dit Tony, avec un petit rire, lui aussi. Cultiver les clients, inventer des slogans et des stratégies de communication.

– Personne ne peut inventer des slogans et des stratégies, dit Tony en sauvant encore un raisin, sans une connaissance approfondie des affaires.

Tony : Évidemment que non.

Tony : Et où as-tu fait tes stages ?

Tony, après un silence : Un peu partout. Je suis un voyageur. N'importe où, pourvu que je trouve des atomes crochus avec les gens.

Tony : Et tu préférais quelle branche ?

Tony : Ça dépend de ce qu'on entend par branche.

Tony : Comptabilité, travail de juriste, évaluation des crédits, fourniture de données, *equity sales*.

Tony, après un silence : La fourniture de données m'a toujours plu.

Tony : Quel hasard. C'est aussi ma spécialité.

Tony, après un silence : Je ne dirais pas que je suis un spécialiste. Je me débrouille.

Tony : Où aviez-vous vos plus gros comptes ? Goldman Sachs ? Bank of Scotland ? Salomon Brothers ?

Tony : Ça nous arrivait souvent de faire du business avec eux.

Tony, épaté : Avec tous les trois ?

Tony : Pas en même temps, naturellement.

Tony : Du business ?

Tony : Des contrats. Des projets. Des synergies.

Tony : Je peux te dire quelque chose ?

Tony : Oui, vas-y.

Tony : Tu ne connais rien à la banque. Tu déconnes à pleins tubes. »

Grâce à son expérience avec les passagers de croisières, qui peuvent entamer d'interminables conversations dont le seul but est que vous les approuviez chaleureusement même si vous n'avez pas la moindre idée de ce qu'ils racontent, Tony sait que lorsqu'on est coincé, il ne reste qu'une seule solution. La vérité. Retouchée ou non.

Il choisit la version très retouchée. Une fois qu'on a commencé à mentir, autant continuer. Il faut aussi se rabaisser un peu. C'est comme ça qu'on séduit tout le monde. Donc, il commence par donner modestement raison à l'autre, à ce connard. Il le prie humblement de lui pardonner, affirme avec chaleur qu'il veut continuer à l'écouter et avoue ensuite que oui, c'est vrai, il ne comprend que dalle à tout ce milieu financier. C'est d'ailleurs pour cela qu'il en est la victime.

Il s'est laissé entraîner – « par ma propre stupidité » – à accumuler les dettes de jeu chez M. Bo Xiang. Afin de se racheter, il a joué pour celui-ci le rôle de courrier international. Convoyeur de cash. Et, sans se vanter, il était devenu un as dans ce job. Il a presque fini d'apurer sa dette, mais M. Bo Xiang a absolument voulu le garder à son service. Car M. Bo Xiang est sur le point de lancer un nouveau projet, qui rejettera dans l'ombre tout ce qu'il a entrepris précédemment. Tony sait par hasard que l'autre doit jouer un rôle-clé dans ce projet. Se trompe-t-il ? Comment Tony le sait ? Désolé ? Il a ses sources.

Ses sources savent encore d'autres choses. Est-ce que Tony se trompe s'il affirme que l'autre vient de remplir une mission difficile en Afrique ? Du calme, du calme ! L'autre n'a rien à craindre. Tony ne fait que le féliciter. Et Tony sait ce que se taire signifie. Mieux que ça : il est partie prenante. Engagé à fond. Car il veut participer au nouveau deal. Il offre d'être partenaire. Pourquoi pas ? Il jouit de la confiance du magnat et il est habitué aux opérations internationales, même s'il ne s'est jamais agi que de cash. Par conséquent, l'autre n'a rien à craindre. Tony et lui sont des alliés naturels, de même qu'ils sont compatriotes, homonymes, et compagnons de fortune, non ? Pour sceller leurs liens, Tony est prêt à lâcher quelque chose sur lui-même également. Quelque chose de délicat, pas moins scabreux que la mission africaine de l'autre.

Lui, Tony, était en compagnie de Mme Bo Xiang quand elle est morte. À Buenos Aires, Argentine, oui oui. Dans l'agence de banque où il assistait Mme Bo Xiang lors d'une importante transaction. Au cours de la négociation, la brave dame s'était effondrée, comme ça, d'un coup. Crise cardiaque. Tony a même essayé de la sauver en lui faisant le bouche-à-bouche, en vain. Ensuite il a aidé à la rapatrier. Clandestinement. Pot-de-vin par-ci, bakchich par-là. En aucun cas le monde extérieur ne devait jamais être au courant. Voilà ! Maintenant Tony et l'autre sont quittes, vérité contre vérité.

Et pendant tout ce temps où Tony est en train de plaider, de flatter, d'amadouer et de mentir, il ne perd jamais de vue que celui qui est en face de lui est un escroc, un bourreau et un hypocrite. Cet animal à sang froid n'a même pas levé un sourcil quand Tony a parlé de l'Afrique. Comment quelqu'un peut-il être aussi cruel et malgré tout aussi flegmatique, limite charmant ? Et une chose demeure troublante et même inquiétante :

non seulement l'autre porte le même nom que Tony, mais il y a entre eux une vague ressemblance. Bien que l'autre soit un peu plus jeune et – admettons-le – un peu plus beau.

Mais il ne faut pas que Tony s'en fasse pour cette vague similitude. Maintenant c'est à son tour de tirer avantage de quelqu'un. Il va enfin transformer ses pertes – financières et autres – en gains substantiels. Il ne sait pas encore comment, mais il sent que cela va venir et que cela lui revient. L'inspecteur Khumalo avait cent fois raison. La revanche est une roue qui tourne, le criminel le plus dangereux est une ancienne victime. Et qui, en tant que victime de multiples avanies, a davantage de droit que Tony à une vengeance sans merci ?

Je vais assouvir ma rage, pense-t-il – tout en souriant, mentant, flattant – et pourquoi pas sur quelqu'un qui porte le même nom que moi. Correction. Surtout sur quelqu'un qui porte le même nom. Ce foutu nom m'a causé assez d'emmerdes.

Il est temps que j'en sois dédommagé.

Quel couillon, pense Tony – tout en écoutant, acquiesçant, jaugeant et sans jamais montrer le fond de sa pensée. Ce type tremble de nervosité. Il n'est même pas capable de raconter une simple histoire sans que le langage du corps ne le trahisse quand il ment. D'ailleurs, son récit est un fromage à trous, avec plus de trous que de fromage. Lui ? Intermédiaire international ? Ce couillon ?

La réputation de Mme Bo Xiang n'est plus à faire. Elle est l'objet de toutes les allusions et toutes les rigolades, même dans l'entourage de son mari. Ce mollasson avait tout simplement été l'un de ses gigolos.

Pas besoin de réfléchir longtemps pour savoir ce qui a été versé en liquide à Buenos Aires, outre le fric sur un compte secret. Il faut aimer ça, une vieille peau comme elle !

Mais c'est bien de faire ami-ami avec ce loser. Il est au courant de beaucoup de choses, c'est incontestable. Il jouit de la confiance de M. Bo Xiang, il était là quand sa femme est morte. Des atouts non négligeables. Mais heureusement il ne sait rien de la mort du garde-chasse. Dieu merci, personne ne sait rien de cette tragédie. Un chantage est bien la dernière chose dont Tony a besoin.

Mais il reste des questions qui le turlupinent. Pourquoi personne ne lui a jamais parlé de l'existence de ce loser ? Y a-t-il une intrigue là-dessous ou bien est-ce innocent ? Peut-être que les Chinois croient que Hanssen est un nom de clan, plutôt qu'un patronyme. Eux-mêmes ont d'innombrables Ching et Chang, on n'y comprend rien. Et ces deux Tony alors ? Bah, la plupart des musulmans s'appellent bien Mohammed. Il ne faut pas voir de complot partout. Peut-être est-ce lui qui a été inattentif. Peut-être qu'il n'a tout simplement jamais capté le message. L'interprète a souvent parlé d'un ton méprisant de « *others of your kind* ». Qu'est-ce que ça voulait dire, « les autres de votre espèce » ? Peut-être que l'affreux voulait seulement parler de cet empoté.

Ça devrait être interdit, qu'un couillon de cette sorte porte le même nom que moi, conclut Tony. De loin, il ressemble même à une version plus débraillée de moi-même. Je vais voir dans quelle mesure je pourrai l'utiliser.

Et après ça, je le laisse tomber. Je ne suis pas l'Armée du Salut.

« ELLES SONT BEAUCOUP PLUS GRANDES QUE JE NE L'AURAIS CRU », dit Tony. C'est pourtant la plus petite corne qu'il tient entre les mains. Il la regarde sous tous les angles et il est sincèrement impressionné.

Cela tient peut-être au fait que lui, et lui seul, sait que ce sont des armes mortelles. Pas parce qu'elles peuvent vous transpercer. Pour cela, il faudrait encore qu'elles soient sur le crâne d'un animal vivant qui fonce sur vous, prêt à vous perforer les tripes avec ses excroissances avant de vous piétiner à mort. Non, ce trophée – et aussi la grande que l'autre porte dans ses bras – n'a plus besoin d'un porteur pour être l'arme fatale. Elle contient assez de poison pour occire un homme, et même un rhino, sans faire de bruit, sans verser le sang.

Malgré cela la corne est magnifique. Tout à fait différente de l'ivoire, et pourtant aussi noble, aussi mystérieuse. C'est donc ça, tout ce qui peut rester d'une vie, pense Tony en continuant à l'examiner attentivement. Une existence qui, vue après coup, n'a été vécue que pour produire ceci. Un objet suggestif, un symbole. Une chose à pulvériser et à verser dans une boisson. Et pourtant si belle. Va-t-il la révéler à l'autre ? L'histoire du poison. Ne fais pas ça, pense-t-il. Chaque chose en son temps. Ça ne ferait que gâcher l'ambiance en ce moment. Et peut-être n'est-ce même pas vrai, ce que Khumalo a radoté avant de partir. « Elles sont vraiment superbes, magnifiques », fait-il, flatteur.

« Et tu aurais dû voir l'animal qui les portait, fanfaronne l'autre. J'ai dû tirer trois fois avant qu'il ne daigne tomber. Ce sont des durs à cuire. Plus têtus qu'un éléphant, plus dangereux qu'un buffle. »

Ils sont tous les deux devant la fenêtre, regardant la métropole à leurs pieds, tenant chacun une corne dans les mains. Attendant un signe de l'interprète. De temps en temps, ils jettent un regard en coin sur leur portable. Est-ce que ça vient ? Ils sont tous deux morts de fatigue.

Une guerre d'usure, sans que ni l'un ni l'autre ne s'en rende compte.

C'est Tony qui, en manque de sujets de conversation, a demandé à brûle-pourpoint à l'autre s'il pouvait voir les cornes. L'attente en commun et l'ennui amollissant qui en résultait avaient limé les bords les plus rugueux de leur mépris réciproque.

Comme Tony l'a espéré, l'autre a accepté tout de suite. Vanité et flatterie, le ciment de tout commerce humain. « Ce n'est pas une chose que j'ai faite de bon cœur, ment l'autre, après avoir sorti les cornes de la commode. Personne n'aime abattre un splendide exemplaire d'une si magnifique espèce, dit-il avec une sorte de reniflement, feignant la modestie. Mais on le fait parce qu'on doit le faire. Parce qu'on ne peut pas faire autrement. Tu comprends, Tony ? » Il jette un long regard sur la ville comme s'il y comptait déjà ses propriétés.

« Absolument, ment Tony. Santé ! » Ils ont fait apporter une bouteille de vin après le petit déjeuner. Pas du Puligny Montrachet. Tony déteste ça, il en a prévenu l'autre. Qui lui a donné tout à fait raison. Il n'y a rien de mal à boire un bon italien. Lui-même est fou de Montepulciano. Quoi ? Toi aussi, Tony ? Ça alors ! Finalement ils ont plus de choses en commun qu'ils ne le croyaient.

Tous deux sourient.

« N'est-ce pas incroyable, demande l'autre, grande corne dans une main, verre de vin dans l'autre, que deux morceaux d'un cadavre nous donnent accès à tout ce qui est devant nous ici ? » Il montre la ville avec son verre. Le vin tangue et valse. « Je commence à l'aimer de plus en plus, Tony. Cette énigme inépuisable qui s'appelle la Chine. Le plus vieux berceau de l'humanité. »

Voilà qu'il devient poète, en plus d'être un tartuffe et une machine à tuer, pense Tony. « J'en pense exactement la même chose, est la seule réponse qu'il trouve. À toi, Chine, *mon amour ! Santé !* »

Ils trinquent pour la deuxième fois.

« Sais-tu ce que tu ne m'as pas encore raconté ? » demande l'autre après un silence. Il jette un petit coup d'œil à Tony puis se replonge dans la contemplation de la Rivière des Perles, là, tout en bas, entre les ponts et viaducs avec leurs milliers de véhicules.

« Je n'en ai aucune idée », dit Tony, sur le qui-vive. La petite corne avait un poids plaisant au creux de son coude.

« Comment tu t'es abîmé la lèvre, sourit l'autre.

– Oh, ça ? » Tony hausse les épaules. Il caresse sa corne. Il a déjà posé son verre vide. La migraine semble passée, sa tête est agréablement vide, il a le teint un peu rose. Délicieux, ce vin.

« Allons, dit l'autre, raconte.

– Toi d'abord », sourit Tony.

Un bref silence. Tous deux pouffent de rire.

« Je me suis blessé la lèvre en Afrique », finit par dire l'autre, sans mentir. Mais il ment tout aussitôt : « Ma tronçonneuse s'est bloquée. Alors, je suis allé chercher ma hache dans mon 4x4. Tu le croiras ou non, comme un con, j'ai réussi à me cogner la bouche contre la porte du coffre, qui était levée, fait-il avec un sourire en secouant la tête. Il avait l'air fin, le grand chasseur qui saignait comme un bœuf. »

Tony sent que même sa manière d'étaler sa soi-disant bêtise n'est que du cabotinage. Il pouffe de rire avec l'autre, mais en même temps il voit en esprit les photos de Khumalo. Les gros plans des victimes. La hache. Ce *yuppie* est capable de commettre de telles horreurs, cela, il ne faut pas que Tony l'oublie. Il ne faut jamais le perdre de vue, malgré l'atmosphère bon enfant et douteusement amicale qui s'est installée dans cette chambre, cet aquarium, ce piège. Il faut rester sur ses gardes. « Moi, j'ai encore été beaucoup plus con », ment-il en imitant le rire de l'autre. Tendre un miroir, ça charme toujours.

« Pas possible, rit l'autre. Qu'est-ce qui peut être plus bête que de se cogner la gueule à son coffre de bagnole ?

– Moi, ment Tony en riant, cette nuit je me suis fadé la porte des w.-c.

– Pas vrai ? dit Tony en éclatant de rire. Contre la porte des w.-c. ! » Il se tape la cuisse de sa main libre. « Contre la porte ouverte ? » Son rire menace de dérailler.

« Je te jure », ment Tony. Son rire aussi est sur le point de prendre un drôle de tour. Le stress, l'angoisse, la fatigue, ils partent tous les deux d'un rire hystérique, une énorme hilarité nerveuse. « J'ai foncé sur la porte comme dans un dessin animé. Un bras et une jambe de chaque côté. Et ma figure au milieu. La tronche en plein contre la tranche. » Chacun sait que l'autre ment, mais ils s'en fichent. Ils se tordent, ils se bidonnent. Le fou rire de l'un déclenche en rafales le fou rire de l'autre. Cela dure des minutes entières. « J'étais sur le cul, hoquette enfin Tony d'une voix de fausset. Je voyais des étoiles ! J'étais heureux d'une seule chose.

– D’être encore capable de voir des étoiles ? demande l’autre, plié en deux, hors d’haleine, la face toute rouge.

– Non ! » hurle Tony. Ses yeux sont mouillés de larmes, son visage tend vers le violet. « Que mes dents soient encore toutes dans ma gueule ! » Il se frappe dans les mains et se plie en deux, lui aussi.

L’autre doit poser sa corne pour ne pas la laisser tomber dans son rire convulsif. Il est plié en avant, les deux mains appuyées sur son ventre déjà douloureux. D’une drôle de voix de tête, il piaille : « Je te vois d’ici ! Sur le cul ! Devant la porte ! Avec tes deux mains pleines de dents ! Et ta gueule toute vide ! » Il doit s’asseoir pour ne pas être terrassé par le rire. « Je vois la scène d’ici ! » hoquette-t-il plusieurs fois.

« Ça a bien failli se passer comme ça », dit Tony, contrôlant enfin son fou rire. Du pouce et de l’index de sa main libre, il essuie ses larmes.

Vient un silence. Pas désagréable, du reste.

« Je peux te demander un service ? » dit l’autre à brûle-pourpoint. Lui aussi a dominé son rire frénétique. « C’est personnel. » Lui aussi essuie ses larmes.

Un nouveau silence. Une pause, qui avait l’air d’un compromis, d’un accord possible. Une trêve de Dieu dans une chambre emplie de trop de cristal.

« Sois tranquille, rassure l’autre, ça n’a rien à voir avec M. Bo Xiang. Ce n’est important que pour moi.

– Dis toujours », fait Tony après un autre silence. Une sorte d’atmosphère de cordialité règne maintenant dans ce guêpier. Pourquoi pas ? L’autre aussi est un homme, après tout. Qui sait tout ce qui a pu lui arriver ? Quels événements et quels coups du sort ont-ils fait de lui l’homme qu’il est ? Après tout, on peut aussi considérer Tony comme un tueur. Il a poussé Mme Bo Xiang à la mort. Tout doit être vu dans le contexte. Il regarde l'autre : « Qu'est-ce que je peux faire pour toi ? » Sincèrement sincère. La revanche peut bien attendre un peu. C'est si chouette d'enfin discuter avec quelqu'un avec qui on a des choses en commun. Et qui parle votre propre langue, par-dessus le marché.

« Tu as un compte Skype ? » demande l'autre.

« DU CALME, DU CALME ! » L'autre essaie de la rassurer, toujours dans la suite du quatre-vingt-unième étage, mais un certain temps plus tard. Il serre Tony très étroitement, comme, faute de mieux, on tente de calmer un patient qui a une crise d'épilepsie. « Ne te laisse pas aller, mon vieux. Respire à fond ! »

Il soulève Tony qui se débat, le porte avec beaucoup de peine vers l'un des ornements de luxe de la chambre, une chaise-longue antique. Celui qui les verrait là pourrait croire qu'ils sont en train de se battre.

Peu avant, Tony a glissé de sa chaise, étouffant, roulant les yeux, mordant dans le vide, tapant du bras autour de lui, le dos arqué dans une crampe, tout juste s'il n'avait pas la bave aux lèvres. C'est ta propre faute, con, a-t-il pensé en s'écroulant. Un éclair de lucidité au milieu d'une attaque de colère.

Il venait d'encaisser un choc inattendu. C'était la honte et la rage qui l'envahissaient, pas seulement un crève-cœur. Il n'avait pas « skypé » avec Martine, comme l'autre le lui avait demandé.

Soi-disant pour s'exercer, il avait d'abord skypé avec quelqu'un d'autre.

Avant d'en arriver là, Tony avait, durant une heure, tout mis en œuvre pour ne pas appeler Martine. Il voulait épargner à l'autre la révélation que sa femme l'avait laissé tomber, à coup sûr en exigeant la garde de l'enfant, la prunelle de ses yeux, et une saisie de leurs propriétés communes. Leur villa ? L'autre pouvait faire une croix dessus. Il ne lui resterait pas grand-chose quand il rentrerait à Wolvertem.

Tony ne voulait pas être le messager de tout cela. Ce n'était même pas l'altruisme qui le guidait. Il aurait besoin de l'autre autour de la table de négociation, l'esprit clair, pas en état de choc.

Mais toutes ces réticences s'étaient heurtées aux insistances de l'autre.

Lorsque Tony avait objecté qu'aucun d'eux n'avait d'ordinateur, l'autre avait appelé la réception pour qu'on en apporte un illico. « Je le fais tout le temps, avait-il expliqué, je ne possède plus d'appareil à moi. Beaucoup trop dangereux. » Le room service avait apporté un modèle dernier cri de Samsung. « Heureusement qu'ils n'ont pas apporté d'abord Dell... d'abord Dell... bordel ! » Il avait eu l'air déçu de ce que Tony ne rie pas de son jeu de mots foireux.

Comme Tony avait dit, ce qui était faux, qu'il ne possédait pas de compte Skype, l'autre lui en avait ouvert un tout de suite. Domicilié à Buenos Aires, avait lu Tony avec déplaisir par-dessus l'épaule de l'autre. Il n'en avait rien dit. Il ne voulait pas froisser l'autre en enchaînant sur son jeu de mots. Ce serait déjà un coup assez dur pour lui quand il aurait sa petite femme en ligne. Le bordel ? Tu vas voir le bordel que ça va être dans ta vie, pensait-il.

Mais l'autre baignait maintenant dans une euphorie sans frein. Il ne cessait de vanter la beauté de sa femme et la force de leur amour vrai, même après des années de vie commune, même après des mois de séparation involontaire. Il était également intarissable sur sa petite Klaartje. Du coup, plus son père ne cessait de s'extasier et de se vanter de sa petite perle, plus Tony ressentait une antipathie pour cette petite peste. Se vanter devant lui, Tony, un étranger après tout, malgré le nom qu'ils partageaient. Tony ne comprenait pas. Quelle espèce de toxine, quelle espèce de virus transformait un homme en un crétin des Alpes dès qu'il avait l'occasion de s'épancher sur sa progéniture ?

Il ne pouvait pourtant s'empêcher d'admirer que l'autre, tout en se répandant en flots extatiques, ne perde pas le fil des idées et continue à pianoter sur le petit clavier. Ses doigts semblaient faire partie de la machine. Il s'agissait tout d'abord de reformater l'appareil, avait-il dit d'un ton vantard, comme si c'était la chose la plus simple du monde. Ensuite, il installerait les programmes et un firewall supplémentaire. Les cookies, les bugs, tout cela devait être double-checké. « On ne sait jamais qui pourrait nous retracer. Vaut mieux être sûr. »

Tony ignorait totalement ce que tout ça pouvait bien signifier, les cookies, les firewalls, le reformatage. Pour lui, Internet restait en grande partie un charabia énigmatique. Il avait déjà des problèmes avec les simples interrupteurs et les modes d'emploi. Si personne ne se donnait la peine de lui indiquer la marche à suivre avec un micro-ondes, les plats cuisinés restaient congelés ou cuisaient jusqu'à momification.

« Tu es le type idéal pour appeler Martine, avait insisté l'autre en pianotant comme un fou. Tu fais semblant d'être un touriste informatique, à la recherche d'homonymes. Ça arrive souvent. Le monde est un village, n'importe qui pénètre chez n'importe qui, si ce n'est pas par Twitter, c'est par Facebook. Nous sommes tous des voisins wifi. » Il riait sans cesser de tapoter et de pianoter. « Plus personne n'est en sécurité. Sauf si on connaît les bons chemins et les bonnes techniques. »

Il a une certaine tendance à la paranoïa, pensait Tony. Peut-être faut-il jouer là-dessus pour lui faire retarder l'échéance. « Ta femme n'est pas idiote, dit-il, commençant par un compliment. Elle va se méfier, elle va tout de suite interrompre la communication et on va l'inquiéter inutilement.

– *Bullshit*, répondit l'autre. Je la connais, elle meurt d'envie d'avoir des nouvelles de moi, n'importe quoi lui fera plaisir. Je resterai hors image tant que je ne serai pas sûr qu'elle est seule.

– Et si elle n'est pas seule ?

– Au moins je la verrai pendant qu'elle cause avec toi. C'est déjà beaucoup. Tu comprendras quand tu la verras. Ma Martine, ma Martinette, c'est quelque chose !

– Et si ta Martine n'a pas branché son ordi ?

– Alors on skypera sur son smartphone. Je lui acheté un abonnement illimité. Il est connecté jour et nuit. »

Pourquoi ne suis-je pas surpris ? pensa Tony en grinçant des dents. Il s'imaginait le type de femme que c'était. Qui peut épouser un cuistre informatique du secteur bancaire et qui demeure mariée pendant des années à un tel vautour ? C'est qu'elle-même n'est pas tout à fait normale. Il faut être une mégère avide de fric. Tony aurait préféré tomber mort plutôt que d'appeler cette sorte de charogne bien aguerrie. Elle verrait subito leur mise en scène cousue de fil blanc, elle sommerait l'autre d'apparaître à l'écran et elle lui flanquerait tout à la face. Qu'elle le larguait et le tondait à ras. Elle l'insulterait, elle le démoraliserait, le déstabiliserait. Tony ne pouvait s'exposer à ça. Tout ici semblait enfin un peu sous contrôle, on pouvait maîtriser la situation. Il fallait surtout éviter le bouleversement causé par le face-à-face avec un ange de la vengeance en train de gueuler. Tony était à bout de forces, éreinté, vide. Il n'aurait pas dû se remettre à boire après le petit déjeuner. Où avait-il la tête ? Ce Montepulciano lui bouffait ce qui lui restait de résistance.

« Tu es prêt ? » demanda l'autre. Il renaissait. Moins d'une petite heure de travail et il était de nouveau revêtu de tous les automatismes de son métier. Autorité, condescendance, pas l'ombre d'un doute, rayonnant d'un infaillible optimisme. D'un mouvement rapide, il tourna l'ordinateur vers Tony.

La petite caméra intégrée n'était pas encore allumée. Si ça se trouve, pensa Tony, l'humanité entière peut me regarder en face par ce petit œil. L'œil d'un cyclope carré. Tony regarda l'œil, avec horreur. Confronté à ce nombre accablant, à la pression de millions ou de milliards de vies, toutes aussi vulnérables et insignifiantes que la sienne. Ce pourrait être des bacilles grouillant sous un microscope.

Tony fit encore deux tentatives désespérées pour gagner du temps, espérant un sauvetage au dernier instant de la part de l'interprète et des gardes du corps – exactement comme il l'avait espéré la nuit précédente en présence de Khumalo. Ils devaient bien finir par arriver ?

Une fois encore son inventivité ne fut pas récompensée. Il commença par mentir en affirmant qu'il n'avait jamais utilisé Skype et qu'il était si maladroit qu'il allait foutre le bordel partout, d'abord dans la conversation, peut-être bien dans le programme et même dans l'ordi. Ce ne serait pas la première fois qu'il ferait planter un ordinateur – et là, il disait la vérité.

L'autre le regarda avec compassion. « Personne n'est aussi complètement con », dit-il avec cependant une légère irritation dans le ton. Il sentait que Tony faisait de l'obstruction. Si ça continuait, on risquait la bisbille. « Bon, tu ôtes tes pattes du clavier pendant que tu parles. Moi je ferai le reste. »

Tony mentit encore en répétant qu'il n'avait jamais « skypé » et que par conséquent il avait une certaine réticence à entamer sa première conversation vidéo avec – excuse-moi – une personne inconnue. Il se connaissait. Il serait raide et empoté, Martine se méfierait et elle interromprait la session avant qu'elle ne soit vraiment commencée.

« OK », soupira l'autre en faisant une grimace et levant les yeux au ciel. Il n'avait aucun talent pour enseigner, et encore moins de patience. « Bon, on va d'abord s'exercer avec quelqu'un que tu connais. Dis-moi. Qui veux-tu appeler ?

– Pardon ?

– Tu ne vas pas me raconter qu'il n'y a personne que tu puisses appeler ? » Le ton devenait franchement inamical. « Est-ce que tu veux vraiment collaborer avec moi ? Ça promet pour tout à l'heure ! Allez ! Tu appelles qui ? »

C'était devenu menaçant.

Et Tony abdiqua, comme il abdiquait toujours. Il donna le nom de son père. « Alexander Hanssen. »

C'était sorti de sa bouche avant qu'il ne l'eût réalisé, avec une rapidité et une évidence qui le choquèrent.

Il en était donc arrivé là, après toutes ces années de vagabondage autour du monde : il ne savait qui citer en dehors de ses géniteurs. Et pas même Mamounette. Mais *lui*. Il se trahissait lui-même et il était furieux d'être incapable de trouver aucune référence ou connexion autre que ces deux créatures. Cela le minait encore plus que ce traître vin italien. Du coup, sa cage thoracique se contracta de nouveau, la fleur carnivore était de retour.

Il vit l'autre recommencer à pianoter joyeusement, à la recherche informatique de l'heureux gagnant, comme si c'était un petit jeu télé, un quiz de fin de soirée pour rentiers insomniaques. « Et vous gagnez... Tadaam ! Un tête-à-tête avec votre fils prodigue ! » Avec un peu de chance, Papounet et Mamounette ne seraient pas à la maison, pensa Tony. Et de toute façon, ce ne sont sans doute pas des *computer geeks*, croyait-il. Tel père, tel fils. Il espérait ardemment qu'ils ne possédaient même pas un compte Skype.

« *We've got him !* » s'écria l'autre, triomphant. Hanssen, Alexander. Et il n'y en a qu'un seul dans toute la Belgique. Il tourna à nouveau l'ordinateur vers Tony.

Le cyclope carré fit un bruit de sonnerie, mais son œil intégré ne luisait pas encore en vert.

Déconcerté, Tony regardait l'écran sur lequel apparaissait une petite photo d'un vieil homme qui ne pouvait être que son père, marqué par la Griffe du Temps. Des rides partout. Très amaigri. Une chevelure grise si bien coupée qu'elle ressemblait à une perruque. Une denture d'une blancheur surnaturelle. Une peau tellement bronzée qu'elle tirait sur l'orange. Des yeux tourmentés en dépit du large sourire répugnant. La sonnerie électronique continuait. Une petite icône verte rappelant un antique téléphone se mit à clignoter au-dessus de la photo.

Pourquoi ce mutant décati lui souriait-il ? Qu'est-ce qu'il mijotait, ce fantôme du passé ? Tony se sentait épié et cerné de partout. Par l'autre à côté de lui, par la photo devant lui, par l'œil provisoirement mort du cyclope au-dessus de l'écran. La sonnerie s'entêtait.

Faites qu'ils ne soient pas à la maison, pria Tony, faites que Mamounette et Papounet se soient mis sur leur trente-et-un pour aller aux Courses de Waregem, pour aller parader dans une tente VIP au Tour des Flandres, pour aller au Bal du Rat Mort ou au marché aux Oiseaux, pour aller à la digue d'Ostende, à l'enfer de Bokrijk, pour aller se faire foutre.

La sonnerie s'arrêta.

L'écran s'épanouit comme une fleur dans un film de nature en accéléré, mais l'image était beaucoup moins nette. Le visage qui le regardait se composait de petits blocs grossiers et bringuebalants en couleurs pastel. « Allô ? » Ceci n'était ni Papounet ni Mamounette. C'était une voix de jeune femme. De temps à autre les petits blocs tressautants s'agrégeaient en une image acceptable. La fille qui apparut ensuite n'était pas mal du tout, elle avait tout au plus vingt-cinq ans. À première vue, il semblait qu'elle eût au moins un géniteur noir. Mère Nature l'avait dotée d'une poitrine appréciable et sa bouche n'aurait pas déparé dans une pub pour rouge à lèvres. Esthétiquement parlant, les femmes de ménage ont fait des progrès en Belgique, pensa Tony.

« Bonjour, qui est là ? » demanda la fille. Elle avait un accent charmant mais elle fronçait le sourcil. « Qui êtes-vous ? » Ses yeux sombres fixaient, étonnés, Tony qui se trouvait à des milliers de kilomètres. Le petit œil vert au-dessus de l'écran le regardait également. Tony pensa : dans le temps, cet œil unique était beaucoup plus grand, et il était inscrit dans un triangle. Un petit panneau au-dessus du comptoir de chaque bistrot de la Flandre catholique : « Ici on ne jure pas, Dieu vous voit ! » Peine perdue. Tous juraient comme des charretiers. Tony contemplait la jeune femme, paralysé. Il avait perdu sa langue. Elle collait à son palais.

« Mais qui êtes-vous ? redemanda la fille. Vous m'entendez ? Allô ?

– Désolé, finit par dire Tony, avec beaucoup de difficulté. Ce doit être une erreur. » Il sentit l'autre qui, hors image, lui filait un coup de pied sur le tibia. « Continue », siffla l'autre. Non sans une certaine joie mauvaise.

« Tony ? C'est toi ? » demanda soudain la femme de ménage. Ravie, pour ne pas dire folle de joie. « Incroyable ! C'est vraiment toi ? » Son visage se transforma pendant un moment en un chef-d'œuvre cubiste, mais se recomposa bientôt en un portrait réaliste de ravissante jeune femme de sang mêlé. Le changement se produisait de temps en temps dans la voix également : de mélodieuse et charmante à un croassement électronique et vice-versa. « Dis donc, c'est fou, ça ! Enfin des nouvelles de toi ! Je suis tellement contente. » Sa voix restait enthousiaste mais elle fronçait de nouveau le sourcil. « Il faut que tu passes, Tony, pas nécessaire de téléphoner avant. Ne t'en fais pas, tout le monde sera heureux, on t'a attendu si longtemps. Je savais que tu reviendrais un jour, je sens ces choses. J'ai tellement entendu parler de toi ! Et où es-tu, chéri ? Tu es dans les environs ?

– Pas vraiment », dit Tony. Il regardait avec stupéfaction l'intérieur derrière la jeune femme qui venait de l'appeler chéri. À part quelques peintures, il ne reconnaissait rien. Tout ça avait l'air foutrement moderne. « Qui es-tu ? demanda-t-il. Et où te trouves-tu, toi ?

– Excuse-moi, dit la jeune femme en riant, je suis Lindiwe, mais tout le monde m'appelle Linda. Et ce que tu vois ici – elle se retourna d'un mouvement coquet et fit un geste circulaire vers le haut comme si elle venait de réaliser avec succès un tour de magie – c'est le living. Je te fais faire un tour de tout le loft ? » Elle fit tourner en rond son ordinateur portable.

Elle se trouvait effectivement dans un living foutrement moderniste. Immense, dépouillé et très stylé, avec de hauts plafonds, des murs de béton lisse et de grandes fenêtres coulissantes qui semblaient donner – si Tony voyait bien – sur une rivière ou quelque chose de ce genre. En effet, qu'apercevait-il ? Une péniche entrait lentement dans l'image.

Une péniche ? « Où est notre villa ? » demanda Tony. Sa voix se transformait-elle aussi en un croassement électronique ? Et quelle différence cela ferait-il ? Il bafouillait et sa voix était bizarre. Sur sa poitrine aussi pesait du béton lisse.

Linda éclata de rire. Un beau rire joyeux et franc. Tony jeta un regard en coin à l'autre. Celui-ci ne le regardait plus et fixait d'autant plus l'écran. Bouche bée devant tant de beauté, une telle bête de sexe.

« Ça fait près de trois ans que nous avons quitté cette vilaine villa, minauda Linda. Qui aujourd'hui veut encore vivre chez les ploucs ? C'est tellement plus chouette dans une grande ville. Ton père est de nouveau totalement épanoui depuis que nous habitons sur le quai de l'Escaut. La vue qu'on a d'ici ! Et les bateaux qui passent tout le temps ! fit-elle avec un sourire béat. On a la nostalgie de tous les pays lointains, c'est magnifique. En même temps, tout est accessible à vélo. Nous ne voudrions plus vivre nulle part ailleurs.

– À vélo ? demanda Tony, stupéfait. Mes parents habitent Anvers et ils roulent à vélo ? »

Le rire de Linda se figea soudain. Beauté et tragédie, l'une accentuant l'autre – un portrait de maître ancien. « Tony, bégaya-t-elle, je regrette. Je croyais que tu savais pour ta mère.

– Qu'est-ce que je suis censé savoir ? » Il le savait déjà, mais il voulait l'entendre de la bouche de cette fossoyeuse, cette putain. Elle était plus jeune que lui, nom de Dieu ! Beaucoup plus jeune.

« Je ne pense pas que ce soit moi qui doive te l'annoncer », dit Linda. Elle avait posé la main sur le sternum, au-dessus de son décolleté, comme si elle voulait épargner les sentiments de Tony en cachant son propre cœur. Sur ses ongles longs un vernis couleur bordeaux. Elle regardait autour d'elle, en quête d'aide dans son bunker esthétique si magnifiquement éclairé. « Reste en ligne. S'il te plaît », dit-elle en plaçant soudain le visage tout près de sa caméra. Sa figure en devint bouffie et laide, passant en une seconde de Vermeer à Jérôme Bosch. « Je t'en prie, ne t'en va pas ! Pas de nouveau ! » Ses lèvres étaient monstrueuses, la détresse dans ses yeux était répugnante. « Ton père n'y survivrait pas ! » Étaient-ce des larmes qui montaient ? Ridicule. « Je vais voir s'il est dans son bureau ! Attends-nous ! » Son visage disparut brusquement de l'image, laissant un vide béant. Même la péniche avait disparu.

On l'entendit crier hors image : « Alexander ? Alexander ! » De plus en plus loin et de plus en plus aigu. « Alexander ! » Elle paraissait hors d'elle, comme folle de douleur. Comme si le béton lisse avait pris feu. Et elle aussi.

Tony ne referma même pas l'ordinateur. Il le balaya de la table et il alla valser contre une fenêtre. L'écran explosa avec un craquement qui faisait plaisir. L'œil du cyclope s'éteignit. Quelques touches s'éparpillèrent. En même temps, Tony sentit son dos se creuser et tout son corps glisser de sa chaise, il happait l'air comme dans un spasme asthmatique. Ce qui sortait de sa bouche ressemblait à des pleurs, comme on dit des loups blessés qu'ils pleurent quand ils émettent des sons dans la nuit.

L'autre comprit mal la situation. Il se précipita à son secours, convaincu que son futur associé avait besoin de consolation. Il prit dans ses bras Tony qui se débattait et le porta jusqu'à la chaise-longue. Il dit : « Il faut être fort, *buddy* », et d'autres choses du même tonneau. « Laisse-toi aller, chiale, ça soulage. » Il posa Tony et resta assis à côté de lui, de peur que le corps secoué de spasmes ne tombe de la chaise-longue. « Je suis désolé, mon vieux, je n'ai pas voulu ça. » Il alla jusqu'à dire ça. Des excuses. Parce qu'il pensait que Tony était affligé.

Ce que l'autre ne pouvait ni savoir ni deviner, c'est que Tony ne fulminait pas seulement à cause de la mort d'une génitrice, mais surtout à cause de ce qu'elle avait incarné pendant tant d'années. La plupart des gens font de l'amour le fondement de leur existence, Tony s'était nourri de haine. Mais l'objet de sa haine était devenu, dans son esprit, quelque chose d'éternel, d'immuable. Il n'avait jamais tenu compte du temps qui passait, d'une possible évolution. Et voilà que ce qu'il avait haï cessait brutalement d'exister.

Cela rendait sa haine ridicule, et lui aussi par la même occasion. Pendant des années, comme un animal rétif, il avait tiré sur une chaîne familière, mais cette chaîne n'était plus attachée nulle part. Finalement, elle n'avait même peut-être jamais été ancrée dans le sol. En une seule seconde, Tony se trouvait deux fois perdant. Il perdait sa vraie jeunesse et l'image qu'il en avait nourrie comme raison de toutes ses actions. Elles avaient disparu toutes les deux, dissoutes comme de la chair dans l'acide.

Ce qui rendait Tony tout à fait amer et même complètement fou était le fait que cette perte pût encore tellement le bouleverser. Lui qui s'était toujours vanté d'avoir laissé derrière lui « tout ce bordel », devait avouer, à sa grande rage, qu'il ne pouvait en être débarrassé qu'aujourd'hui. Et même pas définitivement. C'était ça le plus honteux, le plus choquant. Même s'il était en train de sombrer dans une sorte de délire sans fond, la chose marquait ceci en lettres de feu dans sa tête : ce qu'il avait perdu, deux fois perdu, resterait malgré tout en lui pour toujours, sous la forme d'une gangrène, d'une allergie. Comme si l'on amputait un bras et qu'il n'y subsistait pas seulement une cicatrice comme souvenir permanent. Non, il y avait aussi le pus, et la démangeaison, et la douleur angoissante qui annonce les pluies. Tout cela se logeait à l'endroit même du bras disparu.

Même si c'est perdu, on ne s'en débarrasse jamais.

Il y eut aussi autre chose dont Tony se souvint plus tard, dans les lambeaux de conscience émergeant des ombres de son rêve délirant. L'autre lui avait apporté une couverture et de l'eau fraîche et avait dit : « Ne t'en fais pas. Reste couché là. Aussi longtemps que tu le voudras. » Tony se rappelait même s'être réveillé en sursaut et avoir vu l'autre qui le scrutait de tout près, examinant ses yeux comme un médecin l'aurait fait. L'autre avait même posé une main sur la joue de Tony et dit : « Il faut que tu dormes. J'ai encore besoin de toi, camarade. »

Tony demanda difficilement, la langue épaisse : « Et Martine ?

– Ne t'en fais pas pour elle. On l'appellera quand ce sera fini.

– Fini ?

– L'interprète a appelé. La rencontre est pour ce soir. Il a dit que tu pouvais m'accompagner. Pas de problème.

– Où ça ? » demanda Tony. Pour demander quelque chose. Il s'en foutait, de cette rencontre. Mais il n'était pas fâché de sentir la main de l'autre sur sa joue. Évidemment, ce n'était pas l'étreinte qu'il avait attendue – quand ? ça faisait longtemps ? une semaine, un an, un siècle ? – de la part du fils des dieux Pedro, le croque-mort arnaqueur de Buenos Aires. Mais une main sur la joue, c'était déjà beaucoup. C'était plus qu'il ne méritait, trouvait-il.

« Dans un restaurant naturellement », rit l'autre. Sa main restait posée au même endroit. « Où veux-tu que ce soit ? Tu les connais, nos amis chinois. Sur ce plan-là, ils pourraient tout aussi bien être des Belges ou des Italiens.

– Qu'est-ce qu'il faut qu'on apporte ? » Tony voulait parler des cornes. Ce fut la dernière question à laquelle il pensa avant de retomber dans son sommeil fiévreux.

Il entendit à peine la réponse enjouée de l'autre. « Toujours la même chose : pour la boisson un foie en acier inoxydable, pour la bouffe un estomac en béton armé. »

TONY RETIRA SA MAIN de la joue moite mais glacée. Le couillon s'était rendormi. Est-ce que ce loser, cette loque humaine, serait en état de lui fournir une aide quelconque dans les négociations compliquées ? Était-il même en état d'aller jusqu'au restaurant ?

Incompréhensible, pensa Tony en secouant la tête, lui-même épuisé, deux types qui portent le même nom et qui physiquement ont plus de ressemblances que de divergences, c'est incompréhensible qu'ils puissent être aussi différents. Dieu merci !

Il laissa le couillon sur la chaise-longue. Il était grand temps que lui-même aille s'allonger un peu pour un bon petit somme. Quelques heures lui suffisaient. Il avait toujours eu besoin de peu de sommeil.

Tandis qu'il se déshabillait, prêt à plonger sous les couvertures, il entendit un cri. Il se précipita vers le salon. Fausse alerte. Le pauvre con avait crié dans son sommeil. Tony poussa un soupir. Il valait mieux ne pas le laisser seul ici.

Il reprit le couillon dans ses bras, le souleva et l'emporta dans la chambre. Étonné de lui-même. Parce qu'il ressentait une chose qu'il n'avait plus éprouvée depuis longtemps, sauf pour Martine et Klaartje.

Une préoccupation. Du souci.

4 .... *Guangzhou (un restaurant)*

NOUS RETROUVONS LES DEUX TONY HANSSEN à l'autre bout de la métropole, dans un restaurant de poisson près du port. L'endroit pouvait accueillir plus de deux cents clients à la fois, et pourtant une longue file de Cantonais s'étirait à l'extérieur, dans l'attente d'une table libre. Ils fumaient et bavardaient sur le large trottoir d'un boulevard à six bandes de circulation, où, là aussi, à cette heure tardive, s'allongeaient des files de voitures. La moitié de la façade du restaurant consistait en une paroi rocheuse artificielle haute de trois étages, chute d'eau comprise. L'eau tombait dans un aquarium oblong, à l'éclairage féerique, simplement posé sur le trottoir.

La table vers laquelle les Tony s'étaient avancés était de dimensions vastes, quoique dressée pour cinq couverts à peine. Elle était séparée du reste de l'établissement par un lourd rideau aux motifs traditionnels, qui pendait du plafond au sol en plis majestueux. Les murs et le plafond étaient eux aussi décorés, de même que la moquette et les chaises à dossiers hauts. Tout était décoré, sauf les nappes et les serviettes éblouissantes de blancheur. Ce qui était en bois était laqué en noir ou rouge foncé, avec d'élégants bords dorés. L'éclairage ne comprenait pas seulement des lampions en forme de pagodes qui se balançaient mollement. L'ambiance était aussi donnée par de pâles tubes fluorescents et des néons de couleur dessinant de grandes boucles. Un antique théâtre chinois croisé avec une salle de jeux moderne.

L'un des Tony regardait fixement dans le vide, comme si, grâce à une technique spéciale de méditation, il se trouvait en même temps à quelques continents de là. Mais il se pouvait également que, technique courante dans les réunions en duo, il attende le moment choisi pour lancer une intervention inattendue et tranchante, mettant sur la table une ultime proposition que la partie adverse ne pouvait refuser sous peine de faire capoter toute la transaction.

L'autre Tony ne se taisait pas, lui. Il pratiquait avec verve et en élevant la voix, toutes les autres techniques de négociation. Charmer, sourire, flatter, frapper du poing sur la table, feindre l'indignation, dessiner au stylo feutre sur sa serviette une courbe de croissance optimiste.

Peine perdue. Son adversaire, l'interprète – pourtant son secret compagnon de beuverie et de karaoké – se révéla impitoyable durant ce jeu d'échecs entre deux égaux, deux concurrents qui luttaient comme s'il s'agissait de leur ultime combat à mort. Leur amitié cachée augmentait la violence qui, depuis une heure, caractérisait leur joute verbale. Le ton devenait de plus en plus menaçant, la discussion de plus en plus complexe. Au bout d'un quart d'heure, le Tony silencieux ne comprenait déjà plus rien à la chicane des deux antagonistes, tant la construction était labyrinthique, la matière spécialisée et l'arène internationale.

M. Bo Xiang se tenait à la gauche de son interprète. Lui aussi muet et immobile, tout aussi mentalement absent, bien que, là aussi, il pût s'agir d'une technique. Dans son cas, cela pouvait même être sa *raison d'être* en tant que magnat. Quelqu'un comme M. Bo Xiang n'avait pas besoin de débattre ou de séduire. Il avait des hommes pour cela. Il avait des hommes pour tout. À cet instant, à l'intérieur, il portait des lunettes noires Carrera vintage et, au lieu de son éternel costume froissé, un smoking. Dans la boutonnière se fanait un œillet. D'où vient-il ? ne put s'empêcher de se demander le Tony muet. D'un enterrement ou d'une party ? La seule chose que M. Bo Xiang eût faite jusqu'ici était manger et boire et fumer et écouter.

De temps en temps, le magnat posait sa griffe parcheminée sur la petite patte de porcelaine de son autre escorte, la seule en dehors de l'interprète. Une beauté chinoise de vingt ans tout au plus, vêtue d'un tailleur de coupe parisienne avec un décolleté distingué. Ses longues boucles d'oreilles semblaient être de platine et d'émeraude, mais ses yeux attristés scintillaient comme de l'anthracite taillé. Elle portait aux poignets de l'or finement travaillé, mais elle n'avait pas besoin de collier : le petit creux de son sternum et l'ombre de son décolleté étaient des bijoux suffisants. Bien qu'elle ne rît pas très souvent, sa bouche était sans doute son plus beau joyau. Des lèvres fines et ourlées, d'un éclat mat, toujours un peu ouvertes, à la fois obscènes et innocentes. Elle se nomme Chloé, avait dit l'interprète lors de la brève présentation.

Chloé aussi gardait le silence depuis le début de la soirée, buvant et mangeant comme un petit oiseau anorexique. Elle fumait comme un Turc. La seule autre chose qu'elle faisait, était de jeter de temps à autre un regard langoureux ou soucieux à l'homme assis à côté d'elle, l'homme aux lunettes noires, son seigneur et maître. Une fois même, elle avait essuyé d'un geste caressant le front moite de Bo Xiang avec sa serviette.

M. Bo Xiang n'avait pas remué un cil, comme si les attentions d'une aussi éblouissante jeune femme étaient la chose la plus ordinaire au monde. Tout lui était dû. À son côté, la beauté parfaite de Chloé. De l'autre côté, la menace parfaite de l'interprète, avec ses dents nicotinées et sa peau grêlée. Au milieu, lui, M. Bo Xiang. Cool, insondable, redoutable.

Et où est passé son chagrin maintenant ? pensait le Tony muet. Ou alors, était-ce la manière dont les Chinois de son acabit portent le deuil ? Froideur glaciale, dédain ? Peut-être qu'il prend des pilules, pensait-il, comme moi-même. Il rejeta aussitôt cette pensée. Un homme comme lui ne prend pas de pilules, un homme comme lui se défoule sur quelque chose ou sur quelqu'un, au besoin sur toute une entreprise commerciale. Un homme de ce genre ne connaît d'autres remèdes que les représailles, la coercition et l'assujettissement. Durant toute cette soirée, il lui avait fait penser à son père, Alexander le Pas Très Grand. Lui aussi s'était procuré une jeune pouliche comme lot de consolation. Mieux vaut ça qu'un triple pontage.

Linda et Chloé, Chloé et Linda – les deux noms tournaient dans la tête de Tony. Qu'est-ce qui poussait aussi facilement de jeunes et jolies femmes dans les bras d'une épave, mais une épave qui détient un pouvoir ? Étaient-elles vraiment toutes à la recherche d'un papounet de substitution ? Était-ce pour cela qu'elles s'étalaient sur le dos, jambes ouvertes, aussitôt qu'un homme âgé leur tournait autour ? Chloé et Linda, Linda et Chloé. Si Tony avait su que serait présente cette biche qui fumait à la chaîne, cette petite pute design – avec tous les souvenirs et connotations qu'évoquait cette fille – il ne se serait jamais laissé convaincre par l'autre Tony de venir dans cet antre. Voilà où ça menait, toute cette solidarité déplacée. Qu'est-ce que je fous ici ? pensa-t-il pour la énième fois depuis qu'il s'était attablé. Qu'est-ce que j'en ai à faire, de ces gens-là ?

Et où restait-elle, la récompense qu'on lui avait promise haut et fort ? On n'en avait pas encore dit un mot. Personne ne semblait étonné de l'avoir vu apparaître avec l'autre Tony. Qu'est-ce qu'ils pensaient de lui et de ce connard de fana d'informatique ? Qu'ils étaient copains comme cochons ? Des frères ? Des *partners in crime* ?

Il n'aurait pas dû venir.

Non, il aurait dû mettre les voiles tant qu'il était encore temps. Quand l'inspecteur Khumalo n'était pas encore venu frapper à sa porte, quand cette espèce de raté noir corrompu ne lui avait pas encore insufflé l'espoir que lui, Tony, pouvait aussi avoir sa part du gâteau s'il s'en donnait vraiment la peine. Quelle illusion ! Un tel parcours n'était tout simplement pas fait pour lui. Il ne pouvait rien espérer ici, rien gagner, rien re-gagner, il ne pouvait même pas foutre quelque chose en l'air avec élégance. Il n'était rien et il n'était capable de rien. Il pourrait s'estimer heureux si on divisait par deux ses dettes de jeu. Chose d'ailleurs improbable. Dupé une fois de plus, encore une fois baisé. À une table de roulette, d'accord, mais ici, à cette table de restaurant, il n'avait rien à foutre, ce n'était pas son monde. La table lui faisait penser à la phrase d'un autre homme âgé, le prof de droit civil qui l'avait recalé et s'était même payé sa gueule à l'examen oral de dernière année, sa dernière année de fac, dernière année de Flandre, dernière année d'Europe. « *Nous sommes au banquet de la vie infortunés convives !* » Il lui avait même crié la traduction à la face, ce sadique. « Infortunés convives, monsieur Hanssen ! Mais vous et moi ne nous verrons plus jamais à cette table. Fichez-moi le camp ! »

Je n'aurais jamais cru que je penserais encore à ça, se dit Tony, avec un petit sourire malgré tout. S'il savait ça, ce salopard de juriste. Mais non, il était probablement déjà mort et enterré et pourri et décomposé.

Tony jeta un regard oblique sur l'autre. Son homonyme, son partenaire, à sa droite. Non mais, regardez-moi ça ! Dupont et Dupond, sagement côte à côte. Épaule contre épaule, face à une Trinité Chinoise bien soudée.

Pauvre Tony, pensa Tony, qui ne souriait plus. Voyez comme il sue, le fayot. Notre génie autoproclamé ne peut visiblement pas comprendre pourquoi lui aussi, pour une fois, est obligé de plaider servilement pour obtenir ce qu'il veut. Son rêve, son consortium mondial, son ticket de retour à la normalité. Il exige tout ça comme si c'était un droit de l'homme.

Un droit ? Elles étaient étalées là, ses références, ses quittances – et ses malheureuses cornes. L'autre les avait apportées dans sa valise chic. Les preuves du massacre et de la tromperie qu'il avait dû accomplir pour venir s'asseoir ici, à cette table. Elles avaient l'air idiot maintenant, elles avaient perdu leur lustre, c'était devenu deux choses monstrueuses, les reliques inutiles d'une charogne qui, entre-temps, était certainement en putréfaction ou déjà dévorée. Des bricoles folkloriques, rien de plus. Moches, sales, primitives. Elles étaient oubliées là, sur cette table surchargée, entre des cendriers pleins, des petits pots de céramique émaillée avec des restes de thé vert, des verres de vin et de cognac à moitié vides, des plats pleins de têtes de poissons sans yeux dont on avait sucé l'intérieur, de pattes de crabes déjà suçotées elles aussi, de coquilles d'escargots, d'huîtres, de crustacés de toutes sortes.

Et encore Tony était-il parvenu à éviter les plats les plus répugnants.

LA SOIRÉE AVAIT MAL COMMENCÉ pour eux, quelques heures auparavant. Les gardes du corps n'étaient pas venus les prendre à l'hôtel dans leur Porsche Cayenne. Ils avaient dû commander eux-mêmes un taxi, en tenant à la main un petit papier ridicule sur lequel la réceptionniste avait écrit en caractères chinois l'adresse du restaurant.

L'autre n'avait cessé de sacrer durant tout le trajet. Que ce n'était vraiment pas classe, qu'il n'avait pas été habitué à ça par M. Bo Xiang, par personne d'autre de ce niveau, d'ailleurs, nulle part dans le monde. Il s'était représenté autrement son retour triomphal vers la réhabilitation. Son bagage, sa cargaison – les cornes dans la valise – valait une fortune, se lamentait-il. Il avait obtenu du chauffeur de pouvoir installer la valise sur la banquette arrière entre les deux passagers. Pas question de la mettre dans le coffre. Il avait soupiré plusieurs fois : « On risque encore de se faire voler. » Sa voix avait quelque chose de plaintif, un ton que Tony n'avait jamais encore entendu chez lui.

Pour comble de malheur, le taxi avait été pris dans un embouteillage monstre. Ils étaient arrêtés au point le plus haut d'un viaduc faisant partie d'une autoroute qui traversait un quartier de cages à lapin, des immeubles délabrés mais tous encore habités. Le moteur tournait au ralenti, tandis qu'au troisième étage, à quelques mètres de là, derrière des fenêtres poussiéreuses, une famille mangeait sa soupe en regardant la télé sans prêter attention aux spectateurs non invités coincés dans l'embouteillage. Les deux Tony avaient d'abord regardé d'un autre côté, gênés. Ensuite, par pur désœuvrement, ils s'étaient mis eux aussi à regarder la télé dans l'appartement. Un match de Premier League.

Deux buts furent inscrits avant que la file de voitures ne se remette en marche.

Ils étaient arrivés au restaurant avec une demi-heure de retard. Sous les regards offensés de ceux qui faisaient la queue à l'extérieur, ils avaient été introduits par une matrone aux yeux exagérément maquillés et à la bouche dédaigneuse. Ils étaient d'abord passés devant la cuisine ouverte, puis devant des dizaines de tables occupées par des familles nombreuses ou des businessmen en manches de chemise. La rumeur de la salle et les tintements divers de la cuisine se mêlaient en un brouhaha semblable à celui d'une manif bon enfant. Seuls les plus jeunes enfants avaient suivi du regard les deux étrangers, dont l'un tirait derrière lui une valise à roulettes. Un des gamins s'était mis à pleurer en les montrant du doigt, aussitôt réprimandé par un aboiement de sa mère, mais il avait pleuré de plus belle sans que personne ne s'intéresse plus à lui.

La matrone écarta un rideau et leur indiqua la table où les attendait la Trinité Chinoise. L'interprète, l'air chagrin, Bo Xiang et sa Chloé froids et indifférents. Quelqu'un d'autre était également présent, debout, la mine butée, pas l'air de s'amuser. L'un des gardes du corps, un colosse. Il prit une enveloppe rouge des mains de l'interprète, qui sembla en même temps l'injurier comme du poisson pourri. Le colosse haussa les épaules, fourra l'enveloppe dans sa poche intérieure et sortit du cabinet particulier. Sans accorder un regard aux deux Occidentaux qui étaient encore sous sa protection il y a peu. Il faillit même trébucher sur la valise.

Le colosse ne fut pas le seul à venir chercher une enveloppe rouge ce soir-là. Certaines enveloppes étaient visiblement plus épaisses que d'autres. On aurait dit un jour de paie dans une usine de chaudronnerie du dix-neuvième siècle. Selon toutes les apparences, la plupart des types étaient remerciés. Beaucoup d'entre eux se taisaient en recevant leur enveloppe, l'air mécontent, néanmoins. Quelques-uns répondaient par une brève injure quand l'interprète leur lançait quelque chose au visage. D'autres pleuraient et voulaient baiser la main de M. Bo Xiang. Invariablement cool, il ne les laissa pas faire une seule fois. En revanche, Tony le Taciturne vit que Chloé écrasait de temps en temps une larme. Cette pétasse était donc tout de même capable d'émotion.

Pendant que continuait le défilé de suppliants et de virés, Tony et l'autre furent sommés par la matrone d'aller choisir un plat en cuisine – c'est du moins ce que l'interprète traduisit d'un ton sec. Ce que la Trinité Chinoise allait manger était visiblement déjà décidé. Tous trois restèrent assis. Entendre, voir et se taire. Les trois singes assis en rang.

Tony s'était attendu à des plats préparés, à choisir comme dans les restaurants grecs. De la moussaka, des pâtes grasses, des haricots blancs, de la salade grecque, le tout directement versé dans votre assiette par le chef qui se tient devant ses fourneaux. Mais Tony et l'autre furent amenés dans un espace à part, à côté de la cuisine, une pièce carrelée de bleu. Une sorte de halle aux poissons en petit.

Toutes sortes de bassins et d'aquariums étaient disposés en fer à cheval ; la plupart étaient faits de verre épais verdâtre et remplis des produits des sept mers, sans distinction d'espèces ou de beauté appétissante. Sur les carreaux bleus embués, au-dessus des bassins à poissons, étaient collées des photos sur papier brillant, mais délavées, représentant des gratte-ciel, des voitures de course ou des paysages avec pagodes. L'éclairage consistait exclusivement en tubes de néon.

Au moyen de la langue des gestes, les cuisiniers présentèrent leur marchandise. Ils tendirent à Tony et à l'autre des homards, des monstres avec des yeux sur échasses et des pinces qui gigotaient. Ensuite, telles des vieillardes gâteuses à une kermesse flamande, ils pêchèrent avec de petits filets des poissons décoratifs aux yeux mélancoliques et les lancèrent sur une balance qui pendait là. Les poissons se débattaient et happaient l'air. Le plus petit d'entre eux pesait un kilo.

Puis ils montrèrent aux deux Tony dix sortes de tortues, de serpents de mer, de pieuvres, de cancrelats des mers, d'asticots pas encore grillés. Le corps du plus grand des crabes avait la dimension d'une tête de bébé, ses pattes étaient plus longues que des tisonniers, ses pinces plus larges que les navettes d'un antique métier à tisser. Un jeune crocodile de plus d'un mètre de long, la gueule entravée par des cordes, attendait une clientèle intrépide.

Mais la vraie pièce de résistance était l'ensemble des mollusques. Tony, rempli d'horreur, pensa que rien n'illustrait mieux les erreurs de l'évolution que l'univers des invertébrés, de la méduse à l'oreille-de-mer. Ils étaient disponibles ici dans toutes tailles et apparences, accompagnés de toutes les espèces apparentées et dérivées. Tony n'en croyait pas ses yeux. Qu'était donc ce pays ? Ici on bouffait tout ce qui avait des yeux, des oreilles, des pattes ou des tentacules, tout ce qui rampait, nageait, volait ou fouillait le sol, tout ce qui respirait, suçait, mordait ou émettait de la lumière. Du moment que c'était frais, les Chinois se fourraient cela dans la bouche.

L'autre ne partageait visiblement pas la répugnance de Tony. Il regardait autour de lui, tout ébloui, comme un gamin affamé dans un magasin de bonbons. Il avait déjà digéré l'humiliant trajet en taxi et le retard déshonorant. Il était d'une humeur de vainqueur, avant l'heure. « Bon sang, regarde-moi ce zoo ! Comment ils arrivent à se procurer tout ça ? » Il y voyait certainement un signe de dynamisme et d'inventivité, pour ne pas dire de suprématie. Il fallait qu'il fasse partie de ce monde au plus vite. Au grand amusement du chef, il montra les unes après les autres les bêtes les plus saugrenues.

Pas Tony. Lui qui se hérissait déjà à la pensée d'une moule parquée, crue, arrosée de quelques gouttes de vin blanc. Lui qui n'arrivait pas à avaler plus deux huîtres à la file. Ici, la moule la plus extravagante avait l'air d'un morceau blanc de trompe d'éléphant, de trente centimètres de long, encadrée au milieu par deux coquilles en demi-lunes, comme un petit pain de hot-dog contenant une saucisse trop longue, et moisie de surcroît. Aux deux bouts de la trompe béaient des ouvertures comme des vagins obscènes. Était-ce plutôt une bête avec deux anus ? Tony finit par choisir le moindre mal. Un modeste homard et un poisson gris de moyenne grandeur.

De façon inattendue, les cuisiniers étouffèrent un rire, puis éclatèrent. Ce n'était qu'un petit jeu, une blague, *a practical joke.* L'un d'eux tapota l'épaule de Tony de sa main poisseuse. Son collègue pêcha dans leur bassin un petit homard et une sorte de truite, il les montra une fois encore à Tony et fit signe que son compagnon et lui pouvaient retourner à table, derrière le rideau.

Là, ce qu'il avaient choisi fut servi étonnamment vite, accompagné d'un peu de sauce et de beaucoup de nouilles, un peu d'herbes et beaucoup de légumes, de tofu un peu fermenté et de haricots noirs considérablement fermentés.

La discussion d'affaires ne commença pas avant le dessert et le cognac. « Ça aussi, ils l'ont en commun avec les Italiens et les Belges », souffla l'autre à Tony derrière le dos de sa main, et en néerlandais.

À ce moment-là, au début de la discussion, il était encore rayonnant. Encore l'air du gamin ébloui dans le magasin de bonbons, prêt à exiger tout ce qui lui revenait.

CE NE FUT PAS LE TONY MUET qui fit enfin sortir de l'impasse la rencontre dans le cabinet particulier. Ce fut le magnat Bo Xiang lui-même, longtemps après que la discussion entre les deux négociateurs eut dégénéré en guerre de tranchées. L'interprète était grisâtre, l'autre était blême, ils étaient rauques d'avoir crié et, à voir leurs regards, ils étaient mutuellement prêts à s'abreuver du sang de l'adversaire.

De manière tout à fait inattendue, M. Bo Xiang frappa des deux poings sur la table, il rugit quelque chose en chinois, tendit brusquement le bras au-dessus de la table, renversant au passage un verre de cognac, saisit la main de Tony, toujours muet, et, à la stupéfaction de tous, se mit à sangloter comme un veau. Des larmes apparurent, roulant sous ses lunettes noires, de son nez coula de la morve et de sa bouche de la bave. Tout en pleurnichant, il entama une litanie en chinois, elle ne semblait pas s'adresser à Tony, mais à l'interprète.

Celui-ci, comme frappé par la main de Dieu, regardait au plafond, le visage couleur de cendre, abattu, épuisé. Chloé regardait son assiette, dont elle n'avait pas mangé la moitié. La cigarette qu'elle venait d'allumer se balançait entre deux de ses doigts délicats. Ses yeux aussi se remplissaient de larmes, suffisamment pour faire couler son mascara, mais elle n'y remédiait pas, elle laissait libre cours à son noir chagrin. Son visage se crispait, entre désespoir et gêne, sa poitrine au joli petit creux dans l'élégant décolleté se soulevait lourdement comme si elle manquait d'air. Elle continuait à fixer son assiette, comme si elle ne pouvait pas croire qu'on lui eût servi une telle saloperie.

M. Bo Xiang ne cessait cependant de parler ni de chialer et il étreignait toujours la main de Tony. De sa main libre, il ôta ses lunettes noires pour regarder Tony droit dans les yeux.

C'était une vue sidérante. M. Bo Xiang louchait, il avait l'air fin soûl. Ses yeux déjà tout petits nageaient, éperdus, entre ses paupières humides et gonflées. Une de ses narines soufflait une chandelle de morve, la sueur lui coulait sur le front, sa bouche béait d'un air misérable. Maintenant il s'adressait vraiment à Tony. Il racontait des tas de choses qui lui paraissaient visiblement difficiles à exprimer. Il se mit aussi à parler plus bas. Pire qu'une nonne priant sur son lit de mort. En bruit de fond, toujours la même manif bon enfant de bruits de conversations et de tintements de casseroles.

Mon Dieu, pensa Tony, ce type a vraiment bouffé des pilules. Plus que moi. Il ne semblait plus de ce monde. Était-ce bien là l'homme le plus puissant entre Macao et Canton ? Ça, un des machinistes clandestins de l'économie mondiale ? Devant lui était assis un vieillard nécessiteux avec un ridicule œillet à la boutonnière et de la bave au menton. Avait-il eu une attaque ou était-il tombé dans l'escalier ? En une fraction de seconde, Tony en avait vu assez, il avait tout compris, la force désespérée avec laquelle Bo Xiang lui secouait la main acheva de prononcer le verdict. M. Bo Xiang était encore là, il s'accrochait toujours à son ancien décorum, à son autorité d'avant. Mais son règne était éteint, son existence était finie. Plus que du verre brisé. Plus rien en mouvement.

« Que dit votre patron ? demanda à l'interprète Tony l'hyperactif. Quelle dernière proposition fait-il ? » Il ne paraissait pas se rendre compte de ce qui venait de se passer à cette table. Sans doute un instinct d'autoprotection, pensa le Tony muet. Si l'autre avait bien compris la situation, il n'aurait plus posé la question. Il aurait pris ses cliques et ses claques, remballé son colis et préparé sa valise pour la fuite. Au contraire, son ton était plein d'espoir, sinon triomphal. Il se croyait vainqueur. Il ne demandait pas une information à l'interprète, il le sommait de capituler.

Et c'est que fit l'interprète. Il répondit, avec répugnance mais malgré tout du ton solennel qui convenait à ce tournant irréversible : « M. Bo Xiang a l'honneur et le plaisir de vous annoncer qu'il souscrit volontiers à toutes vos propositions et tous vos projets. Il trouve que c'est franchement magistral, et même génial. » Le sourire railleur qu'arborait l'interprète en disant ces mots faisait supposer qu'il ne les traduisait pas, mais qu'il les avait inventés. L'autre ne remarqua pas l'ironie. « M. Bo Xiang ne pose qu'une condition », poursuivit l'interprète. De nouveau cette grimace narquoise de la bouche aux dents nicotinées.

« Et cette condition, c'est ?... » demanda l'autre, sur ses gardes. Il tenait son iPhone en main, prêt à traduire immédiatement la condition en pourcentages et pronostics de vente. Il lança à Tony un regard de côté, comme pour chercher de l'aide. Une confirmation de leur alliance, maintenant qu'approchait le grand final de la négociation houleuse.

Tony ne lui rendit pas son regard. Il essayait encore de trouver un fond dans les yeux de M. Bo Xiang. La Fosse des Mariannes. Il se rappelait que c'était ainsi que se nommait le point le plus bas de la Terre, au milieu du Pacifique. Il était passé plusieurs fois par-dessus à bord du *Liberty Oasis*.

Mais M. Bo Xiang ne se laissait pas distraire. Il souffla de nouveau un tas de choses à Tony, dont il ne connaissait pas la langue et qui ne pouvait le comprendre sans l'intervention de l'interprète. Mais voyez-nous là, pensa Tony avec un frisson, soudain presque ému. M. Bo Xiang et moi, le magnat et l'andouille, réunis par une poignée de mains et guère plus. Deux vases communicants qui échangent du vide, rien d'autre. M. Bo Xiang avait non seulement les yeux qui nageaient dans leur propre liquide, il suait, il puait du bec. À son côté, Chloé réprima un sanglot. Elle écrasa sa cigarette dans la nacre d'une coquille d'huître. L'interprète aussi paraissait à présent plus ému que cynique.

« Pouvons-nous savoir de quelle condition il s'agit ? » demanda rudement l'autre Tony, sûr de sa victoire. Cela lui faisait du bien de pouvoir utiliser un ton agressif avec l'interprète. Il était le seul à cette table à ne manifester aucune émotion, le seul qui ne comprenait pas que ce qui était en jeu maintenant était tout autre chose que le deal pour lequel il était venu.

Les yeux de l'interprète cherchèrent une confirmation, ils croisèrent ceux de Chloé qui leva brièvement la tête de son assiette. Elle fit oui et détourna aussitôt le regard, gênée. « M. Bo Xiang, dit l'interprète, demande instamment que le nouveau consortium porte le nom de sa défunte épouse. »

Tony le vainqueur fit de son mieux pour cacher son soulagement et sa joie. Il n'y parvint pas. « Vous voulez dire Mme Bo Xiang ? » demanda-t-il d'un petit air modeste, plein d'une compassion mal jouée. Il se tenait toujours prêt à actionner son iPhone.

L'interprète acquiesça, sincèrement ému. « M. Bo Xiang préfère son nom de jeune fille : Li Na Yunho. » Un silence presque sacré s'abattit autour de la table.

« Cela ne me semble poser aucun problème, dit le culotté Tony, le plus humblement possible. Vous ne le regretterez pas. » Il remit enfin l'iPhone dans sa poche.

« Nous allons écrire l'histoire, messieurs. Nous tous. Grâce à notre consortium, Li Na Yunho International. »

En entendant ce nom, M. Bo Xiang lâcha la main de l'autre Tony. Il baissa la tête en gémissant doucement. Son front faillit atterrir dans son assiette sale – il avait mangé du crabe et des cancrelats de mer aux lentilles. « Li Na Yunho », marmonna-t-il.

« Il ne nous reste plus qu'à arroser cela, dit l'interprète au triomphateur de la négociation. Le tintouin administratif sera pour demain. » Il prononça ces derniers mots avec une nouvelle grimace sarcastique.

Ensuite les choses se déroulèrent rapidement et violemment. Plus rapidement que Tony n'eût voulu. Plus violemment qu'il ne l'eût jamais imaginé.

Tout d'abord, Tony le vainqueur pria poliment la Trinité de l'excuser. Il devait aller aux toilettes. « Normal avec tout ce thé vert et ce vin, n'est-ce pas ? » En se levant, il fit à Tony un clin d'œil en cachette et lui dit en néerlandais : « Sans toi, on ne s'en serait jamais sortis, mec. Merci. » Il lui donna même une tape sur l'épaule. « Je savais bien que je devais t'amener ici. » Il se retourna et disparut derrière le rideau, à la rencontre de la manif bon enfant.

Immédiatement, par le même rideau, un serveur entra dans le cabinet particulier. Il portait des gants de coton blanc et il tenait un plateau rond en équilibre sur le bout des doigts de la main droite. Il se pencha sur la table, saisit de sa main libre, d'un geste respectueux, la plus petite des deux cornes de rhino, la posa sur son plateau et disparut avec elle derrière le rideau.

Chloé et l'interprète n'eurent pas l'air le moins du monde étonné, Tony si. Qu'est-ce que ce type va en faire ? se demanda-t-il. La préparer ? La servir avec du tofu et des haricots noirs ? Il se sentit bizarrement coupable de n'avoir demandé aucune explication via l'interprète. Après tout, ces excroissances valaient une fortune et elles appartenaient encore à l'autre. Ou non ? Il ressentit la même sorte de culpabilité par omission qu'à Buenos Aires, lorsque le corps de Mme Bo Xiang avait été kidnappé par un escroc.

Il n'eut pas le temps d'y réfléchir davantage. L'interprète vint s'asseoir à côté de lui sur la chaise laissée vide par l'autre. Il ne paraissait absolument pas soulagé. Il avait le regard d'une bête abandonnée qu'on a attachée par une chaîne à un arbre. « Je l'aime bien, votre compatriote, commença-t-il tout de go. J'ai fait tout ce que j'ai pu pour le faire changer d'idée. Mais il ne veut pas écouter, il est aveuglé. Vous devez le prévenir, avant qu'il ne commette des bêtises catastrophiques. »

Tony acquiesça, mais avec la meilleure volonté du monde, il ne comprenait pas où l'interprète voulait en venir. « Vous voulez un autre nom pour le consortium ? » essaya-t-il.

L'interprète regarda Tony comme si celui-ci se fichait de lui. « Il n'y aura pas de consortium, dit-il. Il n'y aura rien. Pourquoi croyez-vous que nous sommes dans ce restaurant, cachés derrière un rideau ? Les maisons et les voitures de M. Bo Xiang sont saisies, les bureaux sont sous scellés, les casinos sont placés sous le contrôle de l'État, la comptabilité est confisquée. Ces fanatiques lui ont même pris ses lapins nains. Ils veulent faire un grand exemple. Le pauvre homme ne sait plus où aller. » Il sortit son paquet de cigarettes. Tony remarqua que, de l'autre côté de la table, Chloé se penchait sur M. Bo Xiang. Elle lui chuchotait quelque chose à l'oreille.

L'épave ne réagit pas. Sa tête était toujours appuyée au même endroit. Sur la nappe. Ses bras pendaient mollement le long de son corps.

« Son seul crime est d'avoir réussi avec éclat ce qu'eux n'ont pu faire qu'à une échelle médiocre, dit l'interprète en soufflant la fumée. Maintenant ces rats le punissent, dans l'espoir d'échapper eux-mêmes à la casse. Pendant des années il a été leur idole, leur exemple, leur caisse enregistreuse. Et maintenant ils veulent le traîner en justice. Eux ? On ne peut pas juger M. Bo Xiang comme on le ferait avec le commun des mortels. Cet homme a élargi nos esprits, nous a ouvert des horizons. On ne discutait pas avec cet homme, personne ne faisait ça – on l'écoutait. Et regardez-le maintenant. » Il eut un geste vers M. Bo Xiang.

Chloé avait réussi à obliger le magnat à relever la tête et celle-ci reposait maintenant sur l'épaule délicate de la jeune femme. Mais il ne bougeait toujours pas. Est-ce qu'il respire encore, le bonhomme ? ne pouvait s'empêcher de penser Tony. Cette image d'immobilité totale faisait également remonter des souvenirs désagréables de Buenos Aires.

« Il était comme un frère pour moi, continua l'interprète. Le meilleur de moi-même, un modèle pour tous. Même maintenant, en cette heure d'épreuves, son cœur bat pour ses collaborateurs. Il distribue le peu d'argent qu'il a gardé. Et pensez-vous qu'ils le remercient ? Ils lui plantent un couteau dans le dos. Ses meilleurs amis et ses associés lointains, ils sont tous prêts à le dépecer. » Il se versa un nouveau cognac. « Moi aussi j'avais du talent. J'avais aussi des projets. Je les ai tous mis de côté pour lui. Un homme doit savoir se tenir à sa place quand il rencontre meilleur que lui. Et maintenant ? J'approche de la soixantaine, supposons que je tienne jusqu'à soixante-dix ans. Comment vais-je passer ces dix années, mister Tony ? Et où ? Je vais vous le dire. À ses côtés. J'irai où il ira. Même si nous devons pourrir dans les camps pénitentiaires du pays dont lui-même a fait la grandeur. » Il vida son cognac d'un seul trait. « Moi, je ne vous pardonne pas la mort de notre Mme Bo Xiang. Lui si. Il est trop bon. Et également aveuglé. Par l'amour. Avant de se livrer demain, il voulait prendre congé. De vous. » L'interprète jeta à Tony un regard dur. Avec de nouveau une nuance de mépris. « Vous, la personne qui avez été la dernière à voir la passion de sa vie, le fondement de son existence, et qui avez héroïquement tenté de la sauver. » Il tapota la cendre de sa cigarette dans une tête de poisson. « Franchement ? Votre *kiss of life* ? J'ai des doutes. Enfin, là n'est plus la question. Je ne vous demande qu'une chose. Ne brisez pas l'illusion. Jouez le jeu, au moins ce soir. M. Bo Xiang a suffisamment perdu la face. Accordez-lui les adieux qu'il a souhaités, avant qu'il ne se livre à ses bourreaux demain. » Il écrasa sa cigarette dans la tête de poisson et retourna à sa place.

Aussitôt Chloé vint vers Tony. Elle contourna la table par la gauche, l'interprète par la droite. Un ballet presque symétrique qui fit irrésistiblement penser Tony à une chose qu'il croyait avoir oubliée depuis longtemps. L'horloge à coucou météorologique de ses grands-parents. Comment est-il possible, se demanda-t-il avec étonnement, qu'on arrive à tirer du fin fond de son crâne les détails les plus insignifiants d'il y a quarante ans et qu'on ne comprenne rien à tout ce qu'on voit autour de soi, en premier lieu aux questions les plus importantes. L'horloge de ses grands-parents était en même temps un baromètre. À côté du petit oiseau en bois qui apparaissait toutes les heures lorsqu'un minuscule volet tombait, se trouvaient à gauche et à droite deux petites niches dont les murs étaient couverts de lierre peint. De la gauche sortait un petit paysan et de la droite une petite paysanne, suivant le temps qu'il faisait. Le paysan portait un sarrau et une casquette ; il était l'annonciateur de la pluie et du mauvais temps. La paysanne, vêtue d'un dirndl autrichien, promettait des éclaircies et du soleil.

Chloé portait, elle, du Dior ou du Saint Laurent et on pouvait se demander quel temps elle annonçait. Elle prit place sur la chaise laissée libre et croisa chastement les jambes. Tony vit que son seigneur et maître avait laissé retomber la tête sur la table. À côté de lui, l'interprète restait les bras croisés. Le dernier garde du corps, le dernier samouraï. « *Monsieur Tony ?* » La voix, brisée par l'émotion, était plus profonde qu'on ne l'attendait chez une créature aussi jeune et frêle. Elle parlait français. « Je voudrais vous remercier pour toutes les attentions que vous avez eues pour mon père. »

Son père. Tony essaya de ne pas réfléchir à cette information. Elle contenait trop de chausse-trapes et d'implications. Entre autres choses, il se trouvait là à côté de la femme dont il avait baisé la mère à mort. Pourquoi celle-là n'avait-elle jamais fait mention d'une fille ? Trouvait-elle que cela ne s'accordait pas avec ses désirs vulgaires ? Peut-être était-elle jalouse à l'avance et ne voulait-elle pas induire son *toyboy* en tentation avec une version plus jeune d'elle-même. Ou peut-être avait-elle tout simplement honte à l'égard de Chloé. Finalement, Tony en savait tellement peu sur cette Mme Bo Xiang. Il n'avait non plus jamais su qu'elle s'appelait Li Na

Yunho quand elle était jeune. Il ne voulait d'ailleurs pas s'imaginer qu'elle avait été un jour jeune et attirante. Pour lui, elle était éternellement vieille et définitivement morte. Il voulait surtout que les choses demeurent ainsi.

« Il y a tellement de choses pour lesquelles je dois vous remercier », soupira Chloé. De plus près, elle était encore plus jolie qu'à deux mètres de distance. Son français était remarquablement dépourvu d'accent. « Vous avez assisté ma mère dans ses moments les plus intimes, à l'instant de sa plus profonde souffrance. Mais avant cela aussi, vous représentiez déjà tant pour elle. Elle parlait souvent de vous, et toujours avec affection. » Elle prit un paquet de cigarettes et en alluma une avidement. Incroyable, pensa Tony, qu'il existe encore des Chinois qui n'ont pas le cancer et qu'ils soient encore tellement plus nombreux que nous – nous, avec nos interdictions de fumer dans les bistrots et nos photos de poumons noircis sur tous les paquets. Il tenta de focaliser son esprit sur d'autres photos terrifiantes qu'il avait vues sur les paquets de cigarettes. Il aurait cogité et remué n'importe quoi sous son crâne pour ne pas avoir à penser à ce que Chloé venait de lui apprendre.

Elle n'avait pas fini. Soufflant la fumée comme un frêle et joli dragon, elle dit : « Ma mère m'a même confié que vous étiez le fils qu'elle aurait voulu avoir. » Ici, elle afficha un petit sourire triste. « Si elle ne m'avait pas eue, naturellement. En ce qui concerne leur descendance, mes parents sont toujours restés fidèles à leurs idéaux, davantage que bien d'autres dans ce pays. Un enfant, et puis terminé. Je suis la seule circonstance atténuante que personne ne pourra dénier à mes parents. À n'importe quel procès spectaculaire. » Elle se pencha et embrassa Tony sur la joue. « Rendez justice à sa mémoire, monsieur Tony. Je l'aimais, je la pleure. » Comme Tony ne réagissait pas, elle l'embrassa une seconde fois, un peu plus longuement et plus près de la bouche. « Merci pour tout ce que vous avez fait. »

À ce moment précis, l'autre revint des w.-c. Il regarda le baiser avec une sorte de compassion. Puis, avec un sourire complice : « Je ne dérange pas, au moins ? » dit-il à Tony en néerlandais, tandis que Chloé se levait de mauvais gré pour lui rendre sa place. Elle fit de nouveau le tour de la table, faisant de l'ombre au soleil local avec sa petite tête hautaine et la perfection de son dos nu.

L'autre la suivit du regard avec admiration. « Bon, visiblement, notre deal est définitivement conclu », sourit-il, toujours en néerlandais. « On peut partir maintenant. Ou bien tu veux encore rester, vieux pervers ? »

Tony ne répondit pas. Pétrifié, il regardait le serveur aux gants blancs qui venait de rentrer dans le cabinet particulier à la suite de l'autre. Il tenait encore sur le bout des doigts de la main droite le plateau d'argent, petite plateforme de lancement étincelante. Sur la plateforme gisait la petite corne sciée en plusieurs morceaux. Autour de ces fragments se trouvait tout le nécessaire pour porter un toast à la mémoire de Mme Bo Xiang et en l'honneur du consortium qui porterait son nom. Une théière et cinq tasses.

Et une râpe en argent.

5........................ *Guangzhou (en plein air, dans la rue)*

RIEN NE S'ÉTAIT PASSÉ. Tony respira, soulagé. Il ne pouvait encore y croire. Lui, entier, sauf, sain de corps et d'esprit, sur le trottoir de ce large boulevard ! Pourtant cela n'avait rien que de normal. Il n'avait pas bu une goutte de ce trouble thé funeste.

Mais que l'autre aussi, pétant de santé, marche sur ce même trottoir, en train de chanter par-dessus le marché, rayonnant de joie de vivre et de vanité, cela, c'était la meilleure preuve que les cornes ne pouvaient pas contenir de poison.

L'autre avait même avalé goulûment deux tasses de thé.

L'inspecteur Khumalo s'est foutu de moi, pensa Tony. Ce sadique ne m'a sans doute pas torturé physiquement, mais psychiquement oui, il a voulu me terroriser. Et il y avait royalement réussi. Tony avait souffert mille morts au restaurant, durant la préparation du rituel du thé.

Mais maintenant il savait. Si le rhinocéros râpé avait un effet quelconque, il n'était pas celui de la ciguë qui avait assaisonné la coupe de Socrate, mais il était bien plus proche de celui des champignons hallucinatoires, dont Tony avait abusé au temps où il était d'étudiant. Ces extravagances dataient d'un passé bien lointain, mais Tony en reconnaissait tous les symptômes chez l'autre. Fanfaronnade, crises de rire, amour de l'humanité. Malgré cela, Tony avait ses doutes : l'autre avait-il vraiment besoin de corne râpée ou de champignons pour être *high* ?

Sa drogue, c'était l'ivresse de la victoire.

L'autre dansait en zigzaguant sur toute la largeur du trottoir, serrant la main d'un Chinois stupéfait par-ci, quémandant un bisou à une fille par-là. Elles disaient toutes non, la plupart avec une expression d'indignation. L'autre s'en foutait. « Je suis sûr que c'est quelque part par ici », criait-il de temps en temps à Tony. Il était à la recherche de sa boîte de karaoké favorite. « *Singing ! Karaoke !* » demandait-il avec de grands rires aux passants, avec le langage des gestes qu'il croyait adapté. « *Dance, drink. Whitney Houston ! Freddy Mercury. We Are The Champions ! Where ? Where ?* »

Chaque mot sonnait comme un cri de rut. Il galopait sur le trottoir et chaque fois qu'il s'arrêtait un instant, il bramait son excitation sexuelle comme un cerf, un de ceux qu'on voit représentés sur les tasses-souvenirs de Bastogne. La tête aux bois imposants rejetée fièrement dans la nuque, les yeux écarquillés, la bave jaune aux lèvres. Et de brailler à l'intention des femelles ! Toutefois, la silhouette de l'autre ne se découpait pas sur un fond de forêt ardennaise, mais sur un arrière-plan de mégapole, avec des tours et des viaducs violemment éclairés, sous un firmament plein d'étoiles et de feux de navigation de Boeings et d'Airbus. Dans le lointain brûlaient les torches des hautes cheminées des raffineries.

Parfois un fragment de météore dessinait dans le vide une éclatante cicatrice, qui s'éteignait aussitôt.

Quand vais-je lui dire que ce contrat ne se fera pas ? Quand vais-je doucher définitivement son enthousiasme ? Laissons-le se déchaîner encore un peu, ça soulage, il a encore un trop-plein d'énergie. Tony suivait l'autre à quelques mètres. Assez près pour garder un œil sur lui, assez loin pour ne pas être impliqué dans la colère publique contre l'exubérance de ce foutu étranger.

C'ÉTAIT L'INTERPRÈTE qui, dans le cabinet particulier, avait fait les honneurs du rituel : râper un petit bout de corne et remuer la poudre dans le thé. Personne ne disait mot. Les luttes verbales étaient terminées, chacun n'attendait qu'une seule chose, ce rituel final.

Seul Tony, le regard angoissé et pâle comme un linge, commença à formuler des réticences. Il donnait comme excuse son estomac fragile. Il paraissait d'ailleurs montrer déjà tous les symptômes qui, à l'en croire, allaient apparaître chez lui après l'absorption de ce thé.

« Impossible, dit l'interprète en brandissant la théière, une main sur le couvercle. Ce thé est bon pour tout. L'estomac, le cœur, le foie, la tension et les selles.

– Et pour la puissance sexuelle ce n'est pas mal non plus », dit l'autre en néerlandais, avec un certain sourire à l'intention de Tony et en hochant la tête en direction de Chloé.

« Et même si cela n'a pas d'effet sur le cœur, dit Chloé en français, cela vaut la peine d'essayer ce goût exquis. Et puis, il y a la valeur émotionnelle. » En disant ces mots, elle posa sa main fine sur la patte griffue de son père en lui lançant un regard de compassion. Le père n'avait d'yeux que pour la théière. Ses lèvres remuaient sans un son.

« Je vais devoir passer mon tour, je le crains », dit Tony. Il croisa les genoux, croisa les bras. Il était décidé à ne plus céder, cette fois-ci. Y en avait marre. Que les autres boivent et crèvent. Il avait pris assez de risques, ça suffisait. C'était leur décision, il n'en avait rien à cirer. Que pouvait-il dire ? Qu'ils devaient se procurer en vitesse d'autres cornes, parce qu'il y avait trop de saloperies dans celle-ci ? Et que lui seul était au courant depuis un moment ? Parce que, du fin fond de l'Afrique du Sud, un inspecteur noir affligé d'un problème d'alcool était venu dans le seul but de rapporter cela à Tony ? C'est lui, Tony, qui serait suspecté. Il voyait déjà l'interprète et l'autre, en pleine camaraderie soudain retrouvée, s'entendant pour lui faire jouer le rôle du goûteur. Il s'imaginait la scène. Ils l'immobiliseraient, aidés par l'un ou l'autre des cuisiniers monstrueux. Ils lui maintiendraient la tête en arrière et lui verseraient toute la théière dans le gosier jusqu'à ce que ça lui sorte par les narines. Le supplice de l'eau avec un breuvage glauque. Non merci.

« Tu ne vas pas faire le difficile ? demanda l'autre.

– Je le fais déjà, rétorqua Tony, en néerlandais également.

– Je ne veux pas que vous maniganciez des choses dans votre langue, dit l'interprète.

– Qu'est-ce qui ne va pas ? demanda Chloé en français.

– Tony a trop mangé, dit l'autre en anglais.

– Une petite tasse de thé et ça ira mieux, dit l'interprète.

– Je n'y songe même pas », dit Tony en anglais.

L'interprète, agressif : « Pas de thé, pas de contrat. »

Chloé, tristement : « Faites-le pour mon père. Et pour ma mère. »

L'autre, en néerlandais : « Ce n'est qu'une petite tasse de thé, tout de même. »

Tony, idem : « J'ai des réticences éthiques. »

L'autre : « Contre le thé ? »

Tony : « Si nous continuons comme ça, la race des rhinocéros va s'éteindre. »

L'autre : « Si tu continues comme ça, c'est toi qui vas t'éteindre. »

Chloé : « *Mais qu'est-ce que vous dites tous les deux ?* »

L'autre, en anglais : « Il préfère une tasse de café. »

L'interprète, en tendant à chacun une tasse : « Pas de thé, pas de contrat. »

Tony : « Je ne le ferai pas ! Je ne boirai pas de cette saleté ! »

À la fin, Chloé éclata de nouveau en sanglots, M. Bo Xiang continua à marmonner en regardant fixement devant lui, l'interprète se mit à rugir et Tony fit ce qu'il n'avait pas fait depuis très longtemps. Il tint bon. Il ne se laissa pas mener par le bout du nez. Il en avait franchement marre. Il aurait voulu renverser sa tasse, la jeter à travers le restaurant comme une grenade ; pour sa part, ça lui était égal qu'elle atterrisse dans les aquariums et qu'elle extermine toute vie dans le grouillement de monstres gesticulant et mâchouillant. Tout lui était égal, plutôt que d'avaler une seule gorgée. Du reste, même s'il ne buvait rien, l'horreur demeurait entière. Il se voyait déjà entouré d'un quatuor d'agonisants. Quatre corps qui vomiraient du sang en même temps que leur repas à demi digéré de serpents de mer et d'asticots grillés, quatre poltergeists qui tendraient vers lui leurs griffes en l'accusant, dans un infâme gargouillis, de lâcheté, de traîtrise, de barbarie. Pourquoi s'était-il laissé entraîner dans ce cercle intérieur de l'enfer ?

Cette fois, ce fut l'autre qui le sortit de l'impasse. « Mes amis, mes amis ! fit-il d'un ton apaisant à l'adresse des deux membres encore actifs de la Trinité Chinoise. Ne gâchons pas tout en cette magnifique et importante soirée. » Il jeta avec aplomb dans la balance la seule tactique de négociation qu'il n'avait pas encore utilisée ce jour : la vérité retouchée, affirmée avec un sourire plein de bonhomie. « Avec tout le respect que nous vous devons, vous ne pouvez pas demander à mon ami de boire ceci. Du calme, du calme ! Il est victime de plusieurs allergies graves, il risque également de réagir à la corne d'une façon désastreuse. Si vous le permettez, je boirai en son nom, à la mémoire de celle qui donne son nom à notre consortium. » Il leva deux tasses à la fois, la sienne et celle de Tony, une dans chaque main. « À Li Na Yunho ! »

« À Li Na Yunho ! » fit M. Bo Xiang en écho, d'une voix forte qui étonna tout le monde. Sans l'ombre d'une colère, il leva sa tasse. Aussi haut que son désarroi tremblotant le permettait.

L'affaire était réglée. Finalement, ce n'était pas si important, ce rituel. Du moment que M. Bo Xiang était content. Tout le monde but, sauf Tony.

Puis ils se séparèrent, comme des connaissances qui ne se verraient plus de longtemps et qui ne paraissaient pas en être désolées.

TONY S'ÉTAIT IMAGINÉ AUTREMENT LE GOÛT DE LA VICTOIRE. Il marchait sur le trottoir, suivi à la trace par le connard complètement éteint, et il criait son triomphe à la face du monde. Il serrait la main à des passants et essayait d'embrasser leurs femmes, il se rendait ridicule avec plaisir, il se lâchait totalement.

Mais il y avait également un goût amer à cette explosion triomphale. Il se rendait compte que c'était aussi une forme de fuite.

D'accord, il avait décroché son grand contrat, il en avait fait voir de toutes les couleurs à cet interprète, ce fourbe, cet hypocrite. Il avait tout simplement mis dans sa poche le grand Bo Xiang, son audace et sa ténacité en avaient même imposé à la gazelle au joli décolleté.

Et le connard derrière lui ? Il avait été obligé de sauver ce pisse-vinaigre d'une déconfiture humiliante, qui aurait, en plus, mis en danger le contrat. Quel est le con qui refuse une tasse de thé s'il sent et sait qu'il s'agit d'une cérémonie cruciale ? D'ailleurs, ce thé n'était pas terrible. Quelle déception. Ses cornes, ses enfants. Il s'était imaginé qu'elles auraient un goût plus riche. En fait, cela avait le goût de que c'était : des déchets de boucherie.

L'honnêteté commandait pourtant d'admettre que le connard avait eu son utilité au cours de la négociation. Même si c'était une affaire purement sentimentale. Le vieux avait un faible pour lui. Et bang ! Le vieux avait craqué comme un brin de paille. Comprenne qui peut, mais c'est comme ça, se dit Tony en haussant les épaules. Le sentiment et le timing sont tout, pas seulement dans l'humour et au tennis, mais aussi dans le business. La vie des affaires a beau faire appel depuis des siècles à la rationalité collective d'un marché libéré, elle dépend beaucoup du hasard et de l'émotion. Sans parler des vengeances et du bluff. Tout comme la vie ordinaire, finalement.

C'est pour cela qu'il aimait tant faire des affaires. Il était né pour ça.

C'était aussi pour ça qu'il voulait profiter sans aucun frein du moment présent. Que pouvait-il vouloir de plus ? Il avait enfin gagné tout ce qu'il avait désiré dans ses rêves les plus fous.

Pourtant quelque chose le rongeait. Il s'éloignait de plus en plus du restaurant, lieu de sa victoire, soi-disant en quête d'un karaoké, avec le connard dans son sillage, à contre-courant d'un flot de noctambules chinois. Mais il n'était pas vraiment en recherche. Il fuyait le restaurant, mais aussi autre chose. Plus il avançait, plus il comprenait clairement ce qui se passait en lui. Il était tombé amoureux de cette ville. Même pas de la ville en elle-même. Il était amoureux fou de la vie qu'elle lui tendait, exactement comme les cuisiniers lui avaient tendu leurs animaux marins. Luxuriante, à portée de sa main, inépuisable et étourdissante de force vitale. Son avenir était ici. Il ne voulait plus jamais retourner à l'endroit d'où il venait. Laver son honneur et sa réputation, il s'en branlait à présent.

Comment avait-il pu tenir si longtemps là-bas, dans ce trou, cet égout, ce nombril puant d'un continent usé ? Tout était muré là-bas, paralysé, on était freiné avant même d'avoir commencé quoi que soit. Tout vous limitait, tout le monde vous rabaissait jusqu'à ce que vous répondiez aux normes de la médiocrité étouffante, tout cela couronné du plus arrogant des titres : « L'Europe ».

Encore s'il s'était agi de l'Allemagne ou de la France. Non, la Belgique. Wolvertem. Pas Londres ou Madrid. Wolvertem.

Tony n'avait plus rien à faire là-bas. Mpumalanga l'avait transformé, irrévocablement. Il était devenu un chasseur, un chasseur au gros gibier. Il ne pouvait plus se contenter de la petitesse. Elle ne lui convenait pas.

En même temps, il fuyait les conséquences de cette métamorphose. Il y réfléchissait avec déplaisir et même avec tristesse. Dans sa nouvelle existence, il n'y aurait plus de place pour Klaartje et Martine. C'était cruel à dire, mais elles faisaient partie de cette petitesse. Elles ne s'acclimateraient jamais dans ce pays, ne s'adapteraient jamais à la vie qu'il ambitionnait.

D'ailleurs, la mère et l'enfant voudraient-elles même essayer ? Il connaissait sa Martine. Elle était capable de beaucoup de choses, mais elle avait ses limites. En soi, ce n'était rien de grave. Mais depuis peu les limites de Martine ne concordaient plus avec les siennes. Ce n'était pas si étrange. Elle n'avait rien vécu de ce qui lui était arrivé. Cela rendait l'éloignement irréversible.

Pour combattre le chagrin que causait cette perspective et qui se mêlait si confusément à l'enthousiasme que provoquait l'accomplissement de son rêve, Tony n'avait qu'un remède. Provisoirement, en tout cas. Ce soir. Courir, crier. L'énergie. C'était une manière de taper du pied qui, pour un spectateur extérieur, avait l'air d'une folie heureuse.

Il n'y avait qu'une chose qui le contentait absolument pendant qu'il tapait du pied et pleurnichait intérieurement tout en courant. Cela lui faisait plaisir d'être encore suivi par le connard.

Je me suis vraiment attaché à lui, constatait Tony. Comme – ce n'est pas très beau et je n'oserais jamais le dire tout haut – comme un vagabond est attaché à son chien. Peut-être devrait-il un peu plus tard, quand s'organiserait la Li Na Yunho International, créer pour le connard l'un ou l'autre poste de direction pas très important. Ce type portait chance.

Il ne faut pas laisser tomber trop vite un type comme ça.

« ÉVIDEMMENT, ON N'EST PAS ENCORE SORTIS DE L'AUBERGE, je m'en rends très bien compte », haleta l'autre, feignant l'humilité. Il levait cependant des yeux extatiques vers le ciel sans nuages, loin au-dessus des penthouses du boulevard. Tony et lui étaient assis sur le bord d'un bac à plantes en marbre. Leurs visages étaient éclairés par les lampadaires et les néons publicitaires.

« Pour un Chinois, expliqua l'autre patiemment tout en s'épongeant le front, un contrat n'est pas un point final. La négociation recommence tous les jours. Notre consortium restera toujours un *work in progress*. Il ne faut pas se faire d'illusions. » Cependant, il jetait autour de lui des regards plus que ravis, comme s'il était déjà en train de choisir l'endroit où bâtir un gratte-ciel qui porterait son nom.

Mon Dieu, pensait à côté de lui Tony – qui faisait pourtant de son mieux pour garder la mine enthousiaste – cette espèce de m'as-tu-vu n'a encore rien compris. C'est seulement pour la forme qu'il relativise son succès. Il se croit empereur, il est fou de sa propre gloire. Ça en dit long sur sa jugeote.

Tony tenta de le regarder d'un œil neuf.

La vision était tout aussi démystifiante que celle de M. Bo Xiang plus tôt dans la soirée. Tony avait toujours été convaincu que l'autre était une star dans son job, un joueur de haut niveau, bien au-dessus de celui de Tony, profane ignorant. Maintenant il voyait la vérité. Voilà une crevette qui se prend pour un espadon.

Si l'autre était vraiment le génie qu'il pensait, pourquoi était-il si ostensiblement soulagé et si satisfait de soi ? Un vrai professionnel aurait considéré comme la chose la plus naturelle du monde d'avoir décroché ce contrat. D'abord, un professionnel ne se serait pas laissé embarquer dans cette aberrante mission en Afrique. Les Chinois l'y avaient envoyé, d'accord, mais dans l'espoir qu'il ne reviendrait pas. Alors, qui était le connard ici ?

J'ai eu beaucoup trop de respect pour lui, conclut Tony, parce que je ne connais rien dans son domaine. Dans un tel cas, l'admiration vient bien trop vite. Mais ce soir, ce poids léger a boxé au-dessus sa catégorie. Un expert en informatique peut-être, mais un débutant dans le vrai business.

C'est pour ça qu'il est si béat.

« Ce que je veux particulièrement développer avec Li Na Yunho International, ce sont les deals avec les éléphants, dit l'autre, radieux mais toujours haletant.

– Les éléphants ? Ta spécialité, c'est pourtant le rhinocéros, non ?

– Il faut aller chercher l'ivoire où il se trouve, camarade, sourit l'autre. Il est dans les fonds de pension et les œuvres caritatives. On ne trouve nulle part autant de Muppets rassemblés.

– Il y a un instant tu parlais des éléphants ?

– Les éléphants offrent un désavantage. Ils ont une mémoire. Pas les Muppets. C'est comme ça qu'on les appelle dans la City et à Wall Street. C'est une espèce humaine à part.

– Des pantins ?

– Mieux que ça ! pouffa l'autre. Ils sont Ceux-qui-ne-savent-pas-quelles-questions-ils-doivent-poser. Ils investissent dans n'importe quoi, tant qu'ils te croient. Ça, c'est l'avantage de vivre à notre époque. C'est trop écrasant et trop compliqué pour tout le monde. Il n'y a jamais eu un tel besoin de leaders qui vous prennent en main. Donc, si tu es capable de faire semblant, Tony ? Semblant d'être Le grand leader ? Le guide que la masse suit au grand galop, le gourou éclairé chez qui l'argent est en sûreté ? Alors là, le monde est à toi ! » Il partit de nouveau d'un fou rire nerveux, exactement comme la veille, quand ils étaient à deux devant la fenêtre.

Mais cette fois Tony ne l'accompagna pas. Le rire de l'autre était trop forcé, trop creux. Il eut envie de retourner à l'hôtel. Jusqu'à présent, la promenade lui avait fait du bien, après toutes les émotions du restaurant. Mais maintenant il en avait assez.

L'autre ne s'offusqua pas du silence de Tony. Dans son fou rire, il tomba à la renverse, les bras écartés. Les buissons et les fleurs du bac à plantes le recueillirent. Comme un public qui attrape au vol une idole du rock-and-roll se jetant du haut de la scène, aveuglément confiant, certain que sa gloire va le sauver d'une fracture de la colonne vertébrale.

Il continuait à hurler de rire : « Il y a même des Muppets qui achètent des subprimes qu'une mégabanque assure être absolument sans risque. Et tu sais ce que la banque fait ensuite ? » Il avala de travers et se mit à tousser. Ce n'est qu'au bout d'une minute qu'il poursuivit, avec un chat dans la gorge et toujours étendu parmi les plantes. « Elle communique l'information à un *hedge fund* ami. Bien sûr, celui-là commence immédiatement à spéculer sur l'effondrement des paquets dans lesquels se trouvent les hypothèques pourries des Muppets. Double bénef. Tu comprends, Tony ?

– Absolument, mentit Tony. On prend un taxi pour rentrer à l'hôtel ? »

L'autre, l'air indigné, se débarrassa de son public de fleurs et buissons et il se releva. « Allons, gronda-t-il, on ne va pas abandonner comme ça. Ce doit être dans les environs. » Il se remit à marcher. « Allez, Tony ! Je veux picoler, je veux chanter ! » Son pas était moins sûr que tout à l'heure, mais il n'importunait plus les passants. Il y en avait d'ailleurs moins par ici.

Tony soupira, mais suivit quand même.

« La bulle n'aurait jamais dû éclater, s'entêta l'autre en marchant toujours. Nous aurions dû continuer, tout simplement. Quand on tire trop de *reality checks*, au bout d'un certain temps il n'y a plus de réalité. C'est ça, le paradoxe. » Il haletait de plus en plus. « En plus, l'argent n'existe même pas. C'est la vitesse de circulation qui compte. Attention ! Ça ne veut pas dire que les hippies et les anarchistes ont raison. Qu'est-ce qu'on serait sans argent ? Sans bilans, sans banques ? Des hommes des cavernes. De la racaille de Cro-Magnon.

– Absolument », dit Tony, qui avait de la peine à suivre le pas de l'autre.

L'autre s'arrêta brusquement. « Tu entends ça, camarade ? » demanda-t-il. Il semblait soudain avoir les jambes flageolantes. Les yeux fermés, il pontait l'index en l'air.

« Non », fit Tony. Il n'avait plus envie de mentir. Le temps était venu d'un peu de réalité. « Je n'entends rien de particulier. »

L'autre grimaça un sourire. « Comment peux-tu ne pas entendre ça ? » Il tapait du pied de pur plaisir, comme ça, dans une rue presque déserte, non loin du gigantesque port de Guangzhou. « Je les entends ! Je les vois ! » Il tournoya en rond sur son axe, manquant de tomber. « Oups ! Je m'assieds un instant. » Il se mit sur le cul, en plein milieu du trottoir. « C'est là, Tony ! Le bar de karaoké que je cherchais. C'est ici. Tu entends chanter ? Mais écoute ! Regarde !

– Je ne vois rien. Je n'entends que les mouettes et beaucoup de circulation dans le lointain.

– Regarde autour de toi, mec ! » dit l'autre. Il paraissait avoir perdu toute force dans les bras, ils pendaient sans vie le long de son corps. Tony se demanda s'il devait intervenir, mais il ne savait comment faire. « Des hommes comme M. Bo Xiang, continua l'autre en clignant des yeux comme un fou, eux au moins ils peuvent dire : ce pont-là ? C'est moi qui l'ai rendu possible. Ce bâtiment ? C'est moi qui l'ai financé. Sans moi cette fabrique ne produirait pas de chaussures ou de bétonneuses. Combien d'hommes peuvent encore dire ça aujourd'hui ? » Il fit une pause, il hocha la tête en mâchonnant l'air, un tic nerveux.

Puis il bascula lourdement en arrière et sa tête alla heurter violemment le trottoir.

Tony s'était précipité trop tard pour l'aider. Il fut effrayé en prenant l'autre dans ses bras. Il le regarda de tout près. C'était irréel de se trouver si près du visage de quelqu'un qui portait le même nom et qui, malgré toutes les circonstances étranges, était devenu en si peu de temps un familier. Il posa sa main sur la joue de l'autre, comme celui-ci l'avait fait avec lui. C'était hier.

L'autre avait l'écume aux lèvres. Un filet de sang coulait de chaque narine. Mais son sourire était toujours là. « Hé, connard ! demanda-t-il en pouffant de rire. Qu'est-ce que tu vois, alors ? » Il frissonnait, et pourtant c'était le printemps.

« Tu veux que j'appelle une ambulance ? demanda Tony.

– Pourquoi ? dit l'autre en rigolant et regardant le ciel. C'est la meilleure chose qui me soit jamais arrivée. »

Troisième partie

L'ESPOIR

TONY HANSSEN MONTRA SON PASSEPORT à la dame du comptoir des billets. Le vol qu'il voulait prendre était déjà annoncé dans la liste des départs, mais il lui restait assez de temps pour s'enregistrer et ensuite passer sans se presser la sécurité et le contrôle des frontières. Il ne s'attendait pas à avoir de problèmes, mais on ne sait jamais ce qui peut arriver. Les semaines précédentes l'avaient suffisamment montré.

Le test décisif allait être fait par la dame du comptoir sans qu'elle s'en rende compte. Si elle jugeait son passeport valable, Tony était en sûreté et il s'embarquerait bientôt. Si elle, déjà, faisait des difficultés, il était dans la merde, pour de bon. Dans le vaste hall de départ à l'air futuriste résonna une musiquette d'avertissement, après quoi une voix de femme annonça, dans un anglais solennel avec un fort accent, que le vol de Pékin avait hélas un quart d'heure de retard et que Air China présentait ses excuses pour le désagrément. Elle poursuivit en chinois, sans doute pour répéter la communication.

La dame du comptoir des billets regarda la photo du passeport, puis Tony, puis de nouveau la photo. Elle vérifia encore une fois les données qu'il avait notées pour elle sur le papier à lettres de l'hôtel. Ensuite elle lui rendit le passeport en même temps que la monnaie, en l'informant que son ticket était imprimé, qu'il ne pouvait pas prendre plus d'un bagage à main et qu'il pouvait se présenter au comptoir d'enregistrement, numéros 21 à 41. Tony attendit qu'elle lui tende son billet avant de la remercier chaleureusement.

C'était réussi. C'était confirmé. C'était officiel.

Personne n'aurait pu prétendre que l'autre avait beaucoup souffert durant son agonie. D'ailleurs, personne n'en saurait jamais rien.

Dans le taxi, l'autre avait continué à proférer des conneries, en marmonnant et souriant, l'œil vague ; du sang lui coulait des narines par intermittence. Il essuyait le sang avec une serviette qu'il avait chipée au restaurant et il regardait de tout près les taches rouges avec étonnement. Un enfant qui fixe, fasciné, des bêtes à Bon Dieu avant de leur arracher les pattes et les élytres.

À l'arrivée à l'hôtel, aucun membre du personnel d'accueil ne se précipita pour venir en aide à Tony. Ils pensaient tous que son copain était ivre mort après une nuit agitée et que Tony voulait se débrouiller tout seul avec lui. Tu as vu ça ? firent l'un à l'autre un groom et un réceptionniste en ricanant. Le duo d'Occidentaux entrait déjà dans l'ascenseur en trébuchant. Celui qui s'appuyait sur l'autre paraissait se marrer le plus.

Enfin étendu de tout son long sur le lit de Tony, l'autre se marrait encore, mais il avait de nouveau la bave aux lèvres. Tony l'essuya à plusieurs reprises. Finalement, il traîna un fauteuil à côté du lit et le veilla, en s'assoupissant de temps en temps. Il fut réveillé plusieurs fois par les éclats de rire de l'autre.

De temps à autre également, Tony contempla de tout près son visage qui devenait de plus en plus pâle et qui, malgré cela, présentait encore tant de ressemblance avec le sien. Tony eut aussi plusieurs fois la tentation de s'excuser. Parce qu'il n'entreprenait rien, parce qu'il n'avait pas voulu cela et aussi parce qu'il ne savait pas très bien ce qu'il fallait faire et donc qu'il ne faisait rien.

Story of my life. L'histoire de sa vie.

Au petit matin, Tony échangea son portefeuille avec celui de l'autre, le regarda une dernière fois et lui ferma les yeux. L'expression du visage lui fit penser qu'une nouvelle fois il laissait derrière lui un cadavre heureux. Il ne ferma pas seulement la porte d'une suite, il referma les pages de sa vie et en commença une autre.

La première chose qu'il fit fut de prendre l'ascenseur jusqu'au quatre-vingt-unième étage. Il avait aussi échangé sa clé contre celle du cadavre heureux.

Il était libre.

LA PREMIÈRE CHOSE QUE TONY APPRIT SUR LUI-MÊME au quatre-vingt-unième étage fut qu'il n'avait pas à se plaindre de son bon goût ni de l'abondance de ses affaires. Costumes, cravates, chaussures, chemises, tout était de bonne facture, d'excellente qualité et toujours de marques connues. Il faudrait qu'il s'y habitue. Comme au fait qu'il possédait désormais trois montres, une demi-douzaine de caleçons de soie et une grosse provision de cash.

Tony commanda un petit déjeuner par téléphone – « Disons, continental » – et prit une douche. Dans la salle de bains également, il ne put que se montrer enthousiaste de son propre bon goût. Les rasoirs les plus modernes, l'after-shave le plus cher.

Sous la douche, par une vieille habitude, il tourna le robinet d'eau froide. Cela aussi, il faudrait le désapprendre, plus tard. Cela ne correspondait plus à celui qu'il était.

Il ouvrit la porte en peignoir. Pour la première fois lui-même face aux autres. Les serveurs ne réagirent pas négativement. Ils le prirent tel qu'il était. « *Can you sign here, please, mister Hanssen ?* » D'une main désinvolte, il traça le gribouillis qu'il avait vu sur les nombreuses cartes de crédit de son portefeuille. Les serveurs firent un salut profond devant sa nonchalante calligraphie.

Pendant son petit déjeuner, il regarda le journal en anglais sur CNTV. Le sujet le plus long concernait un magnat de l'immobilier de Guangzhou, dont on avait découvert les liens avec une mafia de spéculateurs et de criminels du milieu des jeux et qui, les dernières semaines, avait été traqué par les autorités, bien qu'il fût lui-même un ancien membre du parti régnant. Il avait été retrouvé mort la nuit précédente. En même temps que sa fille et que son bras droit. Le porte-parole de la police y voyait un règlement de comptes, mais n'excluait pas la thèse d'un suicide collectif par le poison. Tony éteignit le grand écran avec la commande à distance et alla dans la chambre pour faire ses valises. Il en restait deux, la troisième se trouvait sans doute encore au restaurant. Les valises aussi étaient de grande marque. Tony avait bien l'intention de les vider et de les donner à quelqu'un dès son arrivée dans son nouveau pays. Il ne voulait plus posséder de valises. Il était temps d'avoir un chez soi.

Juste avant de refermer la porte derrière lui et de quitter pour de bon ce quatre-vingt-unième étage, Tony laissa sur la commode à l'intention de la femme de chambre un pourboire assez généreux pour correspondre à son nouveau visage. Il espéra que les pourboires étaient additionnés et partagés, de sorte que le personnel affecté à des chambres plus difficiles puisse avoir une part de ses largesses.

En bas, la navette l'attendait. « Mettez ça sur le compte du consortium », avait-il dit à la réceptionniste en la réservant par téléphone. La brave fille n'avait pas moufté. L'empire de M. Bo Xiang était décapité, mais pendant un temps les contrats en cours continueraient à être honorés, comme une anguille qui continue à gigoter longuement quand on lui a coupé la tête.

Ces convulsions cesseraient un jour. Mais si, à ce moment-là, un sergent trop zélé de la petite armée de M. Bo Xiang se mettait dans la tête de récupérer à son propre compte les dettes de jeu de Tony Hanssen – l'ancien favori de feu Mme Bo Xiang – il tomberait sur un os. On ne peut pas faire saigner une pierre et on ne peut pas faire raquer un cadavre heureux. Le sergent trouverait tout au plus que c'était un hasard curieux qu'un débiteur et un créancier meurent la même nuit. La plupart du temps, ce n'était que l'un des deux qui était éliminé par l'autre.

Ce ne serait pas le seul mystère inexpliqué autour de la mort de celui qui avait été l'homme le plus puissant entre Macao et Canton. Les rumeurs seraient aussi fabuleuses et nombreuses que de son vivant. L'opinion la plus répandue serait que des personnes haut placées n'avaient pas voulu que l'affaire se termine par un procès, par crainte de voir comparaître un magnat rancunier au banc des accusés.

DANS LE HALL DE DÉPART, on annonça que le vol de Tony aurait cette fois une demi-heure de retard en raison d'un problème technique. Assez de temps avant l'enregistrement pour faire emballer ses valises chic dans des rouleaux de feuilles de plastique. Cela aussi était conforme à l'image d'homme du monde qu'il avait décidé de cultiver.

Pour une fois le plastique était un symbole de statut social. On donnait à voir que vos bagages avaient assez de valeur pour jouir d'une double protection.

Tony regardait avec satisfaction les gestes désinvoltes et pourtant mesurés avec lesquels le préposé à la machine d'emballage plaçait d'abord une de ses valises sur un plateau rond surélevé, tirait ensuite la feuille de plastique d'un conteneur vertical, la collait sommairement sur l'avant de la valise puis poussait sur un bouton pour faire tourner le plateau.

La valise tourna comme une toupie tout en s'enveloppant de plastique jusqu'à ce que l'employé juge qu'elle ressemblait suffisamment au cocon d'un papillon. Il pressa une nouvelle fois le bouton, arrêtant brusquement la rotation, coupa la feuille encore tendue d'un seul coup de son cutter, plaça la valise sur le flanc et l'enroula immédiatement dans une seconde couche de plastique, en travers de la première. Pour finir, il descendit la valise de son plateau et, à rapides gestes routiniers, il libéra la poignée, le traîneau rétractable et les roulettes.

Tony contemplait cela avec satisfaction. Voilà qui lui convenait. Son dernier voyage devait avoir du style. Et bientôt, lorsqu'il s'établirait pour de bon, il mettrait toute l'énergie et tout l'argent nécessaires dans la construction d'un nid en conformité avec son nouveau statut et sa position sociale. Il se le représentait déjà très nettement. Ce serait une vaste villa pleine de design moderne. Jamais auparavant Tony n'avait eu une vision aussi claire de l'endroit où il voulait habiter jusqu'à la fin de ses jours. Cela lui procurait un calme étrange et inédit. Il était tellement plus facile de jouer à être un autre qu'être soi-même.

« Monsieur Hanssen ? *Mijnheer Tony Hanssen ?* »

Tony se retourna, étonné d'entendre quelqu'un parler le néerlandais au Guangzhou Baiyun Airport.

Et encore plus étonné de ce que quelqu'un l'ait reconnu.

Devant lui se tenait un jeune homme de trente ans tout au plus, d'allure sportive, vêtu trop sérieusement pour son âge, les cheveux roux et le teint laiteux qui allait avec. Excepté les joues. Elles montraient des larges taches rouges, dont on ne savait pas clairement si elles étaient dues à la gêne, l'excitation, la nervosité ou – qui sait ? – la fureur.

Mais son regard n'annonçait pas la colère. Sans être obséquieuse, l'attitude du jeune homme exprimait une attente polie, il semblait prêt à s'accommoder de l'inévitable. Il n'avait pas de bagages, remarqua Tony.

Pas même un attaché-case. « En quoi puis-je vous être utile ? » demanda Tony. Il était absurde d'essayer de nier qui il était.

« Je m'appelle Diederik Vanbergen, dit le jeune homme, je suis l'un de vos successeurs à la banque.

– À ma connaissance, dit Tony après être revenu de sa surprise, notre banque a fait faillite.

– Nous avons changé de nom, dit Diederik, pour le reste nous sommes restés les mêmes. À une seule chose près.

– Ce doit être ou un infime détail ou quelque chose de faramineux. » Tony trouvait que c'était le genre de réponse qu'on attendait de l'homme qu'il était maintenant. Énergique, concise, un peu énigmatique.

« Il s'agit d'un manque essentiel, répondit Diederik. Vous, monsieur Hanssen. Vous êtes celui qui nous manquez pour que nous puissions briller comme avant. »

DURANT SA NUIT D'AGONIE ET DE DÉLIRE, l'autre s'était montré plein de gaîté, mais aussi très bavard. Étendu de tout son long sur le lit de Tony, il avait discuté comme si sa Martine était présente dans la chambre. Il lui avait promis-juré qu'il prendrait ses responsabilités. Il en avait largement les moyens, affirmait-il dans ses divagations béates. Car il ne lui avait pas tout raconté à propos de la fin des péripéties à la banque, avoua-t-il en ricanant.

Toutes les accusations contre lui n'étaient pas mensongères.

Tony avait fait subir à l'autre un interrogatoire discret. Ses suppositions en furent vite vérifiées. L'autre disposait, lui aussi, d'un bas de laine secret. Pas sur les Îles Vierges ou aux Bahamas. Aux Îles Caïmans.

Quelques questions plus tard, toujours rigolard, mais s'affaiblissant et s'éteignant doucement, l'autre avait confié à Tony ses codes et mots de passe, persuadé qu'il les communiquait à Martine. Il supplia sa femme d'avoir de la compréhension pour sa décision. Et dit que Klaartje allait infiniment lui manquer.

Ce furent ses dernières paroles.

Tony avait demandé à la dame du comptoir un billet vers Mexico City, de là il y aurait sûrement des vols vers George Town, Cayman Islands, pas loin de la Jamaïque et de Cuba. Bonne musique assurée, cocktails exotiques aussi. Et le beau temps perpétuel, si l'on excepte quelques ouragans annuels.

Il ne négligerait pas Martine et sa fille. Il trouvait qu'il devait bien cela à l'autre. La poire pour la soif qu'il héritait de lui était d'ailleurs assez grande pour rester particulièrement savoureuse, même après un partage en deux parts égales.

Un tel partage serait d'ailleurs la façon parfaite d'éviter tout tracas ultérieur. Tony accepterait le divorce, même avec une pension alimentaire considérable, pourvu qu'il puisse transférer celle-ci en une fois, sans devoir entretenir de contacts avec son ex-épouse.

Il donnerait comme raison qu'elle l'avait assez trompé.

Était-ce un plan cruel ? Était-ce de l'arnaque ? Tony ne s'était pas longtemps cassé la tête sur ce problème en prenant sa douche lorsqu'il était encore au quatre-vingt-unième étage. L'eau froide le fouettait pendant qu'il réfléchissait à tous les pour et les contre. En sortant de la douche, il était convaincu que personne ne pourrait le blâmer. Ce serait même une bonne action.

Sans lui M. Bo Xiang et les autres auraient de toute façon bu leur thé. Et le magot secret aux Îles Caïmans aurait été perdu à jamais. Au moins, Martine et sa fille en garderaient une partie confortable. Dans l'autre cas, le trésor reviendrait aux pirates fiscaux des îles, et à eux seuls.

Ceux-ci spéculaient déjà suffisamment sur les gains complémentaires, en plus des montagnes de fric qu'ils gagnaient sur l'argent sale qui affluait du monde entier, qui échouait sur leurs plages plus abondamment que jadis les épaves et les flottes d'argent espagnoles.

Les derniers problèmes seraient magnifiquement réglés d'un seul coup. Personne ne poserait jamais de questions. Un des Tony Hanssen était mort. Le second serait un escroc à la retraite comme tant d'autres qui se prélassaient sur des plages ensoleillées.

Tony posséderait le passeport et le mode de vie qui justifieraient cet état de choses jusqu'à la fin de ses jours. Sans le vouloir, sans avoir rien fait pour cela, il avait quand même mis la main sur une part du gâteau. Exactement comme l'inspecteur Khumalo avant lui. Et en laissant tout aussi peu de traces.

Et voilà que ce Diederik Vanbergen venait foutre la merde.

LE JEUNE DIEDERIK VANBERGEN possédait le don de parole. En à peine plus de dix minutes, il avait résumé la situation, clarifié un certain nombre de malentendus et proposé une solution acceptable pour toutes les parties.

Tony l'écoutait à peine. Dans cet immense hall de départ, le summum du high-tech de toutes les zones de transit, il était submergé de vagues d'exténuement et de tristesse. Il paraissait tellement près de la fuite finale, de la sortie du labyrinthe. Il lui semblait déjà voir la lumière, il pensait sentir déjà l'air du dehors.

Une fois de plus il s'était trompé. Pendant des années, il n'avait pu échapper à lui-même. Et maintenant il se révélait tout aussi impossible d'échapper à l'autre.

Diederik n'en remarquait rien. Lui aussi était submergé par des vagues, des vagues d'expectative enthousiaste. Il assura qu'il n'était pas là de sa seule initiative. Tous les jeunes génies de la banque avaient insisté pour qu'on mette tout en œuvre pour retrouver Tony et le hisser à bord. « Vous êtes vraiment devenu culte, dit-il, rayonnant. Pour certains vous êtes un héros, un rebelle. »

Tony comprit qu'il fallait prendre cela pour un compliment.

Les supérieurs des petits génies avaient donné leur accord, à condition que le retour de Tony puisse se faire en coulisse, sans attirer les rumeurs. Ils n'avaient d'ailleurs pas beaucoup d'espoir que la chose aboutisse.

« Et vous voyez, c'est réussi », fit Diederik, radieux. Diederik récapitula tout le parcours de son dépistage, car il croyait que cela intéresserait Tony, le geek de l'informatique. « On a utilisé une ancienne carte de crédit à vous il y a quelques jours, dans votre hôtel. » Ici, il eut tout de même l'air un peu gêné. Ses joues prirent une teinte rouge un peu plus foncée. « Ils ont tenté de se faire payer quelques films que vous aviez commandés dans votre chambre. Avant ça, à une autre occasion, vous avez sans doute utilisé cette carte dans la même chaîne d'hôtels, peut-être des années avant, tout continue à traîner sur Internet, n'est-ce pas ? Ceux qui ont fait la recherche m'ont tout de suite envoyé ici, j'ai appelé votre hôtel après mon atterrissage et on m'a appris que vous veniez tout juste de prendre une navette pour l'aéroport, et j'ai tourné en rond ici jusqu'à ce que je vous trouve. Voilà. J'ai tout bêtement eu de la chance. »

Tony trouva l'explication si absurdement simple qu'elle paraissait plausible. Surtout dans la bouche de ce jeune homme. Pas l'ombre d'un doute, pas le moindre soupçon d'arrogance. Un garçon ouvert, honnête et positif. Celui-là ne tiendra pas longtemps dans la place qu'il occupe, pensa Tony.

Il répondit à Diederik : « Il ne faut pas attendre de moi des aveux ou des faits. » Il avait décidé de jouer jeu dur, conformément à son nouveau personnage. « Avec moi, votre banque n'y gagnera rien, hormis la perte de temps et des honoraires d'avocats exorbitants.

– Mais, monsieur Hanssen, fit Diederik avec un rire étonné, la banque a laissé tomber depuis longtemps toutes les charges et toutes les procédures. Si nous l'avions voulu, on vous aurait retrouvé et livré à la justice depuis longtemps. Personne ne reste introuvable. Même pas vous. Mais si je puis me permettre..., ajouta-t-il, l'air espiègle.

– Quoi ? » Il se sentit soudain irrité comme l'aurait été l'ancien Tony. Ce garçon était tout de même un peu pédant.

« Pour la banque, les dégâts auraient été plus grands si on vous avait trouvé et interrogé. Il valait mieux ne pas vous retrouver. Et puis, on a toujours envisagé l'hypothèse que vous puissiez revenir. Avouez, monsieur Hanssen, ce n'est pas vrai ? »

Les haut-parleurs annoncèrent que le vol de Tony partirait finalement à temps. Il le vérifia sur l'écran électronique des départs. Son vol y apparaissait, tout en bas d'une longue liste. Il tourna de nouveau le regard vers Diederik.

Sa tristesse en devint d'autant plus grande. Il sut soudain à qui ce jeune homme lui faisait penser. Un de ses camarades d'études, un brave type de bosseur, ami pas très intime mais fidèle comme un chien, le dernier avec qui Tony avait coupé les liens avant de fuir le pays. Il n'arrivait même pas à se rappeler son nom. Comme ils étaient jeunes ! Et aveugles, et maladroits. Vingt-cinq ans déjà.

Il y avait une grosse différence. Diederik était beaucoup plus beau. Ses mains étaient larges, mais pas celles d'un paysan. Celles d'un sportif. Tony remarquait seulement maintenant qu'il avait de jolies lèvres rouges. La petite barbe rousse de trois jours lui allait aussi très bien. Sa peau blanche en faisait ressortir les petits poils. Tony devait admettre qu'il était plus séduisant qu'il n'y paraissait à première vue. C'était souvent le cas avec les jeunes rouquins. Au premier regard non, mais au second...

« Votre réputation sera lavée, promit Diederik avec ses jolies lèvres. Vous pourrez reprendre le cours de votre ancienne vie. Vous avez toute la vie devant vous !

– Quel âge croyez-vous que j'aie ? » demanda Tony, amusé. Ce blanc-bec avait plus de culot qu'on ne l'aurait cru à la vue de son visage angélique. Est-ce que je pourrais lui plaire ? se demanda Tony. Pourquoi pas ? Son père s'était bien maqué avec cette Linda. Tout était encore possible. Je n'ai pas vraiment vécu pendant trop longtemps, pensa-t-il. Je suis encore jeune. Il est grand temps que j'arrête de mourir à petit feu et que je me mette à profiter de la vie.

Diederik rit. « Vous êtes plus jeune que la plupart des gens de votre âge, monsieur Hanssen. » Flatteur.

Mon Dieu, se dit Tony, en plus il a de belles dents et des fossettes dans les joues. Mais il se dit aussi que s'il voulait attraper le vol de Mexico, il n'avait plus de temps à perdre. Ses bagages emballés attendaient à ses pieds comme des animaux familiers empaquetés et étouffant déjà avant le transport.

Il tenta de se représenter comment cela se passerait s'il ne prenait pas l'avion pour Mexico, mais pour son pays natal. Avec toujours le même nom, mais une autre origine, un autre caractère, un autre passé.

Cela pourrait avoir son charme, pensa-t-il avec un petit pincement au creux de l'estomac. Je pourrais enfin apprendre qui je suis et comment les autres me voient. Chaque rencontre serait une exploration dans un champ de mines. Serais-je capable de me démerder à tous les coups ? Sur les navires de croisière, cela n'avait jamais été un problème. Pourquoi le serait-ce dans la vraie vie ?

Il sentait monter une sorte de benoîte curiosité. De quoi aurait-il l'air, après tout ce temps, ce petit coin de terre où il avait vu le jour ? Sa mémoire avait certainement accentué les mauvais côtés et gommé un peu les bons. Pourquoi n'irait-il pas fouiner un peu dans la banque, dans le sillage des « petits génies » ? Si ça ne lui plaisait pas, il pourrait toujours prendre la fuite. La seule obligation qu'il s'était fixée était de s'occuper de Martine et de la petite. Il pouvait accomplir ce devoir par téléphone ou par virement international certifié, n'importe où dans le monde, même dans la ville où résidaient elles-mêmes la mère et la fille. S'ils ne se rencontraient pas par hasard, aucun problème. Et même : comment pourraient-elles le reconnaître ?

Son père non plus, il valait mieux ne pas lui tomber dessus. Pourtant il cracherait volontiers une bonne part de ses nouveaux honoraires pour tailler une bavette avec sa Linda. Combien de temps ça lui prendrait-il pour rendre cette fille un peu bavarde ? À propos de Papounet et de sa pathétique vie amoureuse ?

« Personne n'a votre connaissance des algorithmes, continuait à plaider Diederik. Tout le monde le dit, même chez les concurrents.

– Bah, je ne sais pas si je suis encore capable de quoi que ce soit aujourd'hui, soupira Tony. Honnêtement, j'y comprends de moins en moins.

– Nous non plus, confia Diederik. Ça nous dépasse de plus en plus. Mais mes copains et moi, nous serons prêts à vous assister, dans la mesure de nos possibilités. Et même si vous ne faites rien du tout, votre nom seul est déjà une garantie pour obtenir de nouveaux comptes et de nouveaux contrats. Vous sous-estimez votre réputation.

– Je suis heureux de l'entendre. On ne me dit pas souvent ce genre de chose. » S'il voulait aller à Mexico, il fallait aller s'enregistrer immédiatement. Autour d'eux, les voyageurs se hâtaient vers toutes les métropoles et tous les bleds du monde.

« Vous avez encore ces clés USB ? demanda Diederik, soudain plus prudemment.

– Évidemment », dit Tony. Il se souvenait de les avoir mises dans ses bagages. Il les avait trouvées dans une boîte à chaussures dans la garde-robe. Douze petits bidules insignifiants, pas plus grands qu'un demi-bâton de chocolat.

« Mes supérieurs m'ont instamment prié de vous dire combien ils apprécient le fait que vous ne les ayez pas jetés en pâture au public. Ça ne peut être bon pour personne. »

Tony regarda les valises étranglées à ses pieds, puis la file devant le comptoir d'enregistrement. Et ma mère, comment ça s'est-il passé pour elle ? se demanda-t-il, affligé, puis de nouveau furieux comme avant.

Si je vais là-bas, est-ce que je retourne vers une patrie ou vers la tombe de ma mère ? Comme il la connaissait, elle n'était pas folle des columbariums et des dispersions sur une prairie. Tony et elle avaient toujours eu davantage en commun qu'ils ne le désiraient. On parie qu'elle gît sous une couche de marbre belge ? Peut-être du granit. Son nom gravé en jolis caractères et à côté certainement un portrait d'elle en des temps meilleurs.

C'est ça qui l'attendrait là-bas, sa tombe, son mausolée, pour l'obliger à venir se recueillir, un bouquet coûteux dans une main et mouchoir de soie dans l'autre. Le dos courbé, ne sachant que faire ou dire, pour rendre hommage à l'être qui l'avait condamné à courir le monde à perpète, sachant très bien que lui échapper serait à jamais impossible, le sachant depuis le moment où elle l'avait éjecté de son corps. Il savait qu'il se révolterait, qu'il résisterait, mais qu'il finirait par y aller. Et qu'il pleurerait toutes les larmes de son corps devant cette dalle de granit, ce marbre inutile qui porterait son nom.

« Je regrette vraiment, dit Tony à Diederik, mais un avion m'attend. Vos paroles m'ont fait plaisir, mais elles ne m'ont pas fait changer d'avis. Adieu, je vous souhaite bonne chance. »

Il lui tendit la main.

À voir la tête de Diederik, Tony sentait que sa décision avait provoqué une terrible déception. Ce garçon était habitué à obtenir ce qu'il voulait. Il n'accepta même pas la main tendue. Il avait compté à cent pour cent sur la réussite de sa mission, les doigts dans le nez, à la stupéfaction de ses chefs. Pour la première fois, une ombre de colère se dessina sur ce visage quasi médiéval surmonté de ces beaux cheveux drus – ça s'appelait blond vénitien, cette couleur. Ou alors le blond vénitien était-il un peu plus clair ?

« Vous n'êtes pas sérieux, dit Diederik doucement. Vous ne pouvez pas me faire ça. »

Tony voyait que sa colère réelle avait déjà fait place à autre chose. Une sincérité, une émouvante supplication. Il y avait probablement pour lui un enjeu énorme s'il menait à bien cette mission. Peut-être son job, tout son avenir, l'image de soi. Tony se demanda jusqu'où il irait pour obtenir ce qu'il voulait. Était-il prêt à n'importe quoi ?

« Dites-moi oui, supplia Diederik. Qu'allons-nous faire sans vous, monsieur Hanssen ?

– Appelez-moi Tony », dit Tony, plus amicalement qu'il n'aurait dû le faire pour être conforme à sa nouvelle personnalité. Il vit au tableau électronique que son vol pour Mexico avait avancé de trois places vers le haut.

« Donnez-nous ce bonheur, Tony, insista Diederik. Revenez dans cette banque qui a fait votre notoriété. Nous recommencerons tout au début. Ensemble. Comme si rien ne s'était passé.

– Ce bonheur ? Ça vous rendrait heureux ? » Tony regarda ses valises emmaillotées dans le plastique. Puis il releva les yeux sur Diederik.

« Ça vous rendra vous-même heureux, dit-celui-ci. Je mettrai tout en œuvre pour cela. Je vous le promets. »

Tony regarda longuement son successeur, droit dans les yeux. « Eh bien allons-y, dit-il, abdiquant une fois de plus. Dans ce cas, je suis votre homme. »

Note de l'auteur

Ma recherche a comporté trop d'articles, de sites Internet et de livres pour les énumérer tous ici. Je cite avec plaisir les trois plus importants. Le blog de Joris Luyendijk, *Centen en de City*, écrit pour *The Guardian*, mais aussi publié par *De Standaard* et *NRC Handelsblad.* Ensuite le best-seller en grande partie non fictif *1421 : The Year China Discovered the World* de Gavion Menzies. Enfin le petit ouvrage aussi informatif que distrayant *50 People who stuffed up South-Africa*, avec des textes d'Alexander Parker et des illustrations de Zapiro.

Esclaves heureux est une fiction. Toute ressemblance avec des personnages ou des événements existants est fortuite.

Imprimé en France par CPI
en juin 2015

Dépôt légal : juin 2015
N° d'impression : 129439
ISBN : 978--2-7291-2181-5